外国文学
雕刻时光
2023

外 国 文 学 史 上 的 今 天

人民文学出版社外国文学编辑室 编著

人民文学出版社
PEOPLE'S LITERATURE PUBLISHING HOUSE

＊人民文学出版社第一种俄语图书＊

A. 托尔斯泰小说选集（二册）

〔苏联〕A. 托尔斯泰 / 著，焦菊隐 等 / 译

苏联文艺丛书，平装，32 开

定价 16,600 元（第一册） 16,000 元（第二册）

1951 年 7 月

* 人民文学出版社第一种西语图书 *

聂鲁达诗文集

〔智利〕聂鲁达／著，袁水拍／译

平装，18 开

定价 22,000 元

1951 年 9 月

＊人民文学出版社第一种德语图书＊

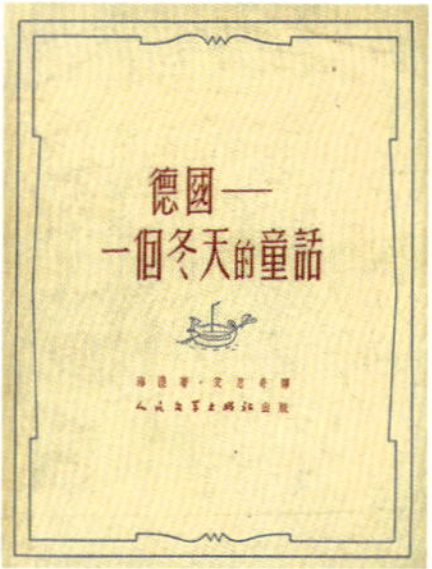

德国——一个冬天的童话

〔德国〕海涅／著，艾思奇／译

平装，32 开

定价 7,800 元

1951 年 9 月

* 人民文学出版社第一种法语图书 *

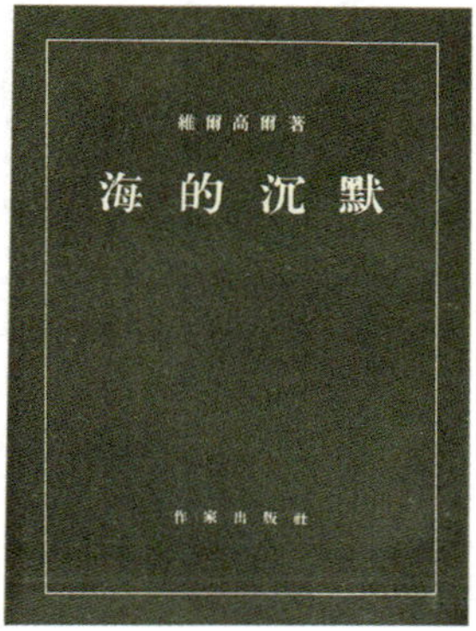

海的沉默

〔法国〕维尔高尔／著，赵少侯／译

平装，32 开

定价 2,100 元

1953 年 9 月

* 人民文学出版社第一种英语图书 *

约瑟 · 安特路传

〔英国〕亨利 · 菲尔丁／著，伍光建／译

精装，大 32 开

定价 11,000 元

1954 年 10 月

* 人民文学出版社第一种日语图书 *

蟹工船

〔日本〕小林多喜二／著，适夷／译

平装，32 开

定价 0.66 元

1955 年 3 月

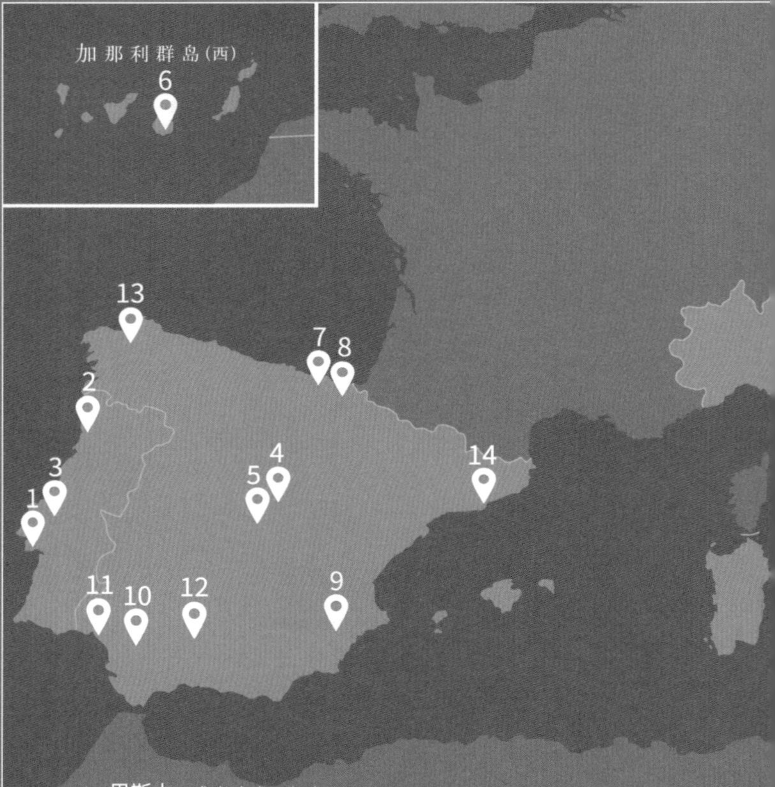

1 里斯本 费尔南多·佩索阿

2 波瓦–迪尔瓦津 埃萨·德·凯依洛斯

3 古勒冈 若泽·萨拉马戈

4 埃纳雷斯堡 米格尔·德·塞万提斯

5 马德里 洛佩·德·维加

6 拉斯帕尔马斯 贝尼托·佩雷斯·加尔多斯

7 毕尔巴鄂 米格尔·德·乌纳穆诺

8 圣塞巴斯蒂安 皮奥·巴罗哈

9 莫诺瓦尔 阿索林

10 塞维利亚 安东尼奥·马查多/维森特·阿莱克桑德雷/路易斯·塞尔努达

11 莫格尔 胡安·拉蒙·希梅内斯

12 丰特瓦克罗斯 费德里科·加西亚·洛尔迦

南欧文学地图

1月

January

13 帕德龙 卡米洛·何塞·塞拉
14 巴塞罗那 卡门·拉福雷特
15 曼托瓦 维吉尔
16 苏尔莫纳 奥维德
17 佛罗伦萨 但丁·阿利吉耶里
18 切尔塔尔多 乔凡尼·薄伽丘
19 彼得拉桑塔 乔苏埃·卡尔杜齐
20 阿格里真托 路易吉·皮兰德娄
21 罗马 艾尔莎·莫兰黛
22 莱斯沃斯岛 萨福
23 埃莱夫西纳 埃斯库罗斯
24 科罗诺斯 索福克勒斯
25 萨拉米斯岛 欧里庇得斯
26 雅典 柏拉图
27 伊拉克利翁 尼科斯·卡赞扎基
奥德修斯·埃利蒂斯

1月

January

1	2	3	4	5	6	7
8	9	10	11	12	13	14
15	16	17	18	19	20	21
22	23	24	25	26	27	28
29	30	31				
S	M	T	W	T	F	S

二十世纪英国最杰出的小说家和批评家。代表作《霍华德庄园》揭示了英国作为现代国家的形成以及国民性格重塑的痛苦过程，具备令人信服的现代因素。

* 〔匈牙利〕裴多菲　1823 年 1 月 1 日出生

壬寅年
腊月初十

他爱。他害怕爱。

——《霍华德庄园》，苏福忠／译

2009 年第 1 版“福斯特文集”

1月
January
壬寅年
腊月初十
1
星期日
S M T W T F S

当代日本文坛三大才女之首，战后十大女作家之一。代表作《命运之人》，展现新闻人对真相的追求与对社会正义的坚持，曾引发社会各界的热烈讨论。

2/1 January

壬寅年

腊月十一

外国文学 雕刻时光

1月

January

壬寅年

腊月十一

2

星期一

S M T W T F S

只要人在，一切就有希望。

——《命运之人》，郑民钦/译

2013年第1版《命运之人》

幽默作家。代表作《好兵帅克历险记》是世界著名长篇讽刺小说，主人公是一个堂吉诃德式人物。

3/1 January

外国文学 雕刻时光

壬寅年

腊月十二

如今，你可以在布拉格街上遇到一个衣衫破旧的人，他自己压根儿就不知道，他在这伟大新时代的历史上究竟占有什么地位。他谦和地走着自己的路，谁也不去打扰，同时也没有新闻记者来烦扰他，请他发表谈话。你要是问他尊姓，他会简洁而谦恭地回答一声：“帅克。”

——《好兵帅克历险记》，星灿／译

（2016 年版）

1956 年第 1 版《好兵帅克》

1月

January

壬寅年

腊月十二

3

星期二

S M T W T F S

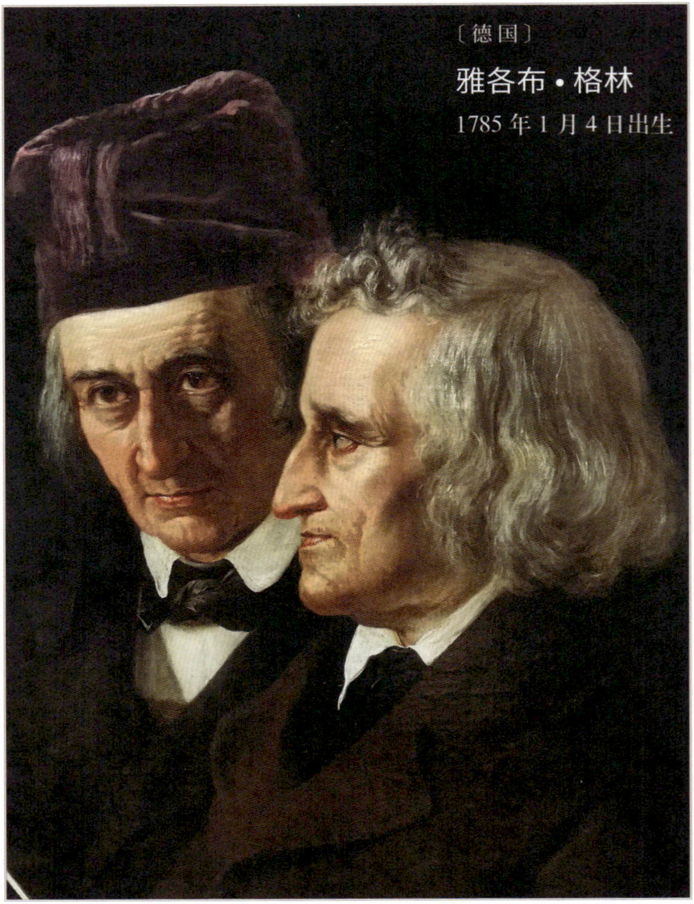

语言学家、作家，“哥廷根七君子”之一，与其弟威廉·格林（1786 年 2 月 24 日出生）并称“格林兄弟”。他们收集整理的童话在全世界家喻户晓。

谁在困难中帮助过你，你以后就不应该轻视他。

——《格林童话全集》，魏以新／译

（2015年版）

1959年第1版《格林童话全集》

1月
January
壬寅年
腊月十三

4

星期三

S M T W T F S

〔肯尼亚〕

恩古吉·瓦·提安哥

1938 年 1 月 5 日出生

肯尼亚小说家、剧作家、社会活动家，被公认为非洲文学之父阿契贝的继承者，主要作品有：《孩子，你别哭》《大河两岸》《一粒麦种》《血色花瓣》《十字架上的魔鬼》《乌鸦魔法师》等。

• 不读恩古吉，你的世界文学版图就不完整。

——赵白生

* 〔瑞士〕弗里德里希 · 迪伦马特　1921 年 1 月 5 日出生

5/1 January

壬寅年

腊月十四

什么都无法遮挡我获得自由那一刻的辉煌，什么都不能削弱我对自由的向往和追求。

——《中学史》，黄健人／译

（2021 年版）

2021 年第 1 版“恩古吉 · 瓦 · 提安哥文集”

1月

January

壬寅年

腊月十四

5

星期四

S M T W T F S

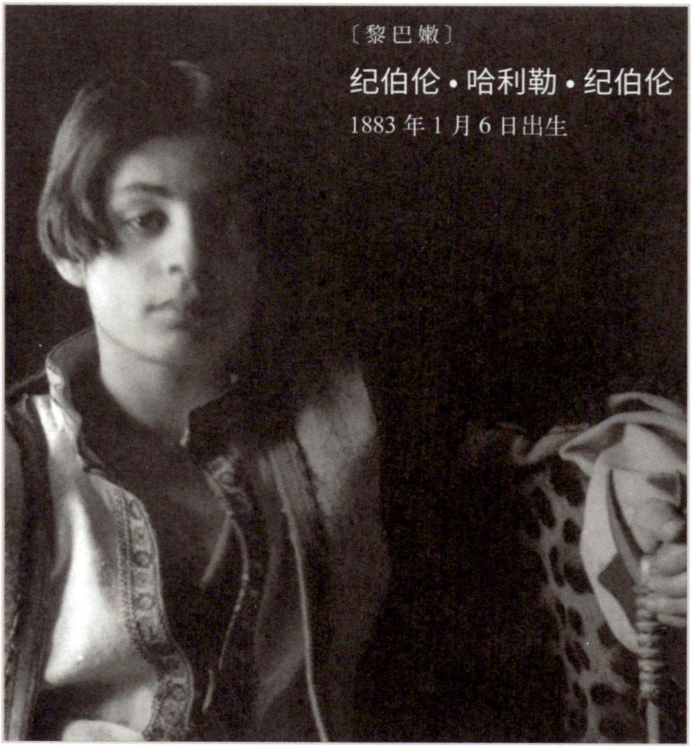

〔黎巴嫩〕

纪伯伦·哈利勒·纪伯伦

1883 年 1 月 6 日出生

诗人，阿拉伯旅美派文学领袖。代表作《先知》被誉为“东方赠送给西方的最好礼物”。

• 译来觉得又容易又顺利，又往往不由自主地落下了眼泪。

——冰心

• 那是我已思考了一千年的书。

——纪伯伦 · 哈利勒 · 纪伯伦

你们的孩子，都不是你们的孩子，
乃是“生命”为自己所渴望的儿女。

——《冰心译吉檀迦利 先知》

（2015 年版）

1957 年第 1 版《先知》

1月
January
壬寅年
腊月十五

6

星期五

S M T W T F S

〔墨西哥〕

胡安·鲁尔福

1986年1月7日去世

魔幻现实主义代表、墨西哥新小说先驱。代表作《人鬼之间》，又译《佩德罗·巴拉莫》。

• 西班牙语文坛乃至世界文坛最好的小说之一。

——〔阿根廷〕豪尔赫·路易斯·博尔赫斯

你别害怕，现在谁也不会使你害怕了。你得尽量想一些愉快的事情，因为我们要埋葬很长时间。

——《佩德罗·巴拉莫》，屠孟超／译

1980 年第 1 版《胡安·鲁尔弗中短篇小说集》

英国侦探小说之父。代表作《白衣女人》是英国维多利亚时期经典著作，十大悬疑推理小说之一。

壬寅年
腊月十七

一个对自己机智有把握的妇女，总能跟一个对自己脾气没有把握的男人打上一个平手。

——《白衣女人》，叶冬心／译

1982 年第 1 版《白衣女人》

1月
January

壬寅年
腊月十七

8

星期日

S M T W T F S

〔法国〕

西蒙娜·德·波伏娃

1908年1月9日出生

小说家、存在主义哲学家，1954年龚古尔文学奖得主。代表作《第二性》讨论女性话题，被视为现代女权主义的奠基之作。

· 女性主义思想的泰斗、女权主义的思想导师和旗手。

——李银河

壬寅年
腊月十八

女人不是天生的，而是后来变成的。

——《第二性》

1987 年第 1 版《他人的血》

1月
January

壬寅年
腊月十八

9

星期一

S M T W T F S

〔俄国〕

阿·尼·托尔斯泰

1883 年 1 月 10 日出生

因贵族出身而有“红色伯爵”之称，善于在大规模场面和复杂的情节中塑造不同类型的人物，强调艺术语言应该是“金刚石的语言”。代表作《苦难的历程》勾勒了二十世纪初俄国的重大历史图景，记录了俄国人尤其是知识分子领悟和追求真理的曲折过程。

- 有四个吸引着我去描写的时代——伊凡·雷帝时代、彼得大帝时代、1918 至 1920 年的国内战争时代以及在规模和意义上都空前的现代。

——阿·尼·托尔斯泰

* 〔苏联〕米·伊林　1896 年 1 月 10 日出生

你为什么在打仗？是为了使女人可以不流眼泪，仰望这些星星。

——《苦难的历程》，朱雯／译

1957—1958 年第 1 版《苦难的历程》

1月
January
壬寅年
腊月十九
10
星期二
S M T W T F S

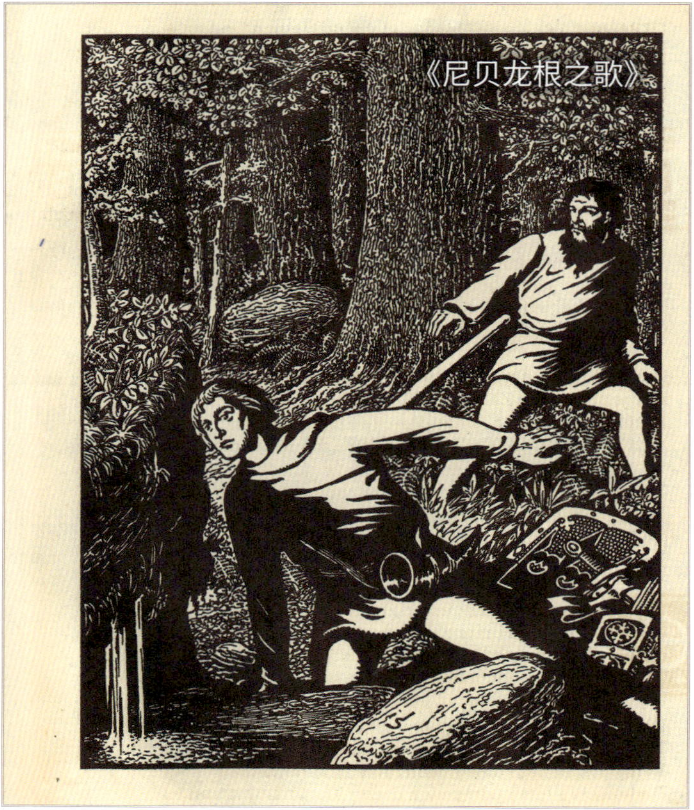

中世纪德国英雄史诗，以匈奴人和勃艮第人的斗争史实为依据，以勇士西格弗里之死和克琳希德的复仇为主线，诗风雄浑悲壮。

世界上的欢乐，到后来总是变成忧伤。

——《钱春绮译尼贝龙根之歌》

（2017 年版）

1959 年第 1 版《尼伯龙根之歌》

1月
January
壬寅年
腊月二十
11
星期三
S M T W T F S

现实主义作家，擅长把人物置于近乎残忍的恶劣环境，让主人公在生与死的抉择中充分展现人性深处的闪光点。代表作《热爱生命》。

• 杰克的小说代表了美国人最优秀的作品。

——〔英国〕乔治 · 布雷特

＊〔日本〕村上春树　1949 年 1 月 12 日出生

逼着他向前走的，是他体内的生命，生命本身在抗拒死亡。

——《热爱生命》，万紫、雨宁／译

（2012 年版）

1953 年第 1 版《荒野的呼唤》

1月
January
壬寅年
腊月廿一
12
星期四
S M T W T F S

〔葡萄牙〕

玛丽亚·翁迪娜·布拉嘉

1932年1月13日出生

长期旅居在外的女作家。代表作《澳门夜曲》展现异域文化的相遇与碰撞。

- 能像布拉嘉这样将自己的生活经历转换成伟大文学作品的葡萄牙作家屈指可数。

——葡萄牙议会

13/1
January

壬寅年
腊月廿二

外国文学 雕刻时光

用墨书写的字跃然纸上，仿佛是一个浅浮雕作品：不规则的笔直的线条，横的、斜的线条，像是乐谱，还有的像弓，像拐角，像翅膀。

——《澳门夜曲》，蔚玲、朱文隽／译

2017 年第 1 版《澳门夜曲》

1月
January

壬寅年
腊月廿二

13

星期五

S M T W T F S

〔日本〕
三島由纪夫
1925 年 1 月 14 日出生

战后日本文学大师之一。代表作《金阁寺》是作家独特美学观成熟的标志之作。

* 〔法国〕皮埃尔 · 洛蒂　1850 年 1 月 14 日出生

最后的夏天，最后的暑假，假期最后的一天……我们的青春屹立于令人目眩的峰顶。

——《金阁寺》，陈德文／译

（2020 年版）

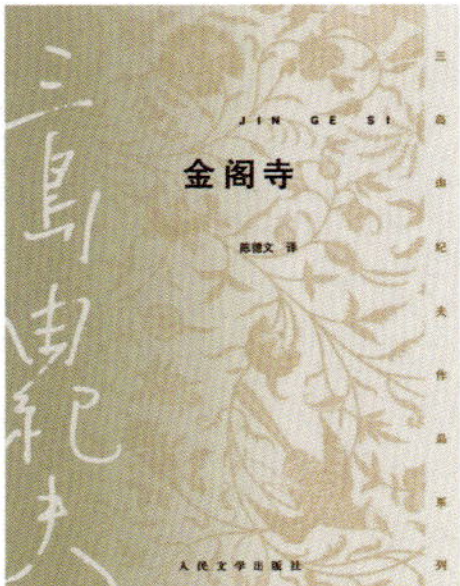

2013 年第 1 版《金阁寺》

〔法国〕

莫里哀

1622 年 1 月 15 日出生

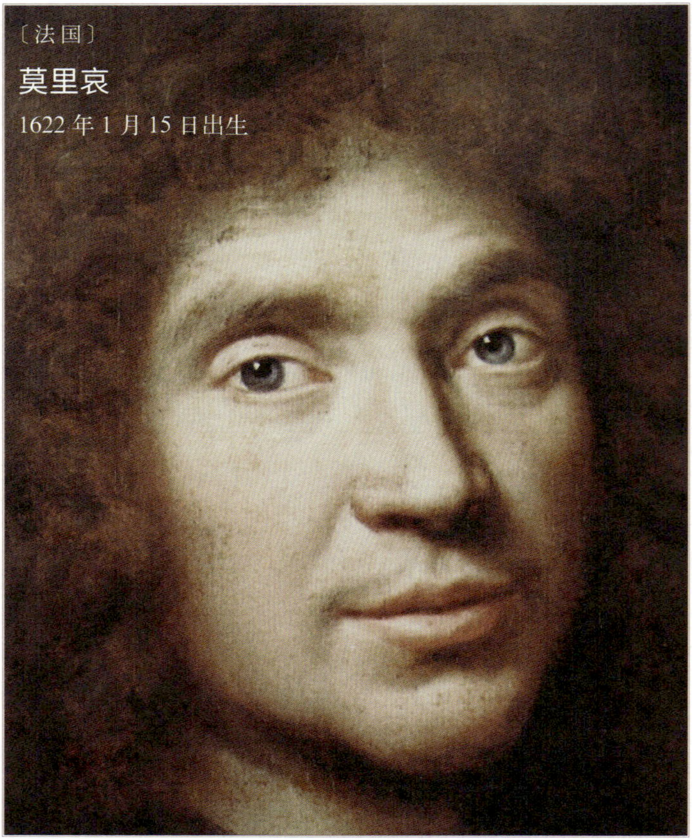

剧作家、演员。代表作《伪君子》中的人物“塔尔丢夫”成为伪君子的代名词。

• 他的光荣什么也不少，我们的光荣却少了他。

——法兰西学院大厅莫里哀石像底座题词

* 〔俄国〕亚 · 谢 · 格里鲍耶陀夫　1795 年 1 月 15 日出生

自己的行为最惹人耻笑的人永远是头一个说别人坏话的人。

——《赵少侯译莫里哀戏剧 莫泊桑短篇小说》（2019年版）

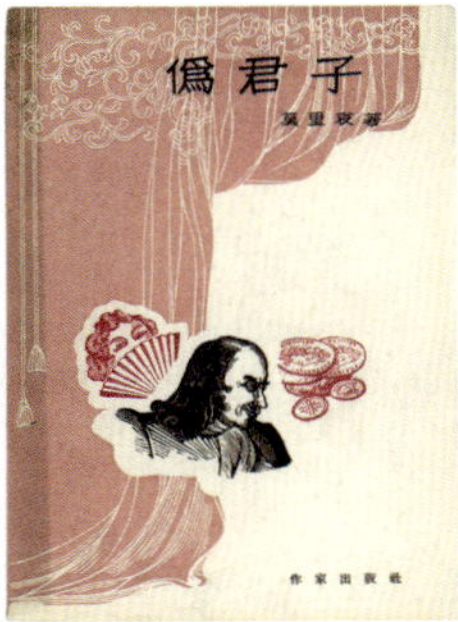

1955年第1版《伪君子》

〔印度〕

萨拉特·昌德拉·查特吉

1938年1月16日去世

用孟加拉语写作的印度小说家。代表作《斯里甘特》是四卷本长篇自传体小说。

· 萨拉特窥透了孟加拉人内心的秘密，在他描绘着悲欢离合的绚丽多彩的创作中，人们清楚地认识了自己。

——〔印度〕罗宾德罗那特·泰戈尔

她的一双忧郁的眼睛温柔地注视着我的那副神情，至今我还不曾忘记。只是她目光里凝聚着的那种生离死别之际的深沉的悲哀，当时我还不能领会。

——《斯里甘特》，石真／译

（1981 年版）

1956 年第 1 版《嫁不出去的女儿》

〔西班牙〕

卡米洛·何塞·塞拉

2002年1月17日去世

西班牙内战后最重要的作家。代表作《蜂巢》首先在阿根廷出版，时空颠倒、结构无序，描写群体主角在两天半里的生活。

- 我的小说《蜂巢》，不过是日常、粗暴、亲切而痛苦的现实的苍白反映和卑微影子。

——卡米洛·何塞·塞拉

这周而复始的清晨，也在潜移默化地改变着城市的面貌。这城市犹如墓地，犹如竞技场，犹如蜂巢……

——《蜂巢》，黄志良、刘静言／译

1987年第1版《蜂巢》

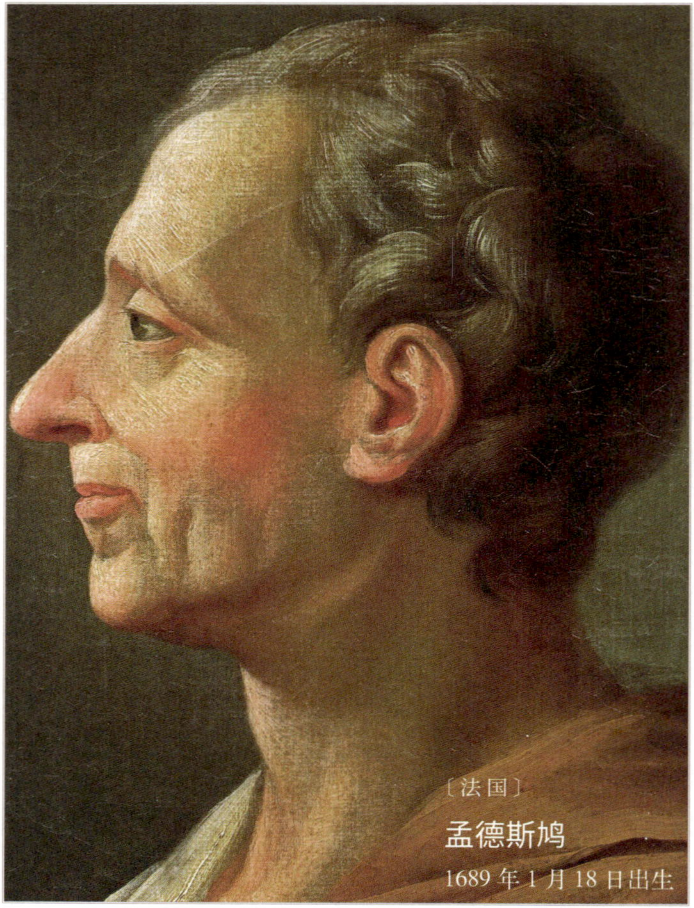

伟大的启蒙思想家、法学家。代表作《波斯人信札》以文学形式表达其社会、政治观点。

• 这位伟大作家的每一行字都将成为后世的珍品。

——〔俄国〕亚·谢·普希金

德行对于我们不应当成为一种负担；不应当把德行看成畏途；并且，以正义待人，等于以仁慈待己。

——《波斯人信札》，罗大冈／译

（2020 年版）

1953 年第 1 版《波斯人信札》

〔英国〕威廉·透纳　绘

英国当代文坛三巨头之一，2011 年布克奖得主，得奖作品《终结的感觉》笔法精湛、构思巧妙、富有深度。

这就是我们的另一种惧怕：惧怕生活不会像文学那样展开。

——《终结的感觉》

2007 年第 1 版《亚瑟与乔治》

1月
January
壬寅年
腊月廿八
19
星期四

S M T W T F S

巴西现代主义文学先驱。奇书《腹地》尽管不是一部纯粹的小说，但却因其语言的生动、风格的独特和高度的艺术技巧而被视为一部伟大的文学作品。

他是个雕像，一个古代神话中巨人的雕像，在卡奴杜斯那巨大废墟中埋藏了四百年，现在发掘出来了，肤色已经变黑，身体已经残缺。这是历史角色的颠倒，可耻的自相矛盾。

——《腹地》，贝金／译

1959 年第 1 版《腹地》

政论家、作家、哲学家、革命家。代表作《往事与随想》是作家个人的心灵史记录，也是俄国文学的纪念碑。

• 赫尔岑是我的“老师”，他的回忆录是我最爱读的一部书。

——巴金

* 〔捷克〕鲍·聂姆佐娃　1862 年 1 月 21 日去世

岁月过去了，没有谈过一句我想谈的话。

——《往事与随想》，巴金、臧仲伦／译

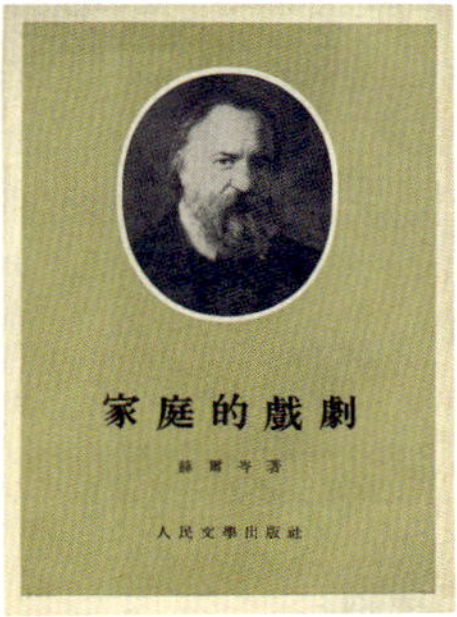

1955 年第 1 版《家庭的戏剧》

1月
January
壬寅年
腊月三十
21
星期六
S M T W T F S

十九世纪伟大的浪漫主义诗人、民主和自由斗士。代表作《唐璜》是一部反映当时欧洲现实生活的讽刺性长篇诗体小说。

＊〔德国〕莱辛　1729 年 1 月 22 日出生

22/1
January

癸卯年
正月初一

外国文学雕刻时光

本来快乐一诞生就是成双，
谁要获得它，就必须与人分享。

——《查良铮译唐璜》

（2000 年版）

1980 年第 1 版《唐璜》

1 月
January

癸卯年
正月初一

22

星期日

S M T W T F S

十九世纪法国杰出的批判现实主义作家，代表作《红与黑》是十九世纪法国乃至欧洲文学的一座丰碑。

· 更确切地说，他的一些作品是写给未来的书简。

——〔苏联〕马克西姆 · 高尔基

外国文学雕刻时光

我给自己规定的责任，不管是对还是错，好比一棵结实的大树，任它雨暴风狂，我也有所依靠。我有过动摇，左晃右晃，因为我毕竟只是一个人……但我并未被刮走。

——《红与黑》，张冠尧／译

（2020 年版）

1988 年第 1 版《红与黑》

1月

January

癸卯年

正月初二

23

星期一

S M T W T F S

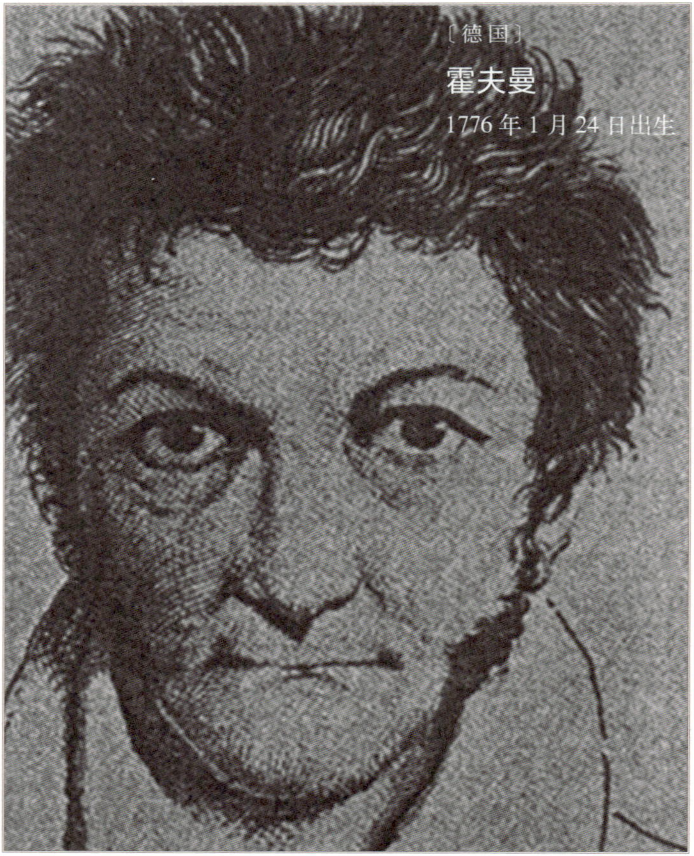

德国作家、音乐家、画家，其作品极具魔幻色彩，对后世现代派文学亦有深远影响。他的童话《胡桃夹子》被柴可夫斯基改编成芭蕾舞剧，家喻户晓。

* 〔英国〕温斯顿 · 丘吉尔　1965 年 1 月 24 日去世

当他的友人告诉他稿子原系出自一头名叫穆尔的雄猫的手笔，写的内容又是雄猫的生活观时，这位出版者的心里不禁暗暗感到奇怪；然而他还是答应帮忙，因为他觉得故事的开头写得不错。

——《雄猫穆尔的生活观》，韩世钟／译

霍夫曼为《雄猫穆尔的生活观》所作插图

女性文学先驱，意识流文学的杰出代表。代表作《一间自己的房间》是女性文学传世名篇。

＊〔英国〕威廉·萨默塞特·毛姆　1874 年 1 月 25 日出生

女人要想写小说，必须有钱，再加一间自己的房间。

——《一间自己的房间》，贾辉丰／译

（2013 年版）

1993 年第 1 版《海浪》

1月

January

癸卯年

正月初四

25

星期三

S M T W T F S

〔古巴〕

何塞·马蒂

1853 年 1 月 28 日出生

诗人、革命家、现代主义开路先锋。代表作《纯朴的诗篇》以纯朴的形式表达深刻的内容。

• 诗应该像一把闪光的宝剑。这些诗句是我自己的肺腑——我的战士的创伤。

——何塞·马蒂

＊〔苏联〕瓦·彼·卡达耶夫　1897 年 1 月 28 日出生

我的幸福的铜骑士哟！
呵，我怎样地吻着
这两只小脚，
这两只我一下就吻了的
小脚哟！

——《马蒂诗选》，卢永　等／译

1958年第1版《马蒂诗选》

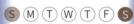

〔俄国〕

安·巴·契诃夫

1860 年 1 月 29 日出生

世界短篇小说三大巨匠之一，杰出的剧作家。小说代表作《变色龙》《一个文官的死》等，戏剧代表作《樱桃园》等。

＊〔法国〕罗曼·罗兰　1866 年 1 月 29 日出生

生活里充满多少意外的事啊？

——《契诃夫文集》，汝龙／译

1954 年第 1 版《三姊妹》（精装、平装）

后现代主义小说家。代表作《在西瓜糖里》是后现代主义小说的代表作之一。

夜将继续，但星星不再闪烁，天气将和今天一样温暖，一切都将是没有声音的。

——《在西瓜糖里》，王伟庆／译

（2021 年版）

1月

January

癸卯年

正月初九

30

星期一

S M T W T F S

现代日本文学的顶点之一，1994 年诺贝尔文学奖得主。《饲养》是作家初试啼声之作，获 1958 年芥川文学奖。

• 展现诗的力量，创造了一个想象中的世界，并在这个想象的世界中将生命和神话凝聚在一起，形成今天人类困境中一幅令人不安的图像。

——诺贝尔文学奖颁奖词

大家都怀着一个充实的期待，希冀用一个噩梦填满漫漫长夜。

——《饲养》，李硕/译

（2016 年版）

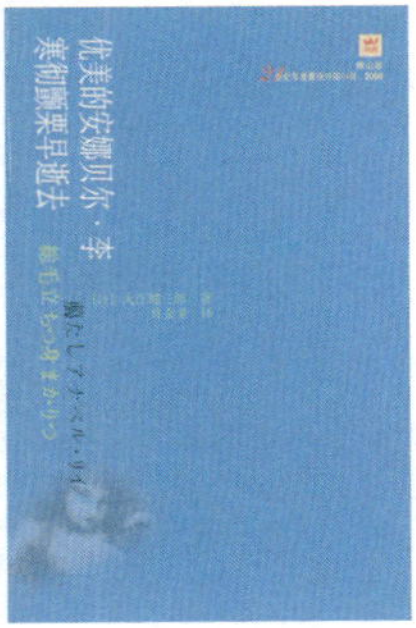

2009 年第 1 版《优美的安娜贝尔·李寒彻颤栗早逝去》

1月

January

癸卯年

正月初十

31

星期二

S M T W T F S

1 巴黎　莫里哀/伏尔泰/乔治·桑
波德莱尔/小仲马/埃米尔·左拉
普罗斯佩·梅里美/阿纳托尔·法朗士
安德烈·纪德/马塞尔·普鲁斯特
让-保尔·萨特/乔治·佩雷克
帕特里克·莫迪亚诺

2 希农　拉伯雷

3 多尔多涅省　米歇尔·德·蒙田

4 夏托蒂埃里　让·德·拉封丹

5 波尔多　孟德斯鸠

6 朗格尔　德尼·狄德罗

7 格勒诺布尔　司汤达

8 图尔　巴尔扎克

9 贝桑松　维克多·雨果

10 维勒科特莱　大仲马

11 鲁昂　居斯塔夫·福楼拜

12 南特费多岛　儒勒·凡尔纳

13 普罗旺斯　阿尔丰斯·都德/亨利·法布尔

14 诺曼底　居伊·德·莫泊桑

15 勃艮第　罗曼·罗兰

16 里昂　安托万·德·圣埃克苏佩里

17 尼斯　勒克莱齐奥

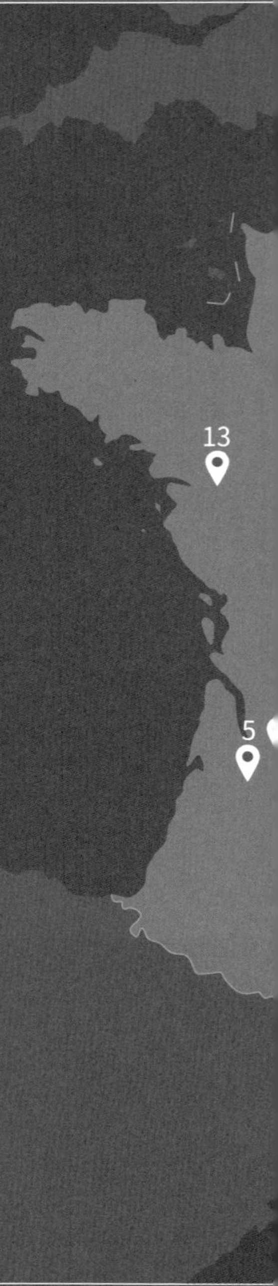

法　国　文　学　地　图

2月 February

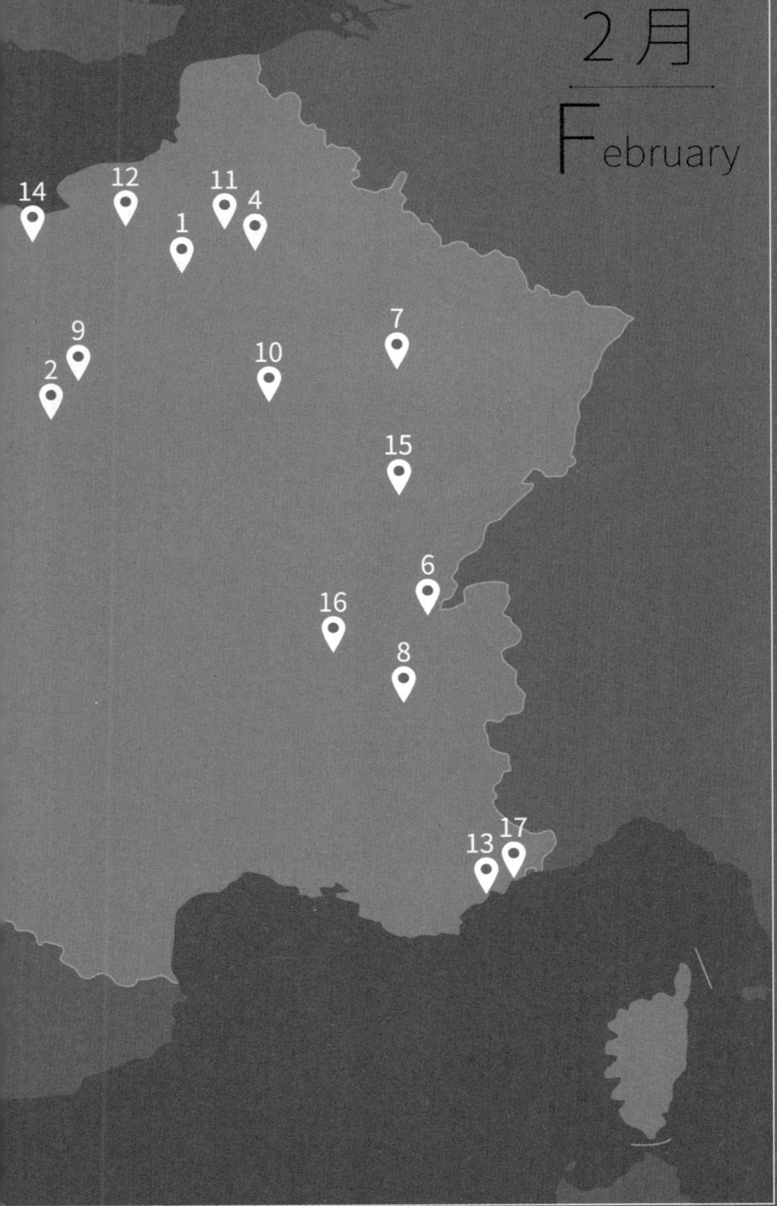

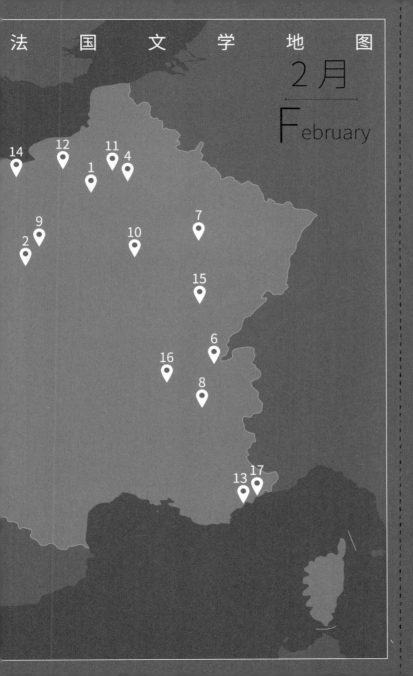

S	M	T	W	T	F	S
			1	2	3	4
5	6	7	8	9	10	11
12	13	14	15	16	17	18
19	20	21	22	23	24	25
26	27	28				

〔英国〕
玛丽·雪莱
1851年2月1日去世

因1818年的《弗兰肯斯坦》（另译为《人造人的故事》）被誉为“科幻小说之母”。这部成名作源于作者在1816年夏天的一次郊游。

2月
February
癸卯年
正月十一

1

星期三

S M T W T F S

如果我不能唤起爱，我将制造恐惧！

——《人造人的故事》

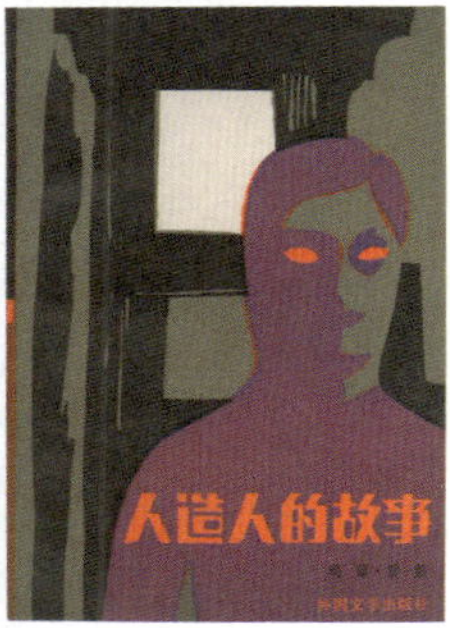

1986 年第 1 版《人造人的故事》

二十世纪最具影响力的作家之一，引领欧洲文学潮流。代表作《尤利西斯》是二十世纪最伟大的英文小说之一。

历史，是一场噩梦。我正在设法从梦里醒过来。

——《尤利西斯》，金隄／译

（2019 年版）

1994 年第 1 版《尤利西斯》

2月
February
癸卯年
正月十二

2

星期四

S M T W T F S

〔美国〕

保罗·奥斯特

1947 年 2 月 3 日出生

美国当代最勇于创新的小说家之一。代表作《此时此地》是奥斯特与诺贝尔文学奖得主约翰·马克斯韦尔·库切的通信集，记录了两个伟大灵魂的交流和碰撞。

最美好、最长久的友谊都源于赞赏。这是维系两人友情长盛不衰的基石。

——《此时此地》，郭英剑／译

（2019 年版）

2008 年第 1 版《布鲁克林的荒唐事》

〔日本〕

东野圭吾

1958 年 2 月 4 日出生

东野圭吾出生地——大阪市生野区街景

江户川乱步奖、日本推理作家协会奖、直木奖、本格推理大奖获得者。小说《濒死之眼》直击现实、情节烧脑，2019 年改编成电视剧。

* 〔苏联〕米 · 米 · 普里什文　1873 年 2 月 4 日出生

与外表看起来很痛苦时相较，反倒是旁人看来表现得朝气蓬勃时，存在于本人内在的悲哀才更加深沉，这就是所谓的人类呐。

——《濒死之眼》，张凌虚／译

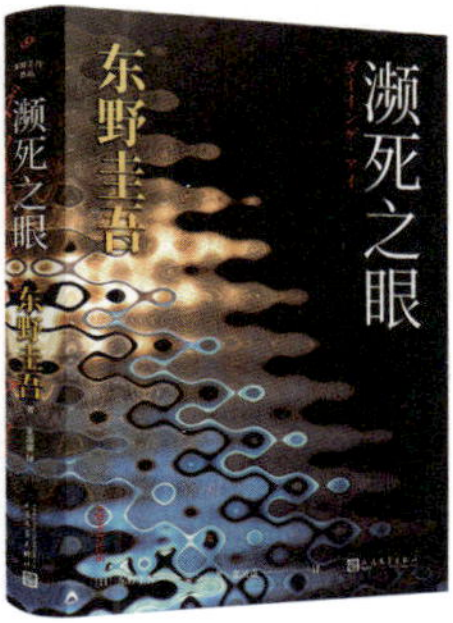

2020年第1版《濒死之眼》

2月
February
癸卯年
正月十四
4
星期六
S M T W T F S

古英语文学奠基之作，讲述斯堪的纳维亚英雄贝奥武甫勇斗魔怪和毒龙的英勇事迹。约翰·罗纳德·瑞尔·托尔金和诺贝尔文学奖得主谢默斯·希尼都曾将《贝奥武甫》从古英语翻译成现代英语。

人生的宴席一旦结束，人的躯壳就得在自己的灵床上长眠。

——《贝奥武甫》，陈才宇／译

〔英国〕斯凯尔顿（J. R. Skelton） 绘

2月
February
癸卯年
正月十五

5

星期日

S M T W T F S

〔尼加拉瓜〕

鲁文·达里奥

1916年2月6日去世

他使拉美诗歌第一次对欧洲宗主国产生反作用，“将西班牙的大商船掉过头来，驶回了西班牙”。代表作《生命与希望之歌》蕴含诗人“秋天的精髓和元气”。

• 头一条法则就是创造性：创造。

——鲁文·达里奥

2月
February

癸卯年
正月十六

6

星期一

S M T W T F S

你用弯弯的脖子在作什么符号，啊，天鹅，
当你像痛苦的梦想家四处游荡？
你洁白而又美丽，为什么不声不响，
对湖水肆意践踏，对鲜花冷若冰霜？

——《天鹅》，赵振江／译

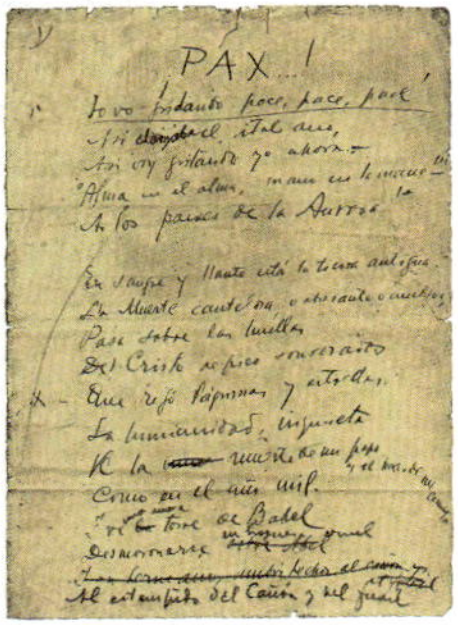
PAX...!

鲁文·达里奥手稿

〔英国〕

查尔斯·狄更斯

1812 年 2 月 7 日出生

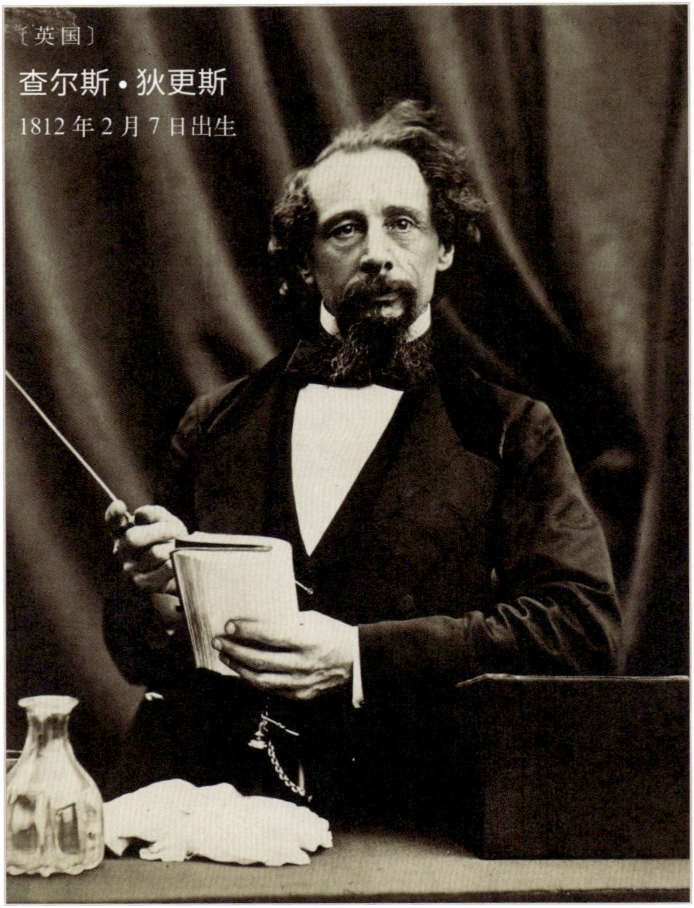

影响了后世无数作家的现实主义小说大师。代表作《大卫·科波菲尔》是作家的半自传小说，列夫·托尔斯泰称之为英国小说中最好的一部。

＊〔美国〕辛克莱·刘易斯　1885 年 2 月 7 日出生

2月 February

癸卯年
正月十七

7

星期二

S M T W T F S

有的人小时候经历，有的人老了才经历，有的人一辈子都在经历。

——“狄更斯文集”之《大卫·科波菲尔》，庄绎传／译（2020年版）

1958年第1版《大卫·科波菲尔》

〔法国〕

儒勒·凡尔纳

1828年2月8日出生

法国科幻、探险小说家。代表作《海底两万里》中的“鹦鹉螺”号命名了世界上第一艘核潜艇。

• 凡尔纳创作的长篇小说使我赞赏不已。在构思发人深省、情节引人入胜方面，凡尔纳是个大师。

——〔俄国〕列夫·托尔斯泰

* 〔冰岛〕赫尔多尔·奇里扬·拉克司奈斯　1998年2月8日去世

我爱大海！大海就是一切！

——《海底两万里》，赵克非／译

（2019 年版）

1991 年第 1 版《冰上怪兽》

2月

February

癸卯年

正月十八

8

星期三

S M T W T F S

〔南非〕

约翰·马克斯韦尔·库切

1940年2月9日出生

2003年诺贝尔文学奖得主。写作主题总是相似，而方法永远不同。代表作《耶稣的学生时代》等。

- 他通过众多的假面描述了局外人如何被卷入始料未及的生活之中。

——诺贝尔文学奖颁奖词

- 《耶稣的学生时代》是库切得诺贝尔文学奖之后的又一力作，凝注了作家对世界的深沉思索与审视性批判。

——邱华栋

* 〔日本〕夏目漱石　1867年2月9日出生

也许我们不该为了获得真正的答案拷问这个世界，而是为了获得真正的问题。

——《耶稣的学生时代》，杨向荣／译

2021 年版《耻》

2月
February
癸卯年
正月十九
9
星期四

S M T W T F S

作家、诗人，1958年诺贝尔文学奖得主。代表作《日瓦戈医生》通过一个医生四十年的人生际遇，侧面展示了那一代知识分子在二十世纪初的沉浮。

· 在现代诗和俄罗斯伟大叙事方面取得重大成就。

——诺贝尔文学奖颁奖词

* 〔德国〕布莱希特　1898 年 2 月 10 日出生

朦胧的夜色正向我对准，
用千百只望远镜的眼睛。

——《日瓦戈医生》，张秉衡／译

（2022 年版）

1987 年第 1 版《日瓦戈医生》

2月
February
癸卯年
正月二十
10
星期五

S M T W T F S

〔奥地利〕

托马斯·伯恩哈德

1989年2月12日去世

奥地利现代文坛一个独来独往、愤世嫉俗的怪才，始终“抱着自身固有的一切怪癖、粗暴、丑陋、困惑和离奇的东西走一条离经叛道之路”。《托马斯·伯恩哈德自传小说五部曲》（《原因》《地下室》《呼吸》《寒冻》《一个孩子》），以深沉的幽默、冷漠的讽刺展示了其坎坷的童年和青少年时期。

这座城市里居住着两类人，唯利是图者和他们的牺牲品。

——《托马斯·伯恩哈德自传小说五部曲》，王钟欣／译

（2016 年版）

2016 年第 1 版《托马斯·伯恩哈德自传小说五部曲》

2月
February
癸卯年
正月廿二
12
星期日
S M T W T F S

〔俄国〕

伊·安·克雷洛夫

1769 年 2 月 13 日出生

世界三大寓言家之一。克雷洛夫的诗体寓言常借动植物的形象折射广泛的社会生活。

· 克雷洛夫的寓言不是简单的寓言，而是小说，是喜剧，是幽默的特写，是辛辣的讽刺文学作品。

——〔俄国〕维·格·别林斯基

＊〔阿根廷〕里卡多·吉拉尔德斯　1886 年 2 月 13 日出生

一个人真有才干，
往往是寡言少语

——《克雷洛夫寓言全集》，谷羽／译

（2019 年版）

1992 年第 1 版《克雷洛夫寓言一百篇》

2月
February
癸卯年
正月廿三
13
星期一

S M T W T F S

〔英国〕

佩勒姆·格伦威尔·伍德豪斯

1975 年 2 月 14 日去世

幽默小说家，英国以他的名字设立了幽默文学作品奖。代表作《万能管家吉夫斯》堪称英式幽默的黄金标准。

我真诚地希望，我的整个余生将是有条不紊的单调。

——《万能管家吉夫斯》

〔古希腊〕

萨福

约前 630 年出生

著名女抒情诗人。她曾说过，未来的人们不会忘记她。代表作《你是黄昏的牧人》感情真挚，表达自然。

而她们的脚移动了
有节奏地，好像从前
克里特岛的姑娘们
用温柔的脚步
在开花的柔滑的草地上
围绕着爱的祭坛
跳起环舞

——《你是黄昏的牧人——萨福诗选》，罗洛／译

2017 年第 1 版《你是黄昏的牧人——萨福诗选》

诗人，1906 年诺贝尔文学奖得主，首个获得该奖的意大利人。代表作《青春诗钞》抒发渴求民族独立的强烈感情。

•（卡尔杜齐获奖）不仅由于他渊博的学识和批判性的研究，更因他杰出诗作特有的创造力、清新的风格和抒情的魅力。

——诺贝尔文学奖颁奖词

* 〔俄国〕尼·谢·列斯科夫　1831 年 2 月 16 日出生

三色的花儿啊，
星星沉落在
海洋中央，
一支支歌曲
在我心中消亡。

——《离别》，钱鸿嘉／译

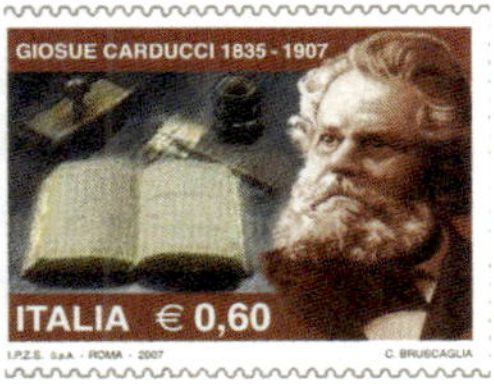

诗人逝世一百周年发行的邮票

2月
February
癸卯年
正月廿六
16
星期四
S M T W T F S

〔日本〕
森鸥外
1862 年 2 月 17 日出生

小说家、翻译家，明治时代文学巨擘。早期代表作《舞姬》是日本近代文学史上的一颗明珠。

我之心如合欢树之叶一般，一遭触碰便会瑟缩躲藏。我的心，正如那处女之心。

——《舞姬》

2月
February
癸卯年
正月廿七
17
星期五
S M T W T F S

〔美国〕

托妮·莫里森

1931 年 2 月 18 日出生

托马斯·赛特怀特·诺布尔以玛格丽特·加纳为灵感的画作

1993年诺贝尔文学奖得主。代表作《宠儿》基于玛格丽特•加纳的真实故事，获1988年普利策小说奖，1998年同名电影上映。另有代表作《最蓝的眼睛》。

• 想象力丰富，富有诗意，显示了美国现实生活的重要方面。

——诺贝尔文学奖颁奖词

＊〔法国〕安德烈·布勒东　1896 年 2 月 18 日出生

一个无拘无束者的爱绝不是安全的。

——《最蓝的眼睛》，杨向荣／译

1987 年第 1 版《所罗门之歌》

2 月

February

癸卯年

正月廿八

18

星期六

S M T W T F S

“挪威的灵魂”，1920年诺贝尔文学奖得主。代表作《大地的成长》。

• 因其现实主义手法和多彩的散文风格而受到嘉奖。

——诺贝尔文学奖颁奖词

• 汉姆生在各方面均堪称现代派文学之父——例如其主观意识、不完整性、倒叙手法的运用及其抒情风格等等。二十世纪的所有现代派小说，均源于汉姆生。

——〔美国〕艾萨克·巴什维斯·辛格

＊〔哥伦比亚〕何塞·埃乌斯塔西奥·里维拉　1888年2月19日出生

我心里没有愁云，也没有一点觉得不安，只要我想得起来的愿望或渴望，没有一个不曾实现。

——《汉姆生文集》，裴显亚／译

（2009 年版）

1989 年第 1 版《饥饿　维多丽娅》

2 月
February
癸卯年
正月廿九

19

星期日

S M T W T F S

〔日本〕

志贺直哉

1883 年 2 月 20 日出生

“小说之神”，影响了众多日本作家。其唯一的长篇小说《暗夜行路》是日本近代文学的高峰。

20/2 February

外国文学雕刻时光

癸卯年

二月初一

我必须往前走——不徐不疾，不停不歇。

——《暗夜行路》

1956 年第 1 版《志贺直哉小说集》

2月

February

癸卯年

二月初一

20

星期一

S M T W T F S

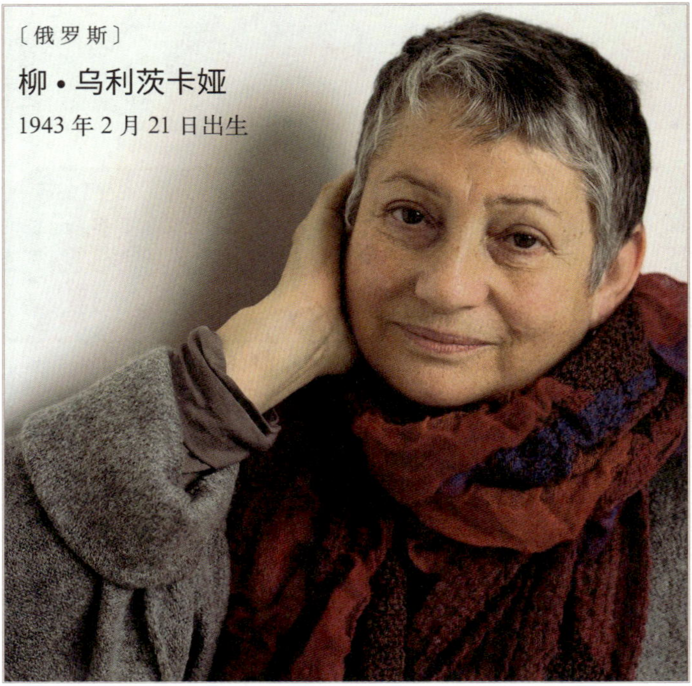

〔俄罗斯〕

柳·乌利茨卡娅

1943年2月21日出生

“俄罗斯当代女性文学三套车”之一，2001年成为俄罗斯布克奖第一位女性得主。代表作《雅科夫的梯子》是“纪念祖父”的史诗，记录了奥谢茨基家族六代人的命运、生与死、爱与憎。

我不会重新算起那些昔日的恩恩怨怨。除了你，我从没有爱过任何人。

——《雅科夫的梯子》，任光宣／译

（2018 年版）

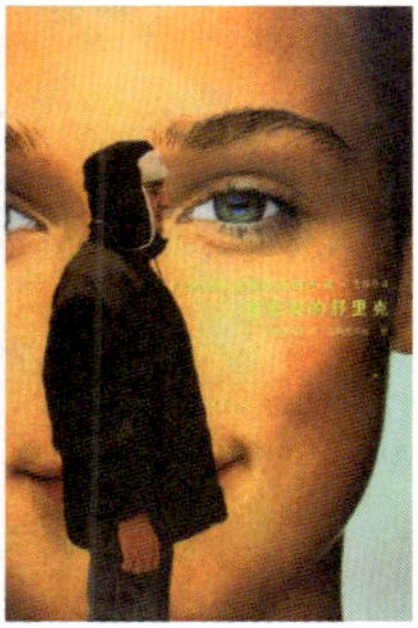

2004 年第 1 版《您忠实的舒里克》

2月

February

癸卯年

二月初二

21

星期二

S M T W T F S

〔西班牙〕

安东尼奥·马查多

1939 年 2 月 22 日去世

西班牙“98 年一代”诗人。代表作《卡斯蒂利亚的田野》是当时西班牙的缩影。

行人啊，你的足迹
就是路，如此而已；
地上本无路，
路是人走出。

——《箴言与歌谣》，赵振江／译

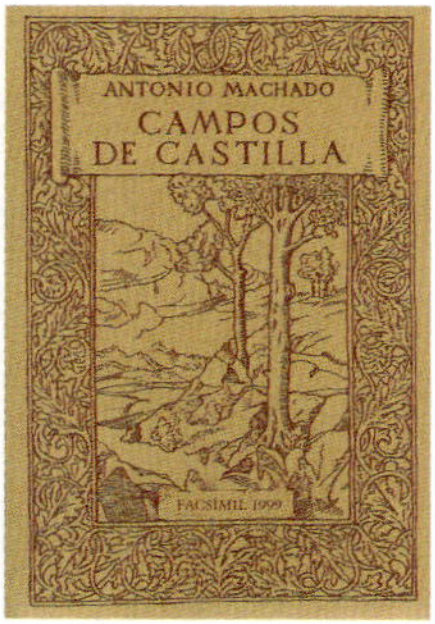

1912 年《卡斯蒂利亚的田野》原版封面

〔捷克〕

尤利乌斯·伏契克

1903 年 2 月 23 日出生

记者、作家、评论家，共产党人、反法西斯战士。代表作《绞刑架下的报告》自 1945 年出版以来被译成九十多种文字，广为流传。

23/2 February

癸卯年

二月初四

我们用歌声欢迎来自东方战线上的捷报。

——《绞刑架下的报告》，蒋承俊／译

（2020 年版）

1952 年第 1 版《绞刑架下的报告》

2 月

February

癸卯年

二月初四

23

星期四

S M T W T F S

〔德国〕

威廉·格林

1786年2月24日出生

德国语言学家、作家，“格林兄弟”中的弟弟。他和哥哥共同编纂的《格林童话》《德语词典》《德国传说》等深刻影响了德语的发展。

* 〔苏联〕康·亚·费定　1892年2月24日出生

白雪公主在棺材里躺了很久很久，样子始终不变，她好像在睡觉。她的皮肤始终像雪一样白，嘴唇像血一样红，头发像乌木一样黑。

——《格林童话全集》，魏以新／译

《白雪公主》插图

2月
February
癸卯年
二月初五
24
星期五

S M T W T F S

意大利喜剧改革家、现代戏剧创始人。代表作《女店主》是作家自认为最佳的一出戏，《一仆二主》在世界戏剧舞台上长演不衰。

• 喜剧应该如实地反映生活，并不排斥善意与同情。

——卡尔洛·哥尔多尼

2月
February

癸卯年
二月初六

25

星期六

S M T W T F S

老爷们，爱情的最可靠的标志是嫉妒，所以不嫉妒的人就不是在恋爱。

——《哥尔多尼戏剧集》，焦菊隐　等／译

（1999年版）

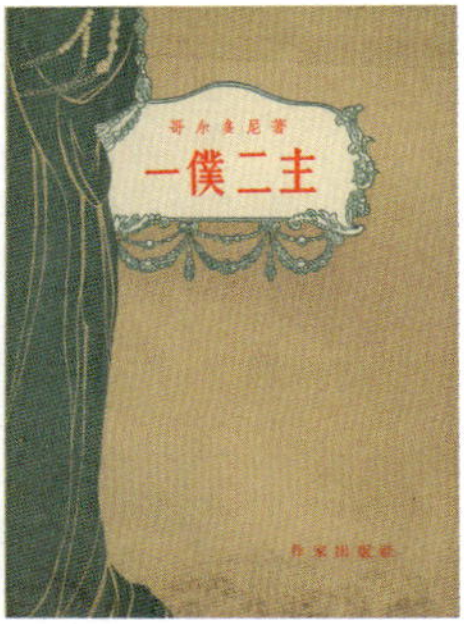

1956年第1版《一仆二主》

十九世纪前期浪漫主义文学运动领袖。代表作《悲惨世界》记述了主人公冉阿让在近代社会中的奥德修式的经历。

• 好几十年过去了。时间可以淹没小丘和山岗，但淹没不了高峰，人类遗忘的大海淹没了多少十九世纪的作品，而雨果的作品像群岛一样，傲然挺立在大海之上，露出它们那千姿百态的尖顶。

——〔法国〕安德烈·莫洛亚

贫穷使男子潦倒，饥饿使妇女堕落，黑暗使儿童羸弱。

——《悲惨世界》，李丹、方于／译

（2021 年版）

1954 年第 1 版《雨果诗选》

2 月
February
癸卯年
二月初七
26
星期日
S M T W T F S

〔美国〕

亨利·华兹华斯·朗费罗

1807 年 2 月 27 日出生

十九世纪美国最伟大的浪漫主义诗人之一，他的诗歌大多以日常生活为题材，流露出对普通人的同情和关切。

我们的命运也得要锤炼，要经受人生的炉火风箱。

——《朗费罗诗选》，杨德豫／译

(1985 年版)

1957 年第 1 版《朗费罗诗选》

2 月
February

癸卯年
二月初八

27

星期一

S M T W T F S

〔法国〕

米歇尔·德·蒙田

1533年2月28日出生

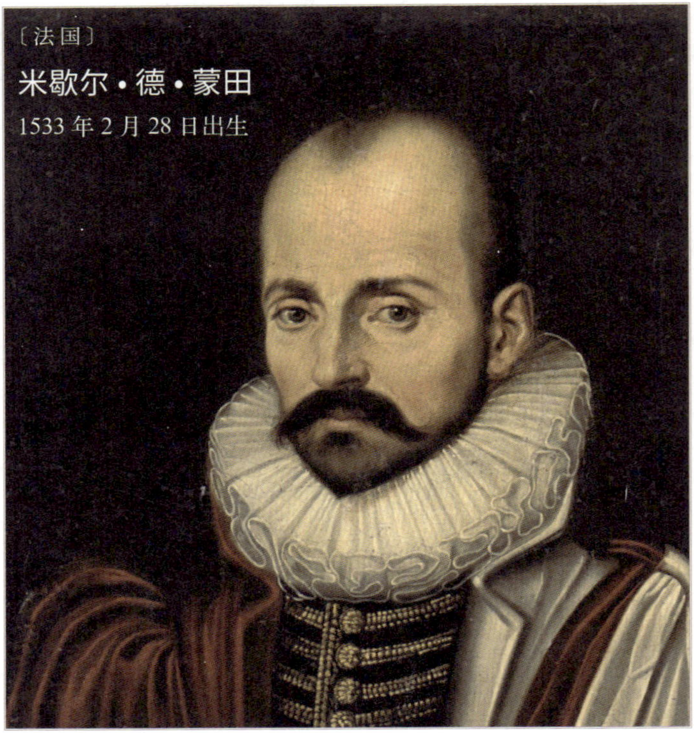

法国文艺复兴后期最伟大的人文主义者，欧洲近代散文体裁的开创人。《蒙田随笔》以自身为观察对象，因丰富的思想内涵而被誉为“思想的宝库”。

- 剖开这些字，会有血流出来；那是有血管的活体。

——〔美国〕爱默生

- 世人对生活的热情，由于这样一个人的写作而大大提高。

——〔德国〕尼采

28/2 February

癸卯年

二月初九

外国文学雕刻时光

谁活着不为他人，也就不为自己而活。

——《蒙田随笔》，黄建华／译

（2005 年版）

2005 年第 1 版《蒙田随笔》

2月

February

癸卯年

二月初九

28

星期二

S M T W T F S

英 国 爱 尔 兰 文 学 地 图

1 伦敦 杰弗雷·乔叟
丹尼尔·笛福
约翰·弥尔顿/乔治·戈登·拜伦
约翰·济慈
弗吉尼亚·吴尔夫
哈罗德·品特
金斯利·艾米斯
罗伯特·勃朗宁

2 格温特郡 J.K.罗琳

3 坎伯兰郡 威廉·华兹华斯

4 杜伦郡 伊丽莎白·芭蕾特·勃朗宁

5 约克郡 爱米丽·勃朗特
夏洛蒂·勃朗特

6 柴郡 刘易斯·卡罗尔

7 诺丁汉郡 D.H.劳伦斯

8 沃里克郡 威廉·莎士比亚
乔治·爱略特

9 赫特福德郡 格雷厄姆·格林

10 萨塞克斯郡 波西·别希·雪莱

11 汉普郡 查尔斯·狄更斯
简·奥斯丁

12 多塞特郡 托马斯·哈代

13 德文郡 阿加莎·克里斯蒂

14 康沃尔郡 威廉·戈尔丁

15 爱丁堡 柯南·道尔

16 都柏林 约翰·班维尔/萨缪尔·贝克特
乔纳森·斯威夫特/奥斯卡·王尔
乔治·萧伯纳/詹姆斯·乔伊斯

17 山迪蒙 威廉·巴特勒·叶芝

18 科克市 艾捷尔·丽莲·伏尼契

19 德里郡 谢默斯·希尼

澳大利亚新西兰文学地图

3月

March

1 悉尼　帕特里克·怀特/托马斯·肯尼利/杰拉尔丁·布鲁克斯
2 河地　凯特·莫顿
3 巴克斯马什　彼得·凯里
4 金尼顿　约翰·马斯登
5 墨尔本　杰梅茵·格里尔
6 惠灵顿（澳）　考琳·麦卡洛
7 惠灵顿（新）　曼斯菲尔德/派翠西亚·葛雷丝
8 法卡塔尼　玛格丽特·马希/莫里斯·吉
9 克赖斯特彻奇　恩加伊奥·马什
10 达尼丁　珍妮特·弗雷姆/詹姆斯·凯尔·巴克斯特

3月

March

			1	2	3	4
5	6	7	8	9	10	11
12	13	14	15	16	17	18
19	20	21	22	23	24	25
26	27	28	29	30	31	
S	M	T	W	T	F	S

〔日本〕

芥川龙之介

1892 年 3 月 1 日出生

日本新思潮派代表作家，大正时代的短篇小说巨擘，文学“鬼才”。代表作《竹林中》成就了日本电影史上最伟大的电影导演黑泽明。

外国文学雕刻时光

我目前生活在最不幸的幸福当中。

——《某傻子的一生》，文洁若／译

1981 年第 1 版《芥川龙之介小说选》

3 月
March
癸卯年
二月初十
1
星期三
S M T W T F S

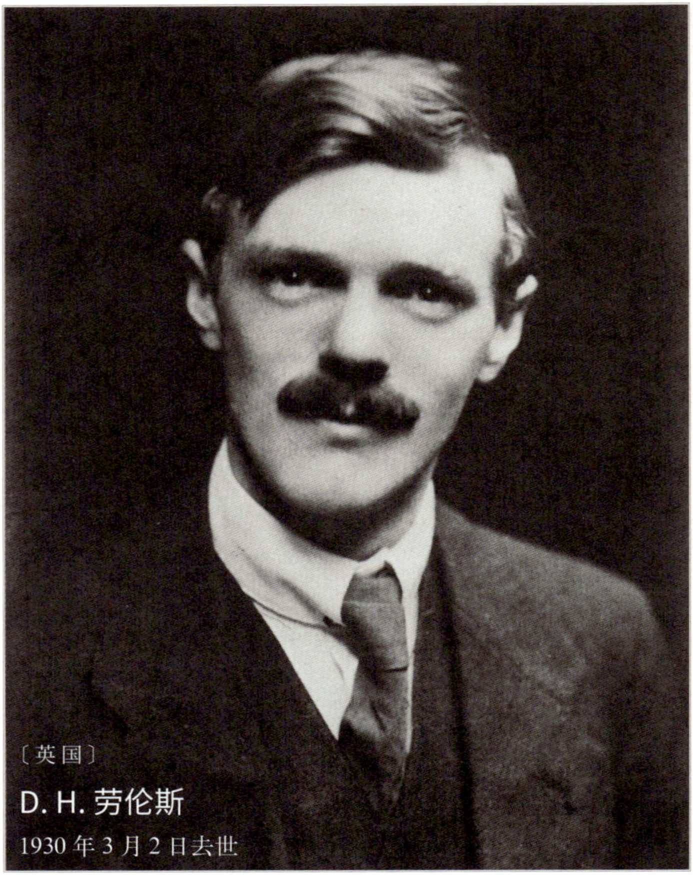

诗人，英国现代文艺领域内罕见的通才。代表作《儿子与情人》是作家的半自传性小说，居 1999 年现代图书馆“二十世纪百佳英语小说”榜单第九位。

• 他是一个天才，居于英国文学的中心，在世界文学中也有他稳定的位置。

——〔英国〕多丽丝 · 莱辛

他感到自己不受尊重，所以他要冒险毁灭自己，索性叫她落得一场空。

——《儿子与情人》，陈良廷、刘文澜／译

（2015 年版）

1987 年第 1 版《儿子与情人》

〔法国〕

乔治·佩雷克

1982 年 3 月 3 日去世

法国当代先锋小说家，文学实验团体“潜在文学工场”成员。

• 他是最独特的文学家之一，和任何人都没有丝毫相似之处。

——〔意大利〕伊塔洛·卡尔维诺

3/3 March

癸卯年
二月十二

现在，你是这世界无名的主人，历史再也掌控不了的人，再也感觉不到下雨、再也看不见夜晚来临的人。

——《沉睡的人》，李玉民／译

（2019 年版）

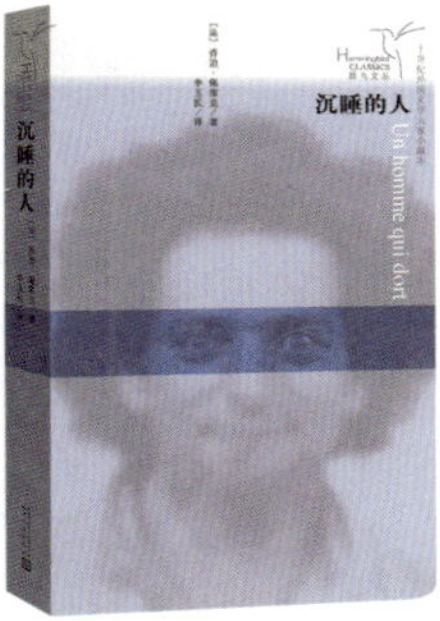

2019 年第 1 版《沉睡的人》

3 月

March

癸卯年
二月十二

3

星期五

S M T W T F S

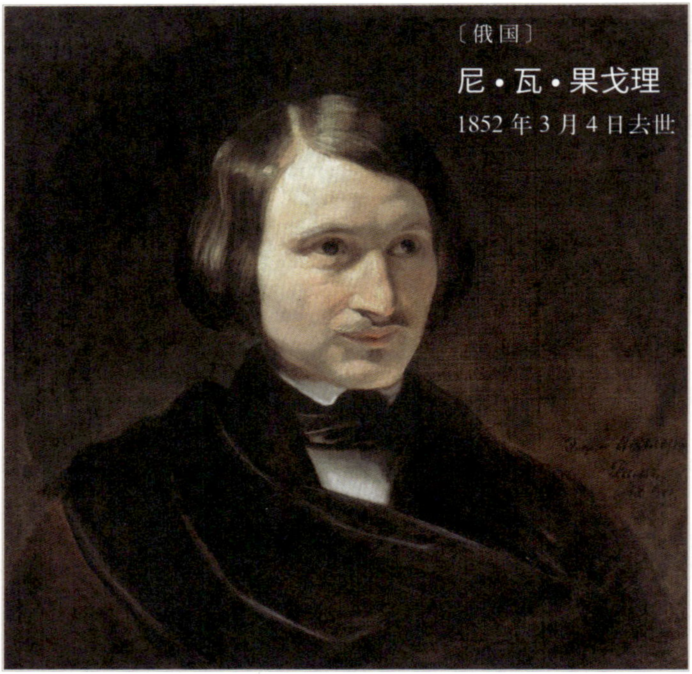

小说家、剧作家、俄国现实主义文学奠基人。代表作《死魂灵》的出版震撼了全俄国，使果戈理跻身于世界级经典作家之列。小说通过骗子乞乞科夫购买“死魂灵”以图营利的奇异故事，全方位揭示了俄国社会生活的本质和俄罗斯心灵的真实状态。

我们这个世界安排得多么巧妙啊！

——《涅瓦大街》，满涛／译

1951 年《死魂灵》样本

3月
March
癸卯年
二月十三
4
星期六
S M T W T F S

〔德国〕

罗莎·卢森堡

1871 年 3 月 5 日出生

革命家兼作家。代表作《狱中书简》以真挚友人的身份，漫谈读书、生活、自然，充满女性的坚韧、温柔、爱心。

外国文学雕刻时光

在这一切阴霾惨淡的情景中，突然间一只夜莺在我窗前的一株枫树上叫起来了！在雨中，闪电中，隆隆的雷声中，夜莺啼叫得像是一只清脆的银铃，它歌唱得如醉如痴，它要压倒雷声，唱亮昏暗——我从来没有听见过这样美的声音。

——《狱中书简》，邱崇仁、傅惟慈／译

1955 年第 1 版《狱中书简》

3 月

March

癸卯年

二月十四

5

星期日

S M T W T F S

1951 年芥川文学奖得主，“日本的卡夫卡”。代表作《砂女》不仅是作家创作生涯中的一座里程碑，也是日本当代文学史上的杰作。

如果有谁——根据我的这份报告——发明一种能使存在失而复得、离而复合的机器，我要请求他：找到我和福斯蒂妮，让我进入她意识的天堂，那将是一种仁慈的举动。

——《莫雷尔的发明》，赵英／译

2012 年第 1 版《莫雷尔的发明》

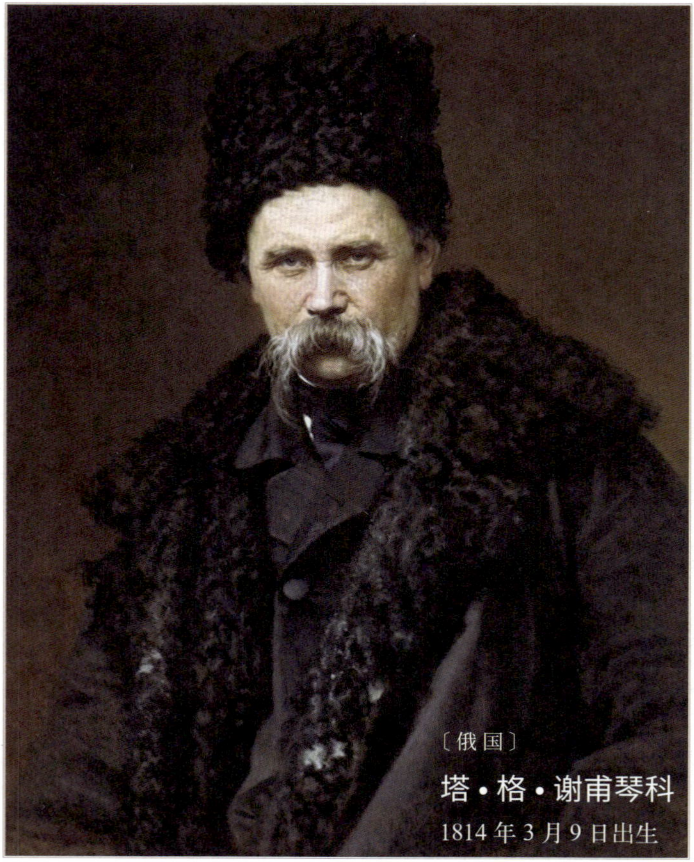

〔俄国〕

塔·格·谢甫琴科

1814年3月9日出生

伟大的乌克兰民族诗人，乌克兰新文化奠基人。代表作《科布扎歌手》在乌克兰是家喻户晓的诗集。

9 /3 March

癸卯年
二月十八

我的生活的历史，组成了
我的祖国的历史的一部分。

——《谢甫琴科诗选》，戈宝权、任溶溶／译

2016 年第 1 版《谢甫琴科诗集》

3 月
March

癸卯年
二月十八

9

星期四

S M T W T F S

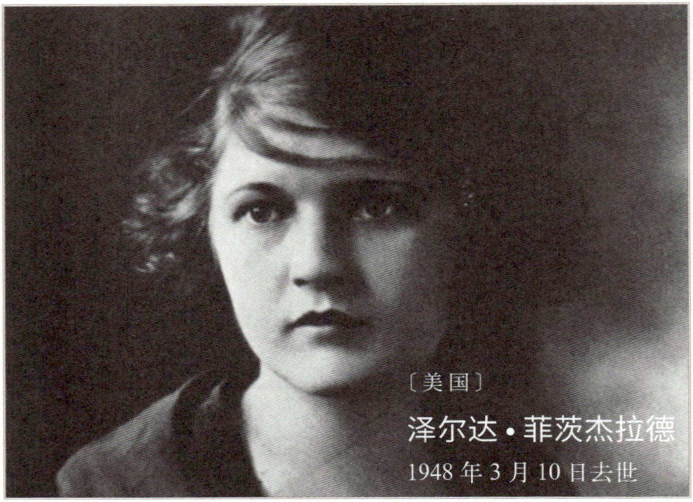

小说家、诗人、舞蹈家，著名作家弗朗西斯·司各特·菲茨杰拉德之妻。代表作《给我留下华尔兹》和其丈夫的《夜色温柔》在当代文学史上构成了一对最不寻常的夫妻篇。

＊〔美国〕罗伯特 · 詹姆斯 · 沃勒　2017 年 3 月 10 日去世

证明自己，她就能找到安宁，安宁就是一个人对自我的肯定。

——《给我留下华尔兹》，朱法荣／译

2016 年第 1 版《给我留下华尔兹》

3 月
March
癸卯年
二月十九
10
星期五
S M T W T F S

儿童文学作家。代表作《爱的教育》（直译为《心》）在发表一百年之际被联合国教科文组织正式列入“世界各国青少年必读丛书”。

3月
March
癸卯年
二月二十

11

星期六

S M T W T F S

“我吻你一下可以吗？”“吻两下也可以。”我回答，并朝他伸过脸去。他擦了擦脸上的粉，用胳膊搂住我的脖子，在我的面颊上亲吻了两下，并说：“带给你父亲一个吻！”

——《爱的教育》，王干卿／译

（2018 年版）

1998 年第 1 版《爱的教育》

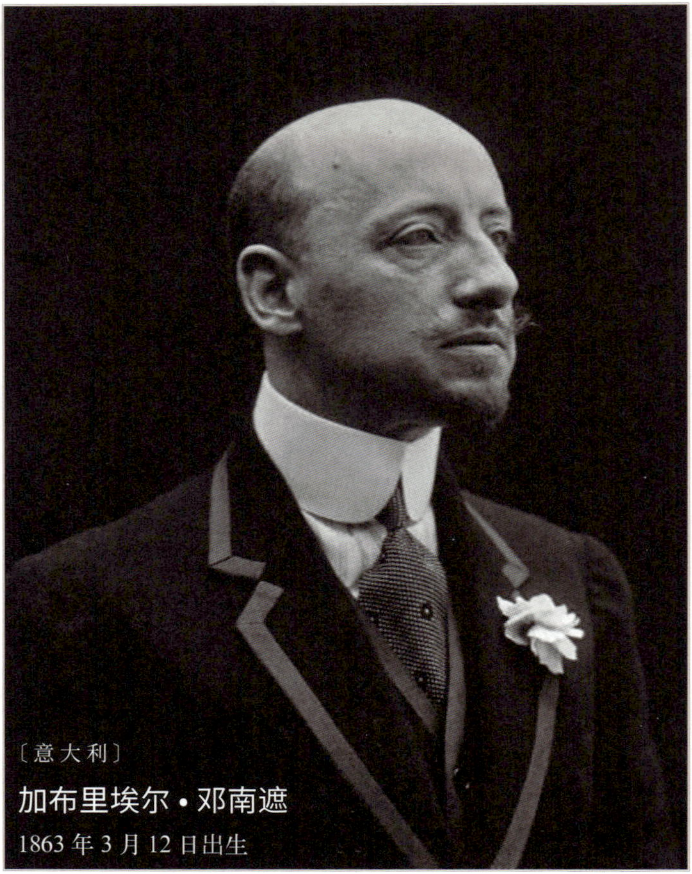

〔意大利〕

加布里埃尔·邓南遮

1863 年 3 月 12 日出生

意大利唯美主义和颓废主义代表。代表作《佩斯卡拉的故事》是以作家故乡为背景的短篇小说集。

透过火光，路易吉先生听到了这一生中最后的几句痛骂。他尽量集中自己的意志，反复掂量了一阵，觉得无论如何也不能忍受这样的侮辱，于是他转过身去，纵身跳进熊熊燃烧的火海。

——《佩斯卡拉的故事》，万子美／译

1989年第1版《佩斯卡拉的故事》

〔希腊〕

乔治·塞菲里斯

1900 年 3 月 13 日出生

希腊外交官、诗人，1963 年诺贝尔文学奖得主。代表作《转折点》是向希腊传统文坛发起挑战之作。

• 他杰出的抒情诗篇源自对希腊文化的深刻感悟。

——诺贝尔文学奖颁奖词

有时候你的血液像月光
冻结在无边无际的夜里，
你的血液张开白色的翅膀，覆盖着
黑的岩石、树木和房屋的形状，
用一点点来自我们孩提时代的光。

——《神话和历史》，李野光／译

古干　绘

俄罗斯当代著名小说家，两次苏联国家奖金获得者。拉斯普京的小说都以西伯利亚、安卡拉河为背景，他把现实主义的真实、对那里人们的深层次思考与对俄罗斯民族道德传统的弘扬结合起来。小说不但有高度的道德思想内涵，而且具有高度的艺术概括性和独特的语言风格。

＊〔英国〕托马斯·马洛礼　1471年3月14日去世

在战场上，人们总是诧异那些过和平生活的人何以能无休止地活下去。每当想起人会像树木或石头那样年复一年地过上好几十年和平生活，简直会觉得不可思议。时间在这里有另一种尺度。

——《活下去，并且要记住》，吟馨、慧梅／译

2005 年版《伊万的女儿，伊万的母亲》

战壕真实派作家，三部曲《岸》《选择》《人生舞台》被评介为探索、人生、世界的哲理三部曲。《岸》以苏联炮兵中尉尼基金和西德少女爱玛在特殊历史时空的相遇相知为主线，一条无形的“岸”，分隔了两种社会制度、两种意识形态、两种道德伦理。

在两个星球故意相撞的时刻，他们偶然相遇了千分之一秒的时间……

——《岸》，索熙／译

1978 年版《岸》（黄皮书）

3 月
March
癸卯年
二月廿四
15
星期三

S M T W T F S

〔瑞典〕

西尔玛·拉格洛夫

1940年3月16日去世

1909年成为诺贝尔文学奖的首位女性得主和首位瑞典得主。代表作《骑鹅旅行记》是世界文学史上第一部，也是目前唯一一部获得诺贝尔文学奖的童话作品。

* 〔秘鲁〕塞萨尔·巴列霍　1892年3月16日出生

他渐渐开始明白，变不成人将是一种什么样的境况。现在他已经失去了一切，他再不能和其他孩子一起玩耍，不能继承父母的小田地，而且不能找到一个姑娘和他结婚。

——《骑鹅旅行记》，高子英、李之义、杨永范／译

（2018 年版）

1980 年第 1 版《骑鹅旅行记》

〔德国〕

西格弗里德·伦茨

1926年3月17日出生

德国反思文学的代表作家，与海因里希·伯尔和君特·格拉斯等齐名。代表作《德语课》以表现主义画家埃米尔·诺尔德为人物原型，主题是后辈如何对待父辈在“二战”中的“罪行”。

· 我第一次读到伦茨的小说是《面包与运动》，第二次就是这部《德语课》……我记得当时这部书震撼了我，在一个孩子天真的叙述里，我的阅读却在经历着惊心动魄。

——余华

谁也不敢让鲁格尔警察哨长去反省，对他进行治疗；他就可以这样病态地呆着，病态地去履行自己那命中注定的职责。

——《德语课》，许昌菊／译

1980 年第 1 版《德语课》

3 月
March
癸卯年
二月廿六
17
星期五
S M T W T F S

〔德国〕

克里斯塔·沃尔夫

1929 年
3 月 18 日出生

她的作品描写了东西德分裂造成的普通人的悲剧，探究了知识女性在社会中的种种困境。

* 〔德国〕弗里德里希 · 赫贝尔　1813 年 3 月 18 日出生

18/3 March

癸卯年
二月廿七

我早就知道，那真正的过错是默默地发生的那些，而非可以公开看到的。人们很长时间向自己否认和隐瞒这些默默的过错，从不讲出它们。我们旷日持久地守护内心最深处的这个秘密。

——《天使之城或弗洛伊德博士的外套》，朱刘华／译

2011 年第 1 版《天使之城或弗洛伊德博士的外套》

3月
March

癸卯年
二月廿七

18

星期六

S M T W T F S

凭借代表作《凡人》成为目前唯一一个三度获得福克纳笔会奖的作家，还获得 1960 年美国国家图书奖、1995 年普利策文学奖等。

* 〔芬兰〕埃利亚斯 · 隆洛德　1884 年 3 月 19 日去世

老年不是一场战斗；老年是一场大屠杀。

——《凡人》，彭伦／译

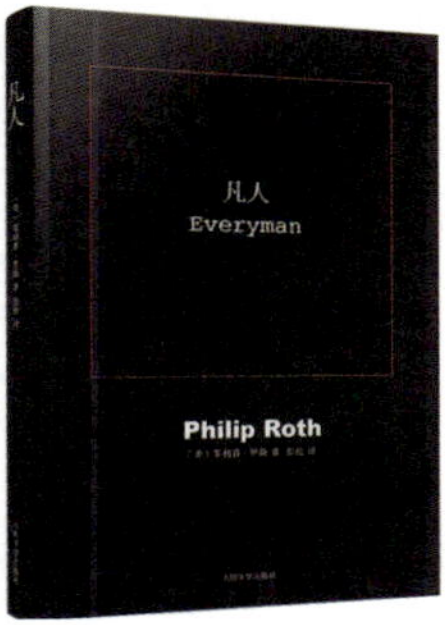

2009 年第 1 版《凡人》

3 月
March
癸卯年
二月廿八
19
星期日
S M T W T F S

挪威戏剧家，欧洲近代戏剧的创始人，现代戏剧之父。《社会支柱》《玩偶之家》《群鬼》《人民公敌》构成易卜生创作中期的四大“社会问题剧”，其中《玩偶之家》获誉“十九世纪女性宝书”。

* 〔古罗马〕奥维德　前 43 年 3 月 20 日出生

想在这个世界上求幸福就是反叛精神的表现。咱们有什么权利享受幸福？

——《易卜生戏剧四种》，潘家洵／译
（2019 年版）

1956—1959 年第 1 版《易卜生戏剧集》

“悲剧之父”，古希腊三大悲剧诗人之一。代表作《被缚的普罗米修斯》是“普罗米修斯三部曲”中仅存的一部。

• 马拉松圣地称道他作战英雄无比，
  长头发的波斯人听了，心里最明白。

——埃斯库罗斯墓志铭

21/3
March

癸卯年
二月三十

让他扔出燃烧的电火吧，让他用白羽似的雪片和地下响出的雷霆使宇宙紊乱吧；可是这一切都不能强迫我告诉他，谁来推翻他的王权。

——《埃斯库罗斯悲剧二种》，罗念生／译

（2021 年版）

1961 年第 1 版《埃斯库罗斯悲剧二种》

3 月
March
癸卯年
二月三十

21

星期二

S M T W T F S

〔波斯〕

菲尔多西

940 年出生

古代波斯伟大民族史诗《列王纪》的作者，真正复活了波斯帝国的往昔岁月，并为之注入新的生命。《列王纪》不仅是波斯古代传说的总汇，也是后世许多作品的源头。

理智指引方向，理智启迪心灵，
理智伴人走向彼世，步入今生。

——《列王纪选》，张鸿年／译

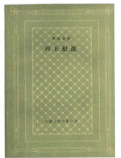

1991 年第 1 版《列王纪选》

3 月
March
癸卯年
闰二月初一
22
星期三
S M T W T F S

法国最伟大的小说家之一，1937 年诺贝尔文学奖得主。代表作《蒂博一家》凝聚作者近二十年心力，为“长河小说”注入新鲜血液。

- 《蒂博一家》中表现出来的艺术魅力和真实性，是对人类生活面貌的基本反映。

——诺贝尔文学奖颁奖词

理想就是将伟大的东西同人类最低贱的东西混合起来，就是把人们所作的一切变得伟大。

——《蒂博一家》，胡菊丽、邢洁／译

3月
March
癸卯年
闰二月初二
23
星期四

S M T W T F S

小说家，与君特·格拉斯齐名。《恋爱中的男人》取材于七十三岁的歌德爱上少女乌尔莉克的真实故事，文风泼辣诙谐。

＊〔意大利〕达里奥·福　1926 年 3 月 24 日出生

以后只读、只写故事和现实生活里一样残酷的书。

——《恋爱中的男人》，黄燎宇／译

（2010 年版）

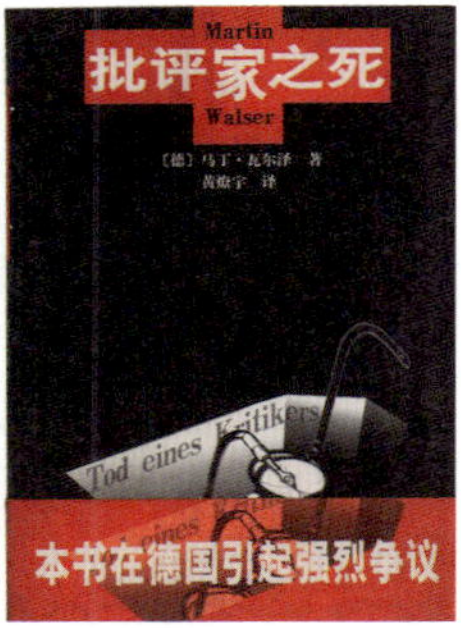

2004 年第 1 版《批评家之死》

〔日本〕

岛崎藤村

1872 年 3 月 25 日出生

小说家、诗人，日本自然主义文学代表作家。小说处女作《破戒》开辟日本自然主义文学先河。

＊ 〔美国〕弗兰纳里 · 奥康纳　1925 年 3 月 25 日出生

人的同情心是很微妙的，有时反而会使你不愿去触及事情的底蕴。

——《破戒》，陈德文／译

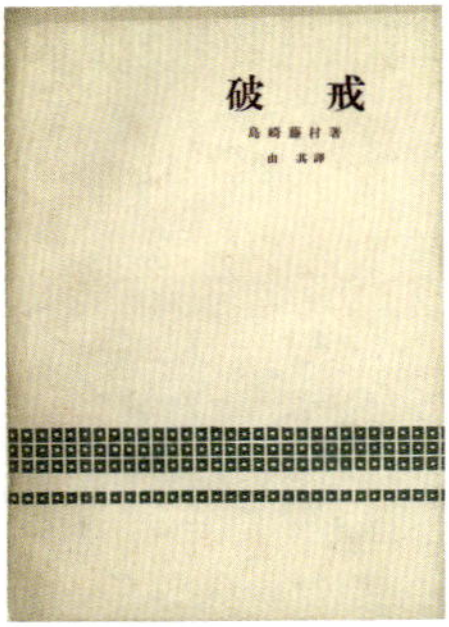

1958 年第 1 版《破戒》

〔美国〕

沃尔特·惠特曼

1892 年 3 月 26 日去世

著名诗人，创造了诗歌的自由体。代表作《草叶集》打破了传统的诗歌格律，是美国文学史上第一部具有美国民族气派和风格的浪漫主义诗集。

26/3 March

癸卯年

闰二月初五

外国文学雕刻时光

3月

March

癸卯年

闰二月初五

26

星期日

S M T W T F S

我邀了我的灵魂同我一道闲游，

我俯首下视，悠闲地观察一片夏天的草叶。

——《草叶集》，楚图南/译

（2020年版）

1955年第1版《草叶集选》

〔日本〕

远藤周作

1923 年 3 月 27 日出生

著名作家，文化勋章获得者。其作品具有深刻的思想性，对哲学、宗教、社会、东西方关系有着深刻的思考，先后获得芥川奖、谷崎润一郎奖在内的诸多奖项。

· 二十世纪最优秀的作家之一。

——〔英国〕格雷厄姆 · 格林

这是个单凭我一个人无力回天的世界。

——《海与毒药》，黄真/译

2015年第1版《海与毒药》

3月
March
癸卯年
闰二月初六
27
星期一

S M T W T F S

〔苏联〕

马克西姆·高尔基

1868 年 3 月 28 日出生

原名阿·马·彼什科夫，苏联文坛最重要的作家之一。自传体小说三部曲《童年》《在人间》《我的大学》中的主人公阿廖沙，是王尔德所说的在生活的阴沟里仰望星空的人。

· 在俄罗斯的文学中，我们从来没有读过比《童年》更美的作品。

——〔法国〕罗曼·罗兰

老是觉得，我一定会遇见一个朴素聪明的人，他将带我走向宽阔的光明的道路。

——《在人间》，楼适夷／译

1953 年第 1 版《高尔基创作选集》

二十世纪法国最伟大的短篇小说家，人称“短篇怪圣”。

· 马塞尔·埃梅是法国二十世纪最出色的文学家。

——《泰晤士报》

生活就是一场测验，机会提供给每个人，施展自己的才能追求永恒。

——《埃梅短篇小说精选》，李玉民／译

1986 年第 1 版《埃梅短篇小说选》

〔英国〕

安娜·西韦尔

1820 年 3 月 30 日出生

西韦尔唯一的作品《黑骏马》，既是一部经典儿童文学作品，也是一部蕴含着浓郁人文情怀的动物小说。

好运气对人是很挑剔的，它多半更喜欢那些通情达理的好心人。

——《黑骏马》，蔡文／译

（2013 年版）

2004 年第 1 版《黑骏马》

作家、翻译家、外交官。代表作《太阳石》是情诗，也是史诗，融合神话与现实、回忆与梦境。

- 对帕斯的荣誉来说，任何表彰都是肤浅的。

——〔哥伦比亚〕加夫列尔·加西亚·马尔克斯

- 诗人们知道一点：现时是现实的源泉。

——奥克塔维奥·帕斯

一切都神圣，一切都在变，
每个房间都是世界的中心，
是第一个夜晚，第一个白天，
当两个人亲吻，世界就会诞生，
晶莹的内脏的光珠，
房间像一个果实微微打开。

——《太阳石》，赵振江／译

太阳石

3月
March
癸卯年
闰二月初十
31
星期五
S M T W T F S

1 莫斯科 伊·安·克雷洛夫/亚·谢·普希金/亚·伊·赫尔岑/米·尤·莱蒙托夫
费·米·陀思妥耶夫斯基/玛·伊·茨维塔耶娃/鲍·列·帕斯捷尔纳克
康·格·帕乌斯托夫斯基/亚·尼·奥斯特洛夫斯基

2 圣彼得堡 康·米·西蒙诺夫/米·米·左琴科/亚·亚·勃洛克/维·瓦·比安基
约瑟夫·布罗茨基

3 罗斯托夫州 米·亚·肖洛霍夫

4 乌里扬诺夫州 伊·亚·冈察洛夫

5 奥廖尔省 伊·谢·屠格涅夫

6 奥尔洛夫省 费·伊·丘特切夫

7 加里宁州基姆雷市 亚·亚·法捷耶夫

8 亚斯纳亚–博利尔纳 列·尼·托尔斯泰

9 萨拉托夫 尼·加·车尔尼雪夫斯基/康·亚·费定

10 塔甘罗格 安·巴·契诃夫

11 奔萨省纳罗夫恰特市 亚·伊·库普林

12 下诺夫哥罗德 马克西姆·高尔基

13 沃罗涅日 伊·阿·布宁

俄 罗 斯 等 国 文 学 地 图

4月

April

14 萨马拉　阿·尼·托尔斯泰
15 斯摩棱斯克　鲍·利·瓦西里耶夫
16 伊尔库茨克州乌斯契–乌金斯克区　瓦·格·拉斯普京
17 梁赞省　谢·亚·叶塞宁
18 基辅　伊·格·爱伦堡/米·阿·布尔加科夫/塔·格·谢甫琴科
19 敖德萨　安娜·阿赫玛托娃/瓦·彼·卡达耶夫
20 巴赫穆特　米·伊林
21 波尔塔瓦省　尼·瓦·果戈理
22 波多里斯克　尼·阿·涅克拉索夫
23 罗夫诺州　尼·阿·奥斯特洛夫斯基
24 杜尚别　安·格·沃洛斯
25 塔拉斯科州　钦·托·艾特马托夫
26 库塔伊克省　弗·弗·马雅可夫斯基
27 伊斯坦布尔　安·德·康杰米尔
28 塞梅市　阿拜·胡那巴依

4月

April

S	M	T	W	T	F	S
						1
2	3	4	5	6	7	8
9	10	11	12	13	14	15
16	17	18	19	20	21	22
23	24	25	26	27	28	29
30						

〔捷克〕

米兰·昆德拉

1929 年 4 月 1 日出生

米兰·昆德拉的故乡——捷克

著名小说家，曾长居法国，2019 年重获捷克公民身份，但在晚年仍自称法国作家。获 1985 年“耶路撒冷奖”、1987 年“奥地利国家欧洲文学奖”、2000 年“赫尔德奖”、2007 年“捷克国家文学奖”。代表作《不能承受的生命之轻》。

· 米兰·昆德拉的作品使我坚信人类一定会生存下去，世界一定会生存下去，我全心全意在这个世界上所信仰、寻求和热望的一切都将恢复其人性的面貌。

——〔法国〕路易·阿拉贡

* 〔哥伦比亚〕豪尔赫·伊萨克斯　1837 年 4 月 1 日出生

人生如同谱写乐章，人在美感的引导下，把偶然的事件（贝多芬的一首乐曲，车站的一次死亡）变成一个主题，然后记录在生命的乐章中。

——《不能承受的生命之轻》，许钧／译

4月

April

癸卯年

闰二月十一

1

星期六

S M T W T F S

“世界儿童文学的太阳”，他的童话可以从小读到老。

* 〔法国〕埃米尔 · 左拉　1840 年 4 月 2 日出生

刀子沉下的地方，浪花就发出一道红光，好像有许多血滴溅出了水面。她再一次把她迷糊的视线投向这王子，然后她就从船上跳到海里，她觉得她的身躯在融化成为泡沫。

——《安徒生童话》，叶君健／译

（2019 年版）

1955 年第 1 版《安徒生童话选集》

4月
April
癸卯年
闰二月十二
2
星期日

S M T W T F S

“美国短篇小说之父”。《见闻札记》是作家最伟大的文学成就，在全世界被用作英语学习的最主要读本。

我踏上了我的祖先的国家，可是在这块土地上却感到自己是个异乡人。

——《欧文散文》，王义国／译

（2008 年版）

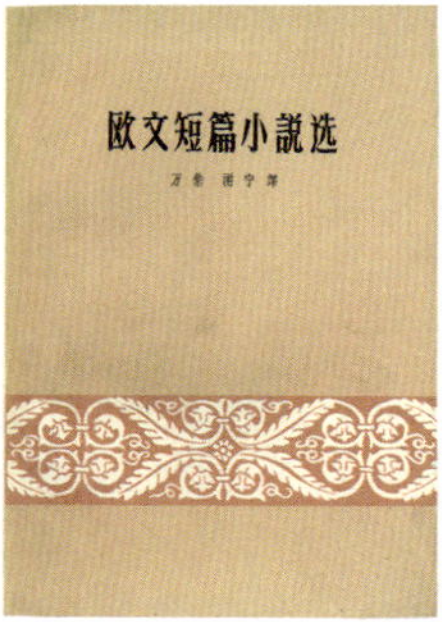

1959 年第 1 版《欧文短篇小说选》

4 月
April
癸卯年
闰二月十三
3
星期一
S M T W T F S

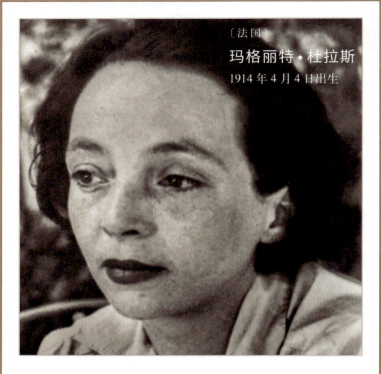

作家、电影编导，新小说派的代表作家，1983年法兰西学院戏剧大奖和1984年龚古尔文学奖得主。代表作《情人》被搬上荧屏并广受赞誉。

- 中法两国文化相契的地方比较多，可以说杜拉斯和罗兰·巴特是其中的通道。

——孙甘露

- 承认或者隐而不说，是形成杜拉斯作品风格的魅力之所在：意指的震颤波动。

——〔法国〕米雷尔·卡勒－格鲁贝尔

与你那时的面貌相比，我更爱你现在备受摧残的面容。

——《情人》，王道乾／译

《情人》取材地越南一瞥

诗人、剧作家和文学评论家，以音调优美的抒情诗闻名。诗剧《阿塔兰忒在卡吕登》试图在英语中重建希腊悲剧的精神与形式。

让树叶的沙沙声响和雨的涟漪
充满了那些阴影和多风的地方。

——《阿塔兰忒在卡吕登》，黄杲炘／译

4月
April
癸卯年
闰二月十五

5
星期三

S M T W T F S

西班牙当代最受关注的作家。代表作《萨拉米斯的士兵》是一本非虚构的虚构小说。

- 塞尔卡斯回家的目的是把他脑袋里装的伟大小说写下来，变成用我们这门语言写作的最好的作家之一。

——〔智利〕罗贝托·波拉尼奥

- 文学是一种公开的危险，对文学作者如此，对读者也如此。

——哈维尔·塞尔卡斯

如果文学能拯救一个人，那是文学的荣耀。

——《骗子》，刘京胜、胡真才／译

（2015 年版）

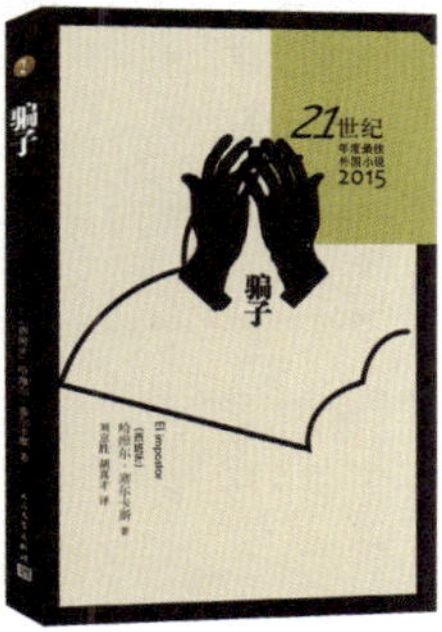

2015 年第 1 版《骗子》

〔英国〕

威廉·华兹华斯

1770 年 4 月 7 日出生

文艺复兴运动以来最重要的英语诗人之一，“湖畔诗人”领袖。英美评论家将他的《抒情歌谣集》之“序言”称为“英国浪漫主义的宣言”。另有代表作《丁登寺旁》《水仙花》。

* 〔智利〕加夫列拉·米斯特拉尔　1889 年 4 月 7 日出生

大自然的特权是，
在我们这尘世的全部岁月中，
引我们从欢乐走向欢乐。

——《我孤独地漫游，如一朵云》，秦立彦／译

（2021 年版）

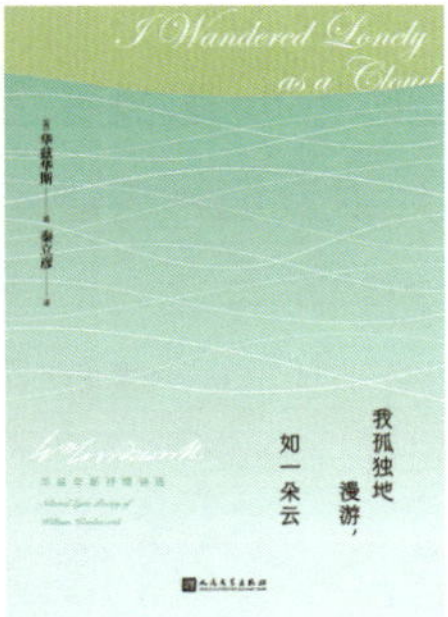

2021 年第 1 版《我孤独地漫游，如一朵云》

癸卯年
闰二月十七

“欧洲小说之父”“英国现实主义小说之父”“英国报纸之父”“现代新闻业之父”。代表作《鲁滨孙飘流记》塑造了鲁滨孙这个资产阶级文学中最早的正面人物形象之一，他以坚强的意志、积极的进取精神压倒了因循守旧、萎靡不振的贵族人物。

8/4
April

癸卯年
闰二月十八

4月
April

癸卯年
闰二月十八

8

星期六

S M T W T F S

一个人只是呆呆地坐着，空想自己所得不到的东西，是没有用的。

——《鲁滨孙飘流记》，徐霞村／译

（2020年版）

1959年第1版《鲁滨孙飘流记》

哲学家、文学家、法学家、政治家，著有《学术之进步》《新工具》《新大西岛》和《随笔集》等。培根学识渊博且通晓人情世故，对谈及的问题均有发人深省的独到见解。培根的随笔内容涉及人类生活的方方面面，语言简洁，文笔优美，说理透彻，警句迭出，几百年来深受各国读者喜爱。

• 培根是英国唯物主义和整个实验科学的真正始祖。

——〔德国〕马克思

•《培根随笔集》是人类有史以来最优秀的 20 本书之一。

——美国《生活杂志》推荐书目

＊〔法国〕波德莱尔　1821 年 4 月 9 日出生

选择独身的原因多半都是为了自由，对某些自悦而任性的人来说尤其如此，因此这种人对任何约束都极为敏感，以至他们或许会把腰带和吊袜带也视为羁绊。

—《培根随笔集》之《谈结婚与独身》，曹明伦／译

4月
April
癸卯年
闰二月十九
9
星期日

S M T W T F S

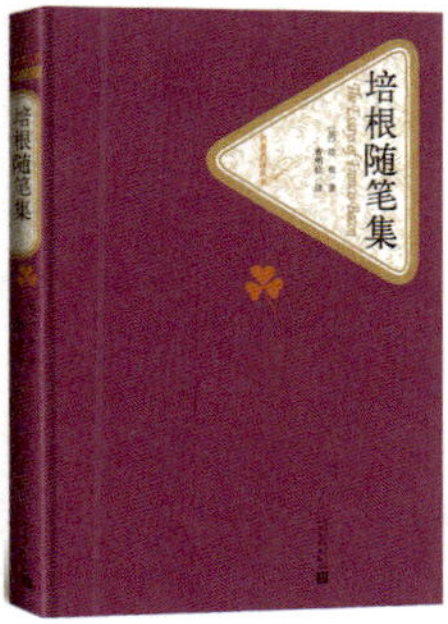

2006 年第 1 版《培根随笔集》

[美国]

保罗·索鲁

1941年4月10日出生

旅行作家，曾获英国惠特布雷德文学奖、托马斯·库克旅行文学奖。代表作《老巴塔哥尼亚快车》讲述了一段孤独的旅程，随着悠长的汽笛鸣声，一幕幕真实的旅游场景在二十二种不同风情的火车上轮番上演。

重要的是旅程，而非抵达；是旅行，而非降落……

——《老巴塔哥尼亚快车》，陈朵思、胡洲贤／译

2019年第1版《老巴塔哥尼亚快车》

〔俄国〕

安·德·康捷米尔

1744 年 4 月 11 日去世

出身名门望族，俄国古典主义讽刺诗开创者之一，惯于揶揄各种社会病态，同时也是翻译家和外交家。代表作《骆驼和狐狸》等。

• 康捷米尔不仅用俄语写作，而且是用俄国智慧写作。

——〔俄国〕维·格·别林斯基

在诗中我笑，
在心中我为邪恶而哭泣。

——安·德·康捷米尔

〔俄国〕

亚·尼·奥斯特洛夫斯基

1823 年 4 月 12 日出生

俄国戏剧之父，1874 年创立俄国剧作家协会并任主席，以四十七个剧本独创了俄国剧院保留剧目。代表作《大雷雨》塑造了一个在“黑暗王国”因不堪凌辱而以死反抗旧势力的形象——卡捷琳娜。

* 〔秘鲁〕印卡 · 加西拉索 · 德 · 拉 · 维加　1539 年 4 月 12 日出生

人心难测水难量。

——《亚·奥斯特洛夫斯基戏剧六种》之《大雷雨》，
臧仲伦／译
（2022 年版）

1954 年第 1 版《大雷雨》

当代作家，2008 年诺贝尔文学奖得主。代表作《脚的故事》中的女性追求活出真我。

- 将多元文化、人性和冒险精神融入创作。

——诺贝尔文学奖颁奖词

- 勒克莱齐奥为文之认真、学养之丰富、视野之开阔、见解之深刻，让我知道了何为大家之风范。

——毕飞宇

唯有生命能够做持续的运动，唯有生命是圆的，而人类制造的机械世界只有撞击、变化、变形。

——《脚的故事》，金龙格／译
（2013 年版）

2008 年第 1 版《乌拉尼亚》

4 月
April
癸卯年
闰二月廿三
13
星期四
S M T W T F S

〔俄国〕

杰·伊·冯维辛

1745 年 4 月 14 日出生

十八世纪俄国最著名的讽刺作家、戏剧家。代表作《纨绔少年》是整个十八世纪俄国讽刺喜剧的巅峰之作。

金钱并不是美德，腰缠万贯的笨蛋，总归还是笨蛋。

——《纨绔少年》，李时／译

1957 年第 1 版《纨绔少年》

4 月
April
癸卯年
闰二月廿四
14
星期五
S M T W T F S

〔美国〕

亨利·詹姆斯

1843 年 4 月 15 日出生

小说家、文学批评家、剧作家和散文家，西方现代心理分析小说的开拓者。《一位女士的画像》中的美国姑娘伊莎贝尔·阿切尔自强、自信、富于幻想但涉世不深，被虚伪、贪财、好色的小人骗取爱情，醒悟时为时已晚。

＊〔瑞典〕托马斯·特朗斯特罗默　1931 年 4 月 15 日出生

我认为，一个人能满足自己幻想的需要才算富裕。

——《一位女士的画像》，项星耀／译

（2020年版）

1984年第1版《一位女士的画像》

文学评论家、社会活动家，一位真正的文坛宗师，1921 年诺贝尔文学奖得主。

- 他辉煌的文学成就，其特点是高贵的文体、深切的人道同情、迷人的魅力和真正的法国气质。

——诺贝尔文学奖颁奖词

重现过去的才能和预见未来的才能同样令人惊叹，甚至更胜一筹。

——《小友记》，陈燕萍／译

（2019 年版）

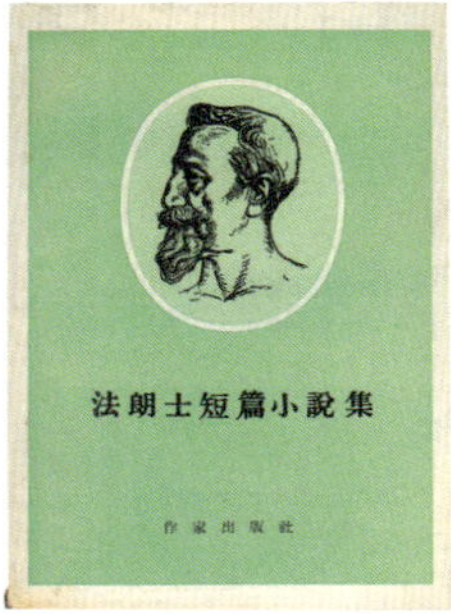

1956 年第 1 版《法朗士短篇小说集》

4 月
April
癸卯年
闰二月廿六

16

星期日

S M T W T F S

〔墨西哥〕

索尔·胡安娜·伊内斯·德·拉·克鲁斯

1695年4月17日去世

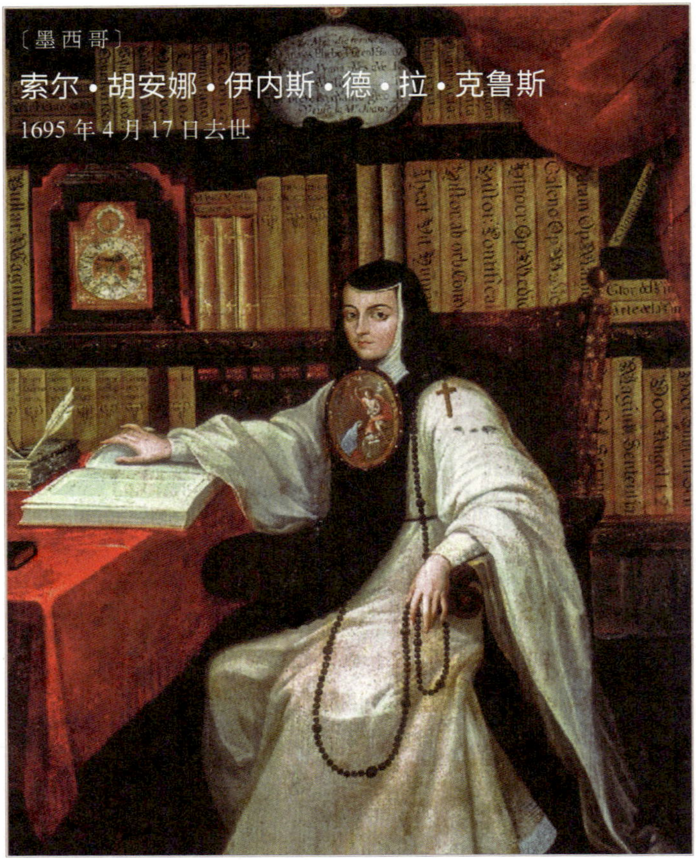

修女，美洲第一位女权主义者，被称为“第十位缪斯”。代表作《初梦》是诗人唯一为自己创作的长诗，极尽巴洛克风格。

最谨慎的女子
也难得好名声，
顺从，杨花水性，
拒绝，冷酷无情。

——《墨西哥诗选》，赵振江　等／译

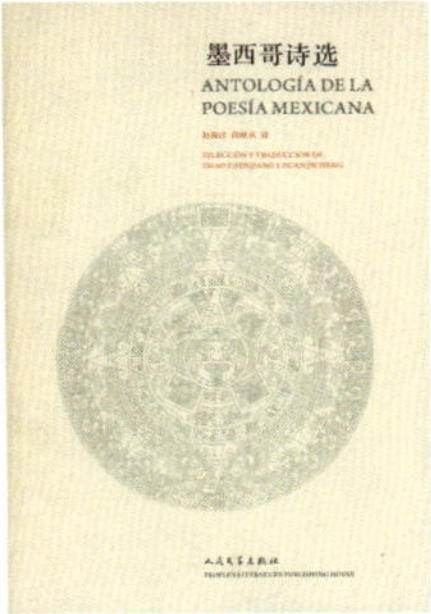

2009 年第 1 版《墨西哥诗选》

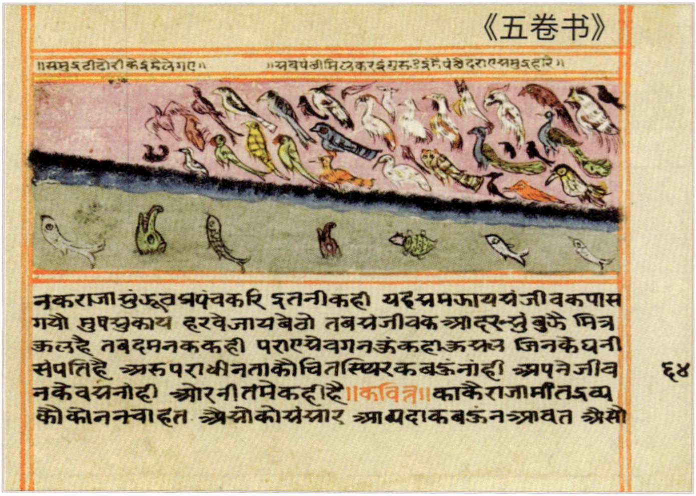

《五卷书》

印度古代寓言集，其编纂几乎贯穿了整个古典梵语文学时期。

•《五卷书》既能给我们以智慧，又能给我们以怡悦。

——季羡林

对那个永远精勤不懈的人，命运也一定会加以垂青。

只有那些可怜的家伙才老喊："这是命呀，这是命！"

把命运打倒吧，要尽上自己的力量做人应该做的事情！

那么你还会有什么过错呢，如果努力而没有能成功？

——《季羡林译五卷书》

（2019 年版）

1959 年第 1 版《五卷书》

工程师、数学家，任财政大臣期间挽救了西班牙经济，1904 年诺贝尔文学奖得主。《伟大的牵线人》是其创作顶峰时期的最佳戏剧。

· 他独特新颖的风格，复兴了西班牙戏剧的伟大传统。

——诺贝尔文学奖颁奖词

如今世道多变，
再大的才华被遗弃一边。

——《伟大的牵线人》，沈石岩／译

萨迦

“萨迦”出自古日耳曼语，由动词衍生而来，本意是“说”“讲”，相当于“讲故事”。十三世纪前后，冰岛人和挪威人以散文的形式记录下叙述祖先英雄业绩的口头文学，经加工整理，形成萨迦。流传至今的萨迦不少于一百五十种，主要反映冰岛和北欧氏族社会的英雄人物的战斗生活经历和普通人的社会生活、风俗习惯、宗教信仰与精神面貌，兼有人物传记、家族谱系和地方志的内容。

对于那些杰出人士为你和别人促成的和解协议，你永远也不要违背。

——《萨迦》，石琴娥／译

4月
April
癸卯年
三月初一

20

星期四

S M T W T F S

〔英国〕

夏洛蒂·勃朗特

1816 年 4 月 21 日出生

与艾米莉·勃朗特和安妮·勃朗特组成英国文学史上赫赫有名的“勃朗特三姐妹”。代表作《简·爱》成功塑造了英国文学中“现代女性小说”的楷模。

- 她所写的一切都是不平常的。凡是她触过的东西，无不留下独创的印记。

——〔英国〕哈丽特·马丁诺

你以为，就因为我贫穷，不美，矮小，我就既没有灵魂，也没有心吗？你想错了！我跟你一样有灵魂——也完全一样有一颗心！要是上帝曾赋予我一点美貌、大量财富的话，我也会让你难以离开我，就像我现在难以离开你一样。

——《简·爱》，吴钧燮／译

（2020 年版）

1990 年第 1 版《简·爱》

〔美国〕

弗·弗·纳博科夫

1899年4月22日出生

俄裔美籍作家、评论家。主要作品有长篇小说《洛丽塔》《普宁》《微暗的火》等，论著《文学讲稿》和自传《说吧，记忆》。

＊〔英国〕亨利·菲尔丁　1707年4月22日出生

4月
April
癸卯年
三月初三
22
星期六
S M T W T F S

此刻我要告诉你——以我的爱，我可以胸怀十个世纪的火焰、情歌和勇气——整整十个世纪，巨大的、有着翅膀的——无数的骑士冲上燃烧的山冈——以及有关巨人的传说——勇猛的特洛伊战士——在橙色海上的航行——海盗——还有诗人。

——《致薇拉》，唐建清／译

（2017 年版）

2017 年版《致薇拉》

〔西班牙〕

米格尔·德·塞万提斯

1616年4月23日去世

现代小说之父。代表作《堂吉诃德》。

• 凡一时之讽刺，至今或失色泽，而人生永久之问题，并寄于此，故其书亦永久如新。

——周作人

＊〔冰岛〕赫尔多尔·奇里扬·拉克司奈斯　1902年4月23日出生

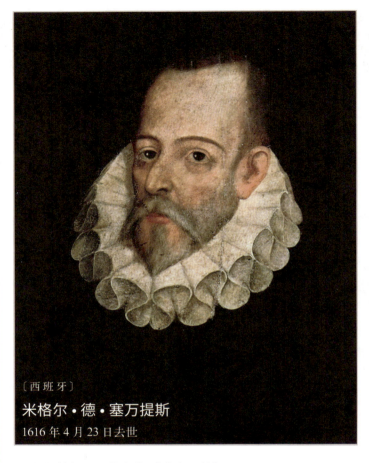

长话短说，他沉浸在书里，每夜从黄昏读到黎明，每天从黎明读到黄昏。这样少睡觉，多读书，他脑汁枯竭，失去了理性。

——《堂吉诃德》，杨绛／译

（2019 年版）

1954 年第 1 版《吉诃德先生传》

〔美国〕

薇拉·凯瑟

1947 年 4 月 24 日去世

以其有特色的创作题材和艺术风格赢得世界文坛的广泛赞誉，被称为 20 世纪美国最杰出的小说家之一。代表作有《啊，拓荒者！》《我的安东妮亚》等。

- 凯瑟的行文雄伟有力，结构严谨，每个句子都洋溢着她对大地的深情。

——〔美国〕威廉·霍华斯

* 〔英国〕安东尼·特罗洛普　1815 年 4 月 24 日出生

她以前从来没有意识到这乡土对她多重要。那长草深处的啾啾虫鸣就是最优美的音乐。她觉得好像她的心也埋在那里，同鹌鹑、鸟以及一切在阳光下低吟、长鸣的野生动物在一起。她感觉到未来正在那蜿蜒的、粗野的土岗下躁动着。

——《啊，拓荒者》，资中筠／译

〔西班牙〕

克拉林

1852年4月25日出生

原名莱奥波尔多•阿拉斯，笔名“克拉林”意为“号角”。代表作《庭长夫人》是一部优秀的自然主义小说。

安娜撕扯开让她恶心的昏云迷雾，苏醒了过来。

她觉得自己的嘴唇刚才碰到了癞蛤蟆那黏湿冰凉的肚皮。

——《庭长夫人》，唐民权　等／译

（2000 年版）

1986 年第 1 版《庭长夫人》

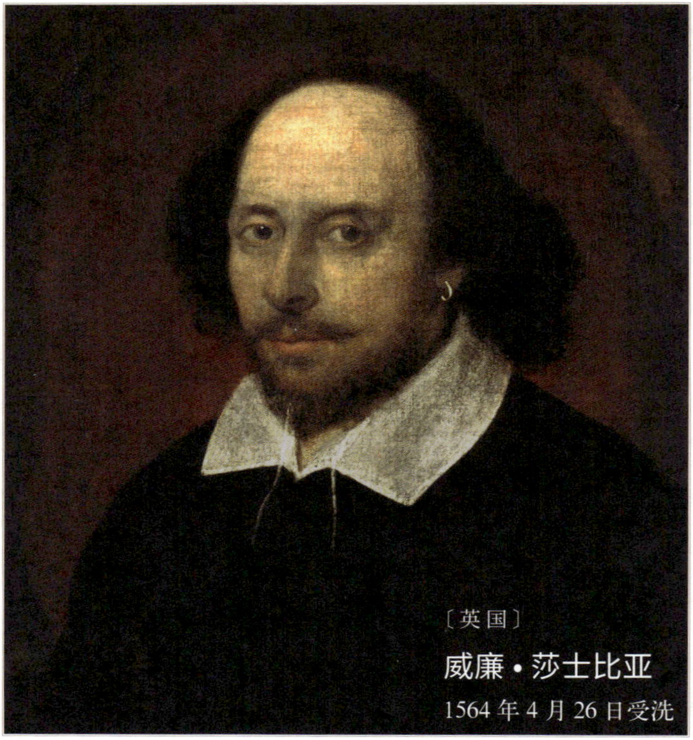

英国文艺复兴时期伟大的剧作家、诗人，欧洲文艺复兴时期人文主义文学的集大成者。代表作《哈姆莱特》与《奥瑟罗》《李尔王》《麦克白》并称“莎士比亚四大悲剧”。

• 莎士比亚这种天才的降临，使得艺术、科学、哲学或者整个社会焕然一新。他的光辉照耀着全人类，从时代的这一个尽头到那一个尽头。

——〔法国〕维克多·雨果

* 〔挪威〕比昂斯滕·马丁纽斯·比昂松　1910年4月26日去世

生存还是毁灭，这是一个值得考虑的问题。

——《哈姆莱特》，朱生豪／译

（2020 年版）

1954 年第 1 版《莎士比亚戏剧集》

诗人、散文作家、哲学家，新英格兰超验主义代表人物。代表作《美国学者》对沃尔特·惠特曼、狄金森影响尤深。

· 爱默生就是上帝。

——〔美国〕哈罗德·布鲁姆

今天太阳也光芒四射……这里有新地、新人、新思想。我们长期学习异地的学徒期该终止了。周边活生生的数百万人再也不能靠国外丰收中那干巴巴的残迹活着了。

——《美国学者》

4月
April
癸卯年
三月初八

27

星期四

S M T W T F S

〔古希腊〕

索福克勒斯

约前 496 年出生

古希腊三大悲剧诗人之一。代表作《俄狄浦斯王》展现意志与命运的冲突。

• 情节的布置务求使人只听朗诵，不必看表演，也能因那些情节而产生恐惧与怜悯之情。任何人听见《俄狄浦斯王》剧中的故事，都会产生这两种情感。

——〔古希腊〕亚里士多德

天光呀，我现在向你看最后一眼！我成了不应当生我的父母的儿子，娶了不应当娶的母亲，杀了不应当杀的父亲。

——《索福克勒斯悲剧二种》，罗念生／译

（2021 年版）

1961 年第 1 版《索福克勒斯悲剧二种》

4 月
April
癸卯年
三月初九
28
星期五

S M T W T F S

〔古希腊〕

欧里庇得斯

约前 484 年出生

古希腊三大悲剧诗人之一。代表作《美狄亚》被称为最动人的古希腊悲剧。

• 诗人的故乡本是雅典——希腊的希腊，
这里万人称赞他，欣赏他的诗才。

——欧里庇得斯纪念碑题辞

29/4
April
癸卯年
三月初十

外国文学
雕刻时光

我看见那些家里养着可爱孩子的人一生忧愁：愁着怎么把孩子养得好好的，怎样给他们留下一些生活费，此后还不知道他们辛辛苦苦养出来的孩子是好是坏。

——《欧里庇得斯悲剧二种》，罗念生／译

（2021 年版）

1957—1959 年第 1 版《欧里庇得斯悲剧集》

4 月
April
癸卯年
三月初十
29
星期六
S M T W T F S

〔阿根廷〕

埃内斯托·萨瓦托

2011年4月30日去世

作家、社会活动家。代表作《隧道》是作者的第一部小说，开创了拉美小说的新流派。

· 我赞赏它的冷静与强度。

——〔法国〕阿尔贝·加缪

· 有些人猜测，由于我的为人方式，我会倾向忧郁和悲观主义，我背负着的这九十年的生活会使我气馁下来，但是，一切正相反。

——埃内斯托·萨瓦托

在任何情况下，只有一条隧道，一条阴暗孤独的隧道：我的隧道。在这条隧道中有我的童年、青年和我的一生。

——《隧道》，徐鹤林／译

4月
April
癸卯年
三月十一
30
星期日

S M T W T F S

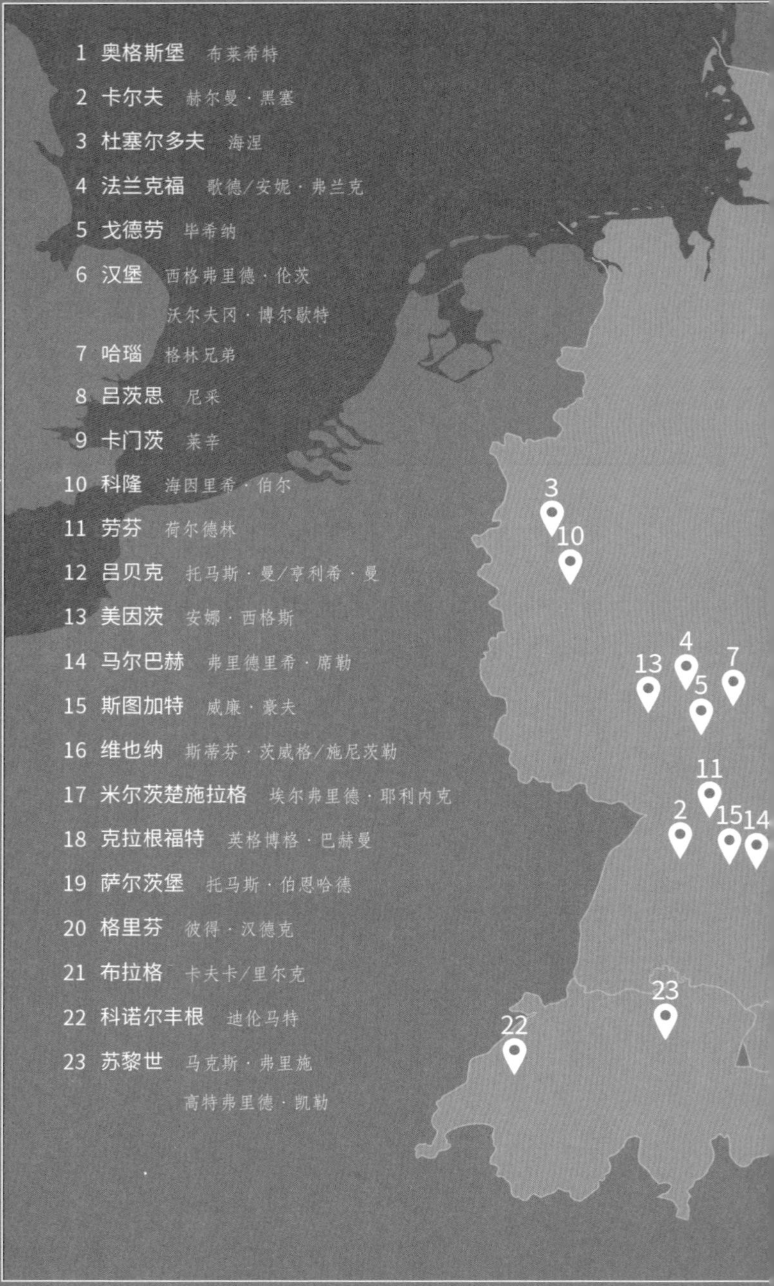

1 奥格斯堡 布莱希特
2 卡尔夫 赫尔曼·黑塞
3 杜塞尔多夫 海涅
4 法兰克福 歌德/安妮·弗兰克
5 戈德劳 毕希纳
6 汉堡 西格弗里德·伦茨
沃尔夫冈·博尔歇特
7 哈瑙 格林兄弟
8 吕茨思 尼采
9 卡门茨 莱辛
10 科隆 海因里希·伯尔
11 劳芬 荷尔德林
12 吕贝克 托马斯·曼/亨利希·曼
13 美因茨 安娜·西格斯
14 马尔巴赫 弗里德里希·席勒
15 斯图加特 威廉·豪夫
16 维也纳 斯蒂芬·茨威格/施尼茨勒
17 米尔茨楚施拉格 埃尔弗里德·耶利内克
18 克拉根福特 英格博格·巴赫曼
19 萨尔茨堡 托马斯·伯恩哈德
20 格里芬 彼得·汉德克
21 布拉格 卡夫卡/里尔克
22 科诺尔丰根 迪伦马特
23 苏黎世 马克斯·弗里施
高特弗里德·凯勒

德瑞奥等国文学地图

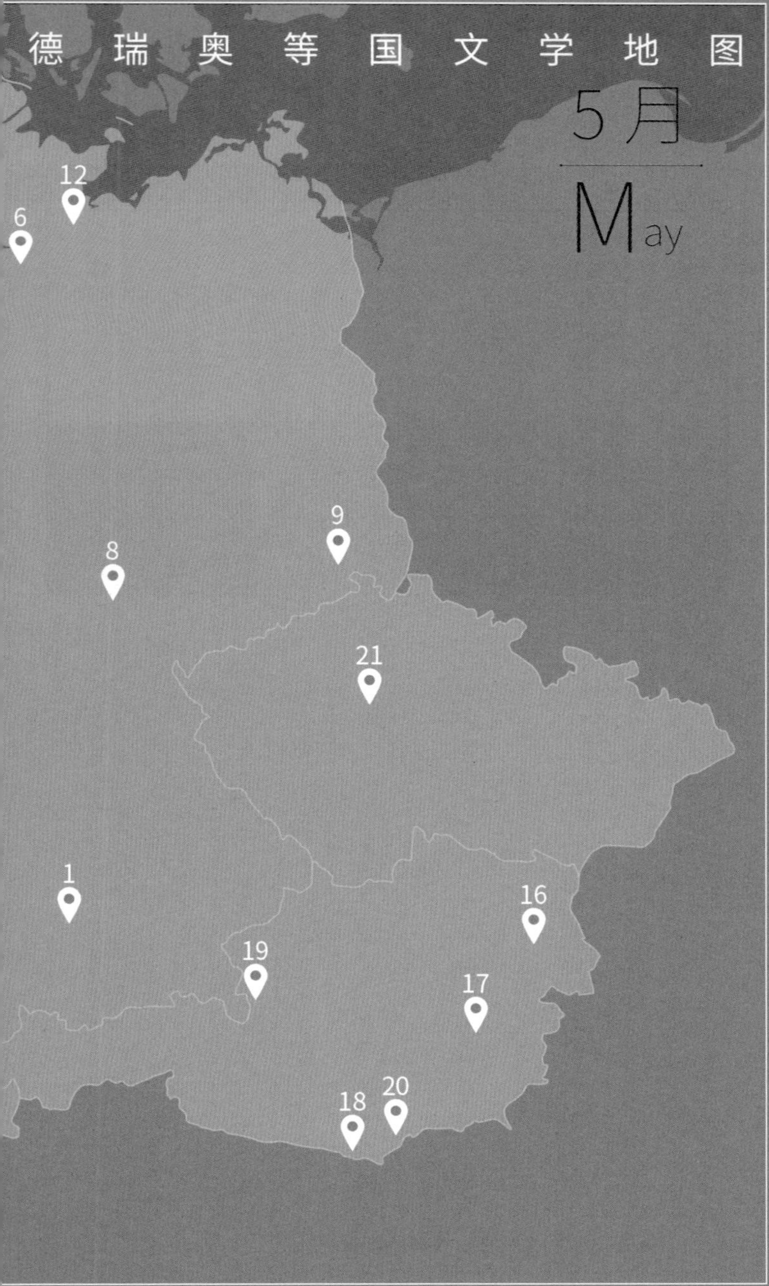

5月

May

5月

May

S	M	T	W	T	F	S
	1	2	3	4	5	6
7	8	9	10	11	12	13
14	15	16	17	18	19	20
21	22	23	24	25	26	27
28	29	30	31			

“黑色幽默”代表作家之一。代表作《第二十二条军规》是美国“黑色幽默”最重要的作品之一。

* 〔巴西〕若泽·德·阿伦卡尔　1829 年 5 月 1 日出生

任何值得我们赴汤蹈火的事……一定是我们奋斗的意义所在。

——《第二十二条军规》

5月
May
癸卯年
三月十二

1

星期一

S M T W T F S

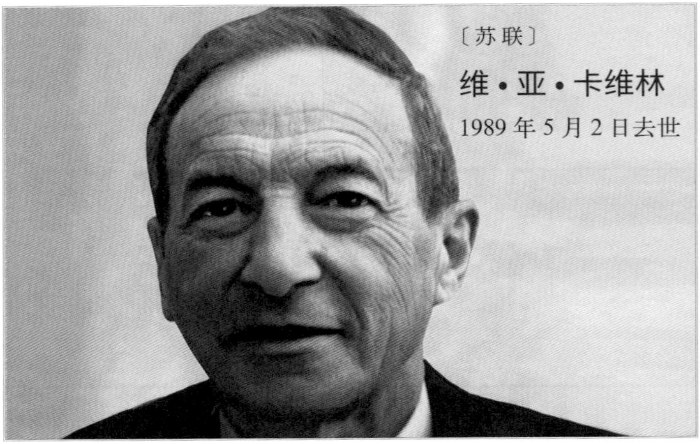

〔苏联〕

维·亚·卡维林

1989 年 5 月 2 日去世

作家、剧作家、编剧。代表作《船长与大尉》情节取材于1912 年俄国探险队的北极破冰之旅，小说出版至今八十多年间年年再版，被改编成电影、电视剧、音乐剧，主人公萨尼亚不达目的誓不罢休的执着吸引着全世界的读者。

* 〔德国〕诺瓦利斯　1772 年 5 月 2 日出生

我像是在看一场无声电影，脑海里想象着一座大时钟，不过这座时钟的长针指示的是年。

——《船长与大尉》，于光／译

1959年第1版《船长与大尉》

阿拉伯民间故事集。又名《天方夜谭》《阿拉伯之夜》。

•《一千零一夜》仿佛一座宝山，你走了进去，总会发现你所喜欢的宝贝。

——叶圣陶

国王原是情绪不宁，无法入睡，听着敦亚佐德姊妹的谈话，引起了他听故事的兴趣，便欣然允诺。于是在这一千零一夜的第一夜，山鲁佐德开始讲述下面的这个故事。

——《一千零一夜》，纳训／译

（2018 年版）

1957 年第 1 版《一千零一夜》

5 月
May
癸卯年
三月十四
3
星期三
S M T W T F S

现实主义小说家。代表作《山雨欲来》是讲述墨西哥大革命的新小说。

• 亚涅斯笔下的这个村庄如同沙漠里的一种水果，外表多刺，果壳坚硬，里面多汁多肉，鲜嫩可口。

——〔墨西哥〕奥克塔维奥·帕斯

5月

May

癸卯年

三月十五

4

星期四

S M T W T F S

这一个弹球向另一个弹球撞击，另一个弹球为避免坠落，便立刻跑开，并伺机迎击对方。接着，又一颗弹球猛力出击，追逐那颗被交叉的钢丝固定着的竞相争夺的玛瑙。

——《山雨欲来》，顾文波／译

2010 年第 1 版《山雨欲来》

十九世纪匈牙利浪漫主义文学的杰出代表，有“匈牙利的狄更斯”之称。

* 〔波兰〕亨利克·显克维奇　1846年5月5日出生

5月
May
癸卯年
三月十六

5

星期五

S M T W T F S

命运女神总是向不把她放在眼里的人大献殷勤。

——《金人》，柯青／译

（2020年版）

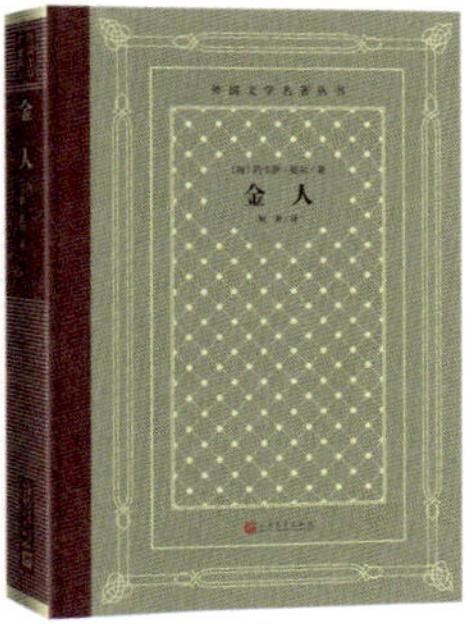

2020年版《金人》

〔日本〕

井上靖

1907 年 5 月 6 日出生

芥川文学奖获得者，日中文化交流协会前会长。代表作《敦煌》以中国西域为题材，被改编为电影后，吸引无数日本人走上去往敦煌的旅途。

* 〔奥地利〕埃里希·傅立特　1921 年 5 月 6 日出生

一瞬间人生的希望之火熄灭，绝望像无边黑暗席卷而来。

——《某〈小仓日记〉传》，左汉卿／译

1963年第1版《天平之甍》

5月
May
癸卯年
三月十七
6
星期六

S M T W T F S

1913 年成为第一位获得诺贝尔文学奖的亚洲作家。代表作《飞鸟集》共收三百二十五首清丽的小诗。

- 泰戈尔！谢谢你以快美的诗情，救治我天赋的悲感；谢谢你以超卓的哲理，慰藉我心灵的寂寞。

——冰心

- 泰戈尔的诗歌那么丰富多彩，那么浑然天成，那么激情澎湃，那么令人惊异……多少世代之后，旅人还会在路途上吟咏它们，船夫还会在河上吟咏它们。

——〔爱尔兰〕威廉·巴特勒·叶芝

使生如夏花之绚烂，死如秋叶之静美。

——《飞鸟集·园丁集》，郑振铎／译

（2018 年版）

1954 年第 1 版《新月集》

5 月

May

癸卯年

三月十八

7

星期日

S M T W T F S

〔法国〕

居斯塔夫·福楼拜

1880 年 5 月 8 日去世

现实主义文学大师，创立“纯客观”艺术，被奉为现代派文学先驱。代表作《包法利夫人》。

• 新的艺术法典写出来了。

——〔法国〕左拉（评《包法利夫人》）

然而在她的灵魂深处，她一直期待意外发生。

——《包法利夫人》，李健吾／译

（2020 年版）

1958 年精装第 1 版《包法利夫人》插图

5 月
May
癸卯年
三月十九

8

星期一

S M T W T F S

德国文学史上仅次于歌德的伟大作家，启蒙文学和“狂飙突进”运动的代表。1785 年作家有感于友人的照顾写下《欢乐颂》，歌词被贝多芬写入《第九交响曲》。

欢乐女神圣洁美丽
灿烂光芒照大地！
我们心中充满热情
来到你的圣殿里！

——《欢乐颂》，邓映易／译

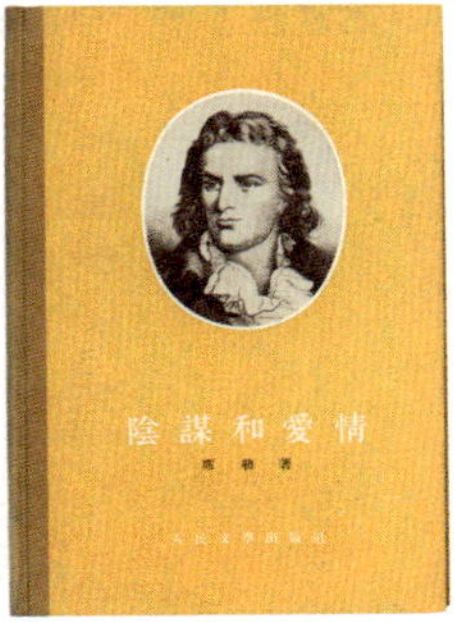

1955 年第 1 版《阴谋和爱情》

5 月
May
癸卯年
三月二十
9
星期二
S M T W T F S

〔西班牙〕

贝尼托·佩雷斯·加尔多斯

1843年5月10日出生

与塞万提斯并称西班牙小说史上“一对并峙的高山”。代表作《悲翡达夫人》，又称《完美夫人》。

· 小说是生活的形象表现。

——贝尼托·佩雷斯·加尔多斯

灯罩使她的脸和整个房间沐浴在柔和的半明半暗的色调中。她就像是在可怕、朦胧的阴影中被幻觉呼唤出来的一尊明亮的人像。

——《悲翡达夫人》，王永达／译

（1996年版）

1961年第1版《悲翡达夫人》

〔爱尔兰〕

艾捷尔·丽莲·伏尼契

1864年5月11日出生

出身于知识分子家庭的伏尼契，在流亡英国的俄国、意大利革命者的影响下，放弃音乐专业，积极投身进步活动，一生颇具传奇色彩。代表作《牛虻》描写了意大利革命党人牛虻的一生，在中国影响巨大。

* 〔巴西〕鲁本·丰塞卡　1925年5月11日出生

如果一个人要承担一件事情，他必须竭尽全力。

——《牛虻》，祁阿红／译

2012 年版《牛虻》

5月
May
癸卯年
三月廿二
11
星期四

S M T W T F S

〔德国〕

内莉·萨克斯

1970 年 5 月 12 日去世

犹太女诗人，1966 年诺贝尔文学奖得主。1940 年偕母逃亡瑞典，其余家人在集中营遇难，“二战”后发表大量与犹太人命运相关的诗文，节奏和谐、隐喻含蓄、格调悲怆。

- 她的出色的抒情诗和戏剧作品，以感人的力量阐释了以色列的命运。

——诺贝尔文学奖颁奖词

我真想知道，你临终时的眼光望着什么。

——《我真想知道》，钱春绮／译

〔法国〕

阿尔丰斯·都德

1840 年 5 月 13 日出生

作品中不带恶意的讽刺和含蓄的感伤，为他赢得“法国的狄更斯”的美誉。代表作《最后一课》饱含“含泪的微笑”。

- 都德是最卓越、最有魅力、最不朽的文学家。

——〔法国〕左拉

* 〔意大利〕拉法埃洛 · 乔万尼奥里　1838 年 5 月 13 日出生

当一个民族沦为奴隶时，只要他坚持自己的语言，那就像掌握了他所在牢狱的钥匙……

——《最后一课》，刘方／译

（2018 年版）

1962 年第 1 版《柏林之围》

5 月
May
癸卯年
三月廿四
13
星期六

S M T W T F S

〔瑞典〕

奥古斯特·斯特林堡

1912年5月14日去世

瑞典第一位有世界性影响的文学家，先锋派戏剧鼻祖，以解剖的精神书写人与人之间的心理权力斗争。

· 我们是斯特林堡同时代的人，同时我们也是他的后继者。

——〔奥地利〕弗兰兹·卡夫卡

· 我是瑞典最炽热的火焰。

——奥古斯特·斯特林堡

别打扰爱情；这是大逆不道！

——《斯特林堡小说戏剧选》，李之义／译
（2020 年版）

1981 年第 1 版《红房间》

〔苏联〕

米·阿·布尔加科夫

1891年5月15日出生

俄罗斯文学“白银时代”重要作家，他自定义的“神秘主义黑色”风格被视为魔幻现实主义的开端。代表作《大师和玛格丽特》历时二十年，八易其稿，在历史与传说的交融中展开神与鬼的审判。

· 在卡夫卡之后，布尔加科夫成为二十世纪又一位现实的敌人。

——余华

* 〔奥地利〕施尼茨勒　1862年5月15日出生

一个人有什么样的信仰就会得到什么。

——《大师和玛格丽特》，钱诚／译

（2016年版）

1987年第1版《大师和玛格丽特》

全新文学派别——童话的奠基者，“法国儿童文学之父”。以童话集《鹅妈妈的故事》闻名于世，其中有《小红帽》《穿靴子的猫》《蓝胡子》《林中睡美人》等经典名篇。

• 这么趣味无穷，这么使孩子迷恋，这么使孩子大开眼界……从他的童话里可以感受到我们曾经在民歌中感受过的那种神韵；他的童话里所具有的正是那种奇幻神妙和平凡质朴、庄严崇高和活泼快乐的糅合物——这种糅合物才真是名副其实的童话构思区别于其他文学样式的特征。

——〔俄国〕伊·谢·屠格涅夫

从前有个樵夫，他有七个孩子，还都是男孩。

——《法国童话》，艾珉／译

（2010 年版）

1981 年第 1 版《法国童话选》

5 月
May
癸卯年
三月廿七
16
星期二
S M T W T F S

二十世纪美洲最具人文主义文化表现力的大师。代表作《阿纳瓦克幻景》是表达文化观与土地观的散文集。

- 在写作上，我从他那里学到很多东西，尤其是态度诚实，风格简约。

——〔阿根廷〕豪尔赫·路易斯·博尔赫斯

＊〔乌拉圭〕马里奥·贝内德蒂　2009 年 5 月 17 日去世

笑是交往，本身就是社交；与此同时，微笑可以成为思想孤僻的一丝闪光。

——《会面》，赵德明／译

5月
May
癸卯年
三月廿八

17
星期三

S M T W T F S

哲学家、数学家、逻辑学家、历史学家、文学家，1950 年诺贝尔文学奖得主。代表作《西方哲学史》从希腊文明的兴起讲到现代的逻辑分析哲学，是一部很有特色的讨论西方哲学史的著作。

依我来看，哲学是介于神学和科学之间的事物。

——《西方哲学史》

5月
May
癸卯年
三月廿九
18
星期四

S M T W T F S

〔美国〕

纳撒尼尔·霍桑

1864 年 5 月 19 日去世

美国文学史上首位短篇小说作家，十九世纪美国最伟大的浪漫主义小说家。代表作《红字》是美国浪漫主义小说代表作，美国心理分析小说的开创篇。

* 〔墨西哥〕埃莱娜·波尼亚托夫斯卡　1932 年 5 月 19 日出生

死亡是一个既定的目标，不需要乞求，也无法回避。

——《红字》，胡允桓／译

（2019年版）

2003年版《红字》

欧洲批判现实主义文学奠基人。代表作《人间喜剧》包括九十六部长、中、短篇小说和随笔。

- 在最伟大的人物中间，巴尔扎克是名列前茅者；在最优秀的人物中间，巴尔扎克是佼佼者之一。

——〔法国〕维克多·雨果

5月
May

癸卯年
四月初二

20

星期六

S M T W T F S

苦难的崇高与伟大，要由她来担受，幸运的光华却与她无缘，这不就是女子的庄严的命运吗？

——《欧也妮·葛朗台　高老头》，傅雷／译

（2019 年版）

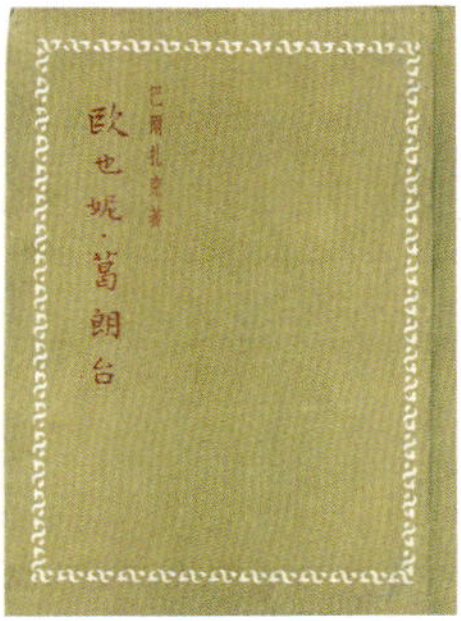

1954 年第 1 版《欧也妮·葛朗台》

作家、编剧，苏联国家奖和俄罗斯总统奖得主。代表作《这里的黎明静悄悄……》通过五位战争中的普通女兵的故事，写出了战争的喧嚣对田园生活的巨大破坏，赋予“静悄悄”一词美好的生活诗意。

5月
May
癸卯年
四月初三
21
星期日
S M T W T F S

对于她来说，世界上再也不存在男性了。世界上唯一的男性——就是那个在战争发生的第二天的黎明时分，在逐渐减员的哨所浴血奋战的人。她现在是满怀痛苦地活着，把腰带勒得紧紧的，紧紧的。

——《这里的黎明静悄悄……》，王金陵／译

（2012年版）

1989年第1版《这里的黎明静悄悄……》

引领侦探小说进入崭新时代的文学大师。代表作《福尔摩斯探案集》是世界上最有名的侦探故事集。

当你排除了所有可能性，剩下的不管有多么不可能，那也一定是真相。

——《福尔摩斯探案集》

（即将出版）

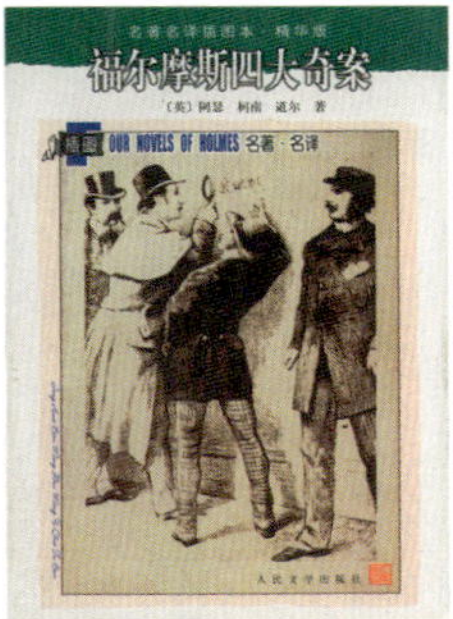

2004年第1版《福尔摩斯四大奇案》

诗人、戏剧家、小说家。1951年诺贝尔文学奖得主。代表作有诗集《天才》、小说《侏儒》《大盗巴拉巴》。

- 他在作品中为人类面临的永恒的疑难寻求解答所表现出的艺术活力和真正独立的见解。

——诺贝尔文学奖颁奖词

爱情这个东西会死去，而死后腐烂了，则会成为新爱情的土壤。

——《侏儒》，周佐虞／译

1953 年《侏儒》原版

〔苏联〕

米·亚·肖洛霍夫

1905 年 5 月 24 日出生

苏联作家协会理事，1965 年诺贝尔文学奖得主。代表作《静静的顿河》是顿河地区哥萨克版《战争与和平》。

· 风物既殊，人情复异，写法又明朗简洁，绝无旧文人描头画角，宛转抑扬的恶习，华斯珂普所说的“充满着原始力的新文学”的大概，已灼然可以窥见。

——鲁迅

· 他在描绘顿河的史诗式的作品中，以艺术家的力量和正直，表现了俄国人民生活中的具有历史意义的面貌。

——诺贝尔文学奖颁奖词

* 〔美国〕约瑟夫 · 布罗茨基　1940 年 5 月 24 日出生

在战争几年中白了头发、上了年纪的男人，不仅仅在梦中流泪；他们在清醒的时候也会流泪。

——《一个人的遭遇》，草婴／译

（2020年版）

1957年第1版《静静的顿河》

5月
May
癸卯年
四月初六
24
星期三
S M T W T F S

古典主义代表作家，法国现代心理小说的先驱。代表作《克莱芙王妃》是法国首部心理小说，深刻影响了三个多世纪以来的法国文学，并被五位导演改编为热门电影。

- 她真实的单纯就在她的爱情观里，对拉法耶特夫人来说，爱情是一场灾祸，危机四伏。

——〔法国〕阿尔贝 · 加缪

- 一本很美丽的旧书，很准确真实地反映出女性的内心世界。

——〔波兰〕索罗斯基

激情可以为我指引方向，但蒙蔽不了我的眼睛。

——《克莱芙王妃》，黄建华、余秀梅／译

（2019 年版）

1994 年第 1 版《克莱芙王妃》

〔法国〕

埃德蒙·德·龚古尔

1822 年 5 月 26 日出生

与于勒·德·龚古尔（1830 年 12 月 17 日出生）并称龚古尔兄弟，创立龚古尔学院和法国文学最高奖——龚古尔文学奖。他们写作之前进行广泛的调查研究，因而被称为“自然主义文学先驱”。他们耗费数十年完成的二十二卷《龚古尔日记》，是研究法兰西第二帝国和第三共和国时代文艺界的宝贵史料。

我没有一天不想起那个国度。转瞬即逝的声音、弥漫的气味、下午的阳光、一个动作，偶尔一种静谧的氛围，都足以唤醒我的童年记忆。

——（2016 年龚古尔中学生奖得主）加埃尔·法伊：《小小国》，张怡／译

（2018 年版）

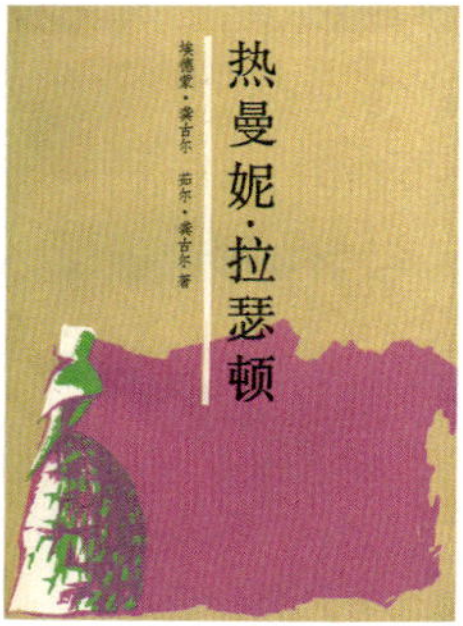

1987 年第 1 版《热曼妮·拉瑟顿》

5 月
May
癸卯年
四月初八
26
星期五
S M T W T F S

当代小说家，英国最大连锁书店“水石”评选的“影响未来25年的25位作家”之一。处女作《你走了以后》被英国《卫报》评为“25年来最佳小说”，至今共出版《哈姆奈特》等8部小说和《我存在，我存在，我存在》一部回忆录。

• 一部令人叹为观止的悲伤研究……奥法雷无疑出类拔萃。仅在几页纸间，她就将猫头鹰、大剧作家、一个垂死男孩和目睹之人的灵动妥善安放。似乎作者的心向往之，笔则无所不至。这部作品让人沉浸……值得多项殊荣加身。

——《卫报》

* 〔法国〕路易·费迪南·塞利纳　1894年5月27日出生

每个生命都有其核心、中心，或聚焦点，万端由此发出，又复归于此。

——《哈姆奈特》

《哈姆奈特》英文版

意大利民族诗人。代表作《神曲》展现出文艺复兴时代人文主义思想的曙光。

• 天才与努力的极峰便是这部《神曲》。

——老舍

28/5 May

癸卯年

四月初十

5月 May

癸卯年

四月初十

28

星期日

S M T W T F S

啊，光荣的星座呀，啊，孕育着巨大力量的光啊，我承认我所有的天才，无论是什么天才，都来源于你们。

——《神曲》，田德望／译

（2018 年版）

1954 年第 1 版《神曲》

〔西班牙〕
胡安·拉蒙·希梅内斯
1958年5月29日去世

西班牙“14年一代”作家，新抒情诗的创始人。代表作《小银和我》是一曲安达卢西亚的哀歌。

- 小银啊，希梅内斯看透了一切，他的诗令我感到忧郁。

——严文井

- 文学是为熟悉的世界立碑，诗歌则是陌生世界的向导。

——胡安·拉蒙·希梅内斯

5月
May
癸卯年
四月十一
29
星期一
S M T W T F S

在这本书中，快乐与哀伤是一对孪生姐妹，就像小银的两只耳朵。我是为……我也不知是为谁写的这本书……就说是为“我们这些抒情诗人为之写作的人”写的吧。

——《小银和我》，轩乐／译

（即将出版）

1984年第1版《小银和我》

小说家、剧作家。代表作《走到世界尽头》是作家的早期非虚构作品。二十世纪九十年代初，托宾踏上从西欧到东欧的旅程，参观城镇的游行和庆典活动，感受各地特有的文化气息，用敏锐的笔触记录下自己作为旁观者的思考。

没人想太多，这是现代化不可阻挡的步伐。

——《走到世界尽头》，温峰宁／译
（2018 年版）

2008 年第 1 版《大师》

5月
May
癸卯年
四月十二
30
星期二

S M T W T F S

〔苏联〕

康·格·帕乌斯托夫斯基

1892 年 5 月 31 日出生

抒情诗人，大自然的歌手，其散文洋溢着浪漫主义和人文主义色彩，文笔细腻，格调清新。因帮助布尔加科夫、同情帕斯捷尔纳克、声援布罗茨基，在作家圈内被称作“我们的良心”。

使命的召唤和内心的愿望，能够激励一个人创造奇迹，经受种种沉重考验。

——《金蔷薇》，曹苏玲、孟宏宏／译

（2002 年版）

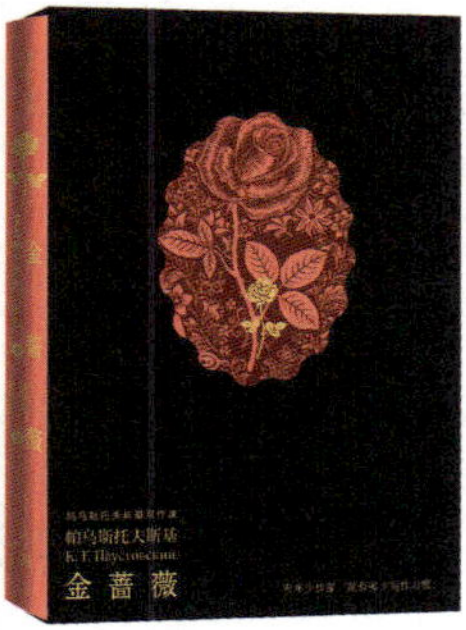
2022 年第 1 版《金蔷薇》

1 新格鲁多克 密茨凯维奇
2 格罗德诺 奥若什科娃
3 伏拉·奥克热雅镇 亨利克·显克维奇
4 拉多姆斯科 弗拉迪斯拉夫·莱蒙特
5 基埃尔策 什罗姆斯基
6 维尔纽斯 切斯瓦夫·米沃什
7 波兹南 维斯瓦娃·辛波丝卡
8 卢布斯卡省 奥尔加·托卡尔丘克
9 赫拉德茨–克拉洛韦 聂姆佐娃
10 布拉格 雅·哈谢克/尤利乌斯·伏契克
雅罗斯拉夫·塞弗尔特
11 波希米亚 卡雷尔·恰佩克
12 摩拉维亚 博胡米尔·赫拉巴尔
13 布尔诺市 米兰·昆德拉
14 克勒什镇 裴多菲
15 科马罗姆 约卡伊·莫尔
16 布达佩斯 凯尔泰斯·伊姆雷
17 瓦拉几亚 卡拉迦列
18 索波特 伊万·伐佐夫
19 索菲亚 埃林·彼林
18
8
7
4
11
9
10
12
13
15
16
14

中 东 欧 文 学 地 图

6月

June

6月

June

S	M	T	W	T	F	S
				1	2	3
4	5	6	7	8	9	10
11	12	13	14	15	16	17
18	19	20	21	22	23	24
25	26	27	28	29	30	

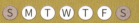

〔丹麦〕

马·安·尼克索

1954年6月1日去世

原名马丁·安德逊，“丹麦的高尔基”。他的三部曲《征服者贝莱》《狄蒂——人的孩子》《赤色分子莫尔顿》在丹麦文学中开创了无产阶级小说流派，并对国际工人运动产生了重要影响。

城里的人吃的是什么呀？他们一定生活得很好！那么，吃的时候，尽量吃饱了才放手，算不算是失礼呀？

——《征服者贝莱》，施蛰存／译

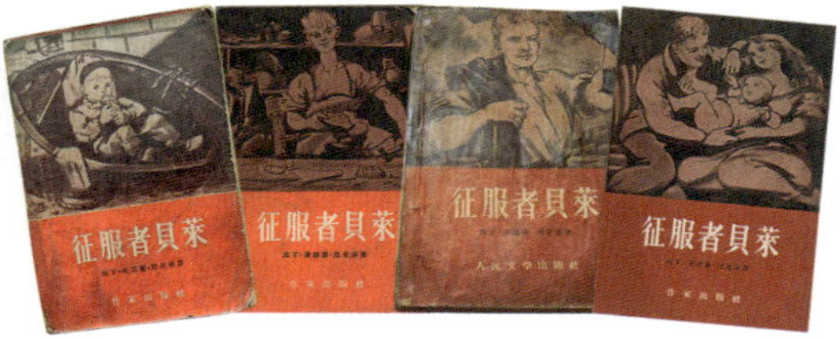

1956—1959 年第 1 版《征服者贝莱》

诗人、小说家，早期和中期的创作以小说为主，晚年以出色的诗歌开拓了二十世纪的英国文学。《德伯家的苔丝：一个纯洁的女人》奠定了作家的世界文学地位，为世界文学画廊增加了苔丝的不朽形象。

我自己觉得，我这一辈子的所作所为，早晚都得让人看不起……我想起来，我真是一个万恶的疯子。可是我从来连一个苍蝇，一个小虫儿，都不忍得伤害，连一个小鸟儿关在笼子里，都时常让我落泪！

——《德伯家的苔丝：一个纯洁的女人》，张谷若／译

（2020 年版）

1957 年第 1 版《德伯家的苔丝》

文艺复兴时期“人文主义巨人”。代表作《巨人传》展示了中世纪广阔的社会画面，揭露和抨击种种社会弊端，显示了作家无与伦比的讽刺艺术和富有魅力的语言风格。

把我这脂厚味深的好书加以仔细的咀嚼、赏玩、钻研，然后，通过反复的诵读，再三的思索，嚼开它的骨头，吮吸里面富有营养的精髓……

——《巨人传》，鲍文蔚/译

（2019年版）

1956年第1版《巨人传》

西班牙“半个世纪派”代表，一家三兄弟都是作家。代表作《变戏法》揭示了二十世纪五十年代西班牙青年的迷惘心境。

6月
June
癸卯年
四月十七
4
星期日
S M T W T F S

生活匆匆而过，我都来不及回顾往事。我常常问自己，我们到底算什么样的人。我总以为，我们已经死了，我们现在已完全变了样。……我们荒废了最美好的岁月，那种把戏该永远结束了。

——《变戏法》，屠孟超、陈凯先／译

1988年第1版《变戏法》

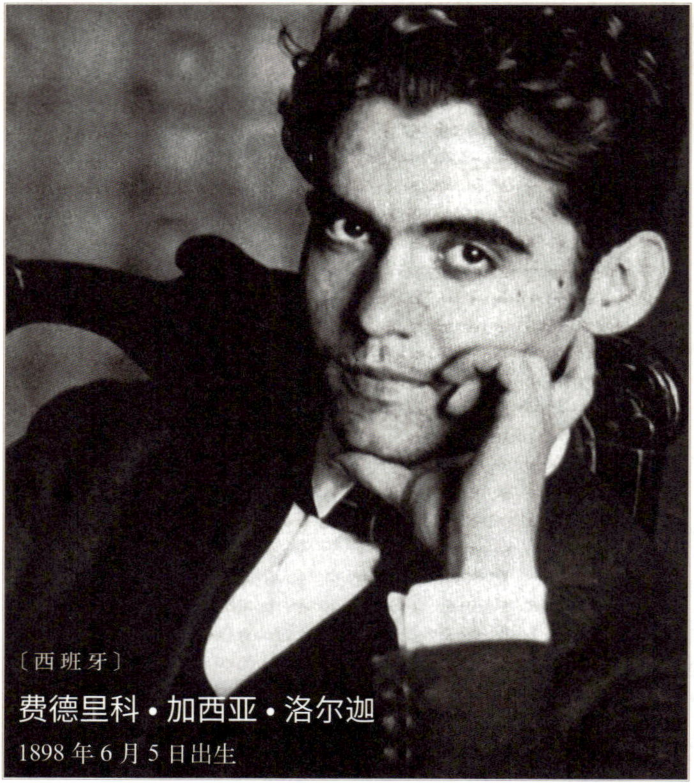

西班牙“27年一代”诗人、剧作家。诗歌代表作《诗人在纽约》，戏剧代表作《血的婚礼》。

· 他表达了美，人的美好感情。

——〔智利〕巴勃罗·聂鲁达

· 诗歌存在于一切事物，丑陋的，美丽的，惹人厌恶的；难的是知道如何发现诗歌，如何唤醒灵魂里深邃的湖。

——费德里科·加西亚·洛尔迦

6月
June

癸卯年
四月十八

5

星期一

S M T W T F S

哥尔多巴城，
辽远又孤零。

——《小小的死亡之歌——洛尔迦诗选》，戴望舒／译

（2016年版）

1956年第1版《洛尔伽诗钞》

〔俄国〕

亚·谢·普希金

1799年6月6日出生

俄罗斯现代规范语言奠基人，俄罗斯文学“黄金世纪”开创者。诗歌代表作《假如生活欺骗了你》，小说代表作《别尔金小说集》，戏剧代表作《鲍利斯·戈东诺夫》。

· 在普希金的诗歌中每个人都可以找到自己的体验。

——〔俄国〕列·尼·托尔斯泰

· 普希金作为俄国的天才，至今仍以其广度和深度成为我们俄国知识分子世界观的太阳。他是伟大的、无尽的预言家。

——〔俄国〕费·米·陀思妥耶夫斯基

你不知道，我的爱多么强烈，
你不知道，我的苦多么深重。

——《普希金诗选》，高莽　等／译
（2021 年版）

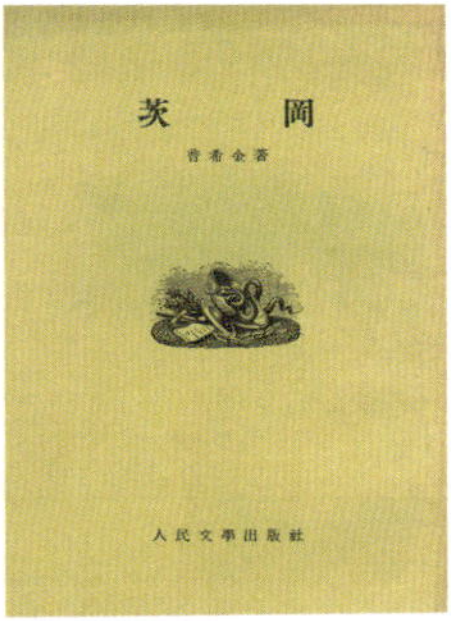

1953 年第 1 版《茨冈》

6 月
June
癸卯年
四月十九
6
星期二

S M T W T F S

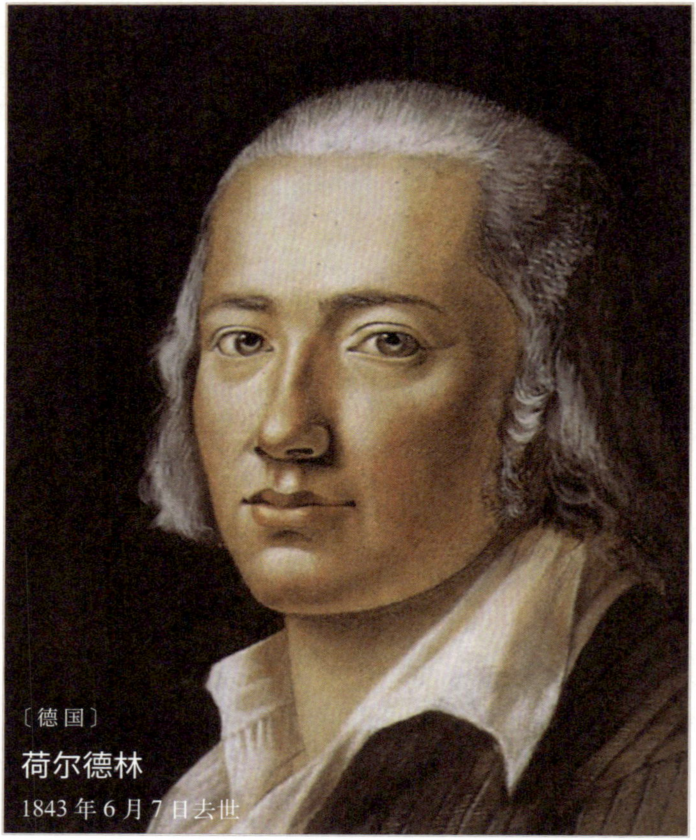

德国诗人。他的作品交织着人道主义思想和对祖国的挚爱，也有的抒写对大自然的爱，对古希腊的向往，对人类理想社会的憧憬以及失恋的痛苦。

• 从荷尔德林我懂得，诗歌是一场烈火，而不是修辞练习。

——海子

* 〔英国〕E.M. 福斯特　1970 年 6 月 7 日去世

6月
June
癸卯年
四月二十
7
星期三
S M T W T F S

你，崇高而诚挚的精神之国！
你，爱之国土！我虽是你的子民，
却常常流泪愤慨，你总是
愚蠢地否定自己的心灵。

——《德国人之歌》，钱春绮／译

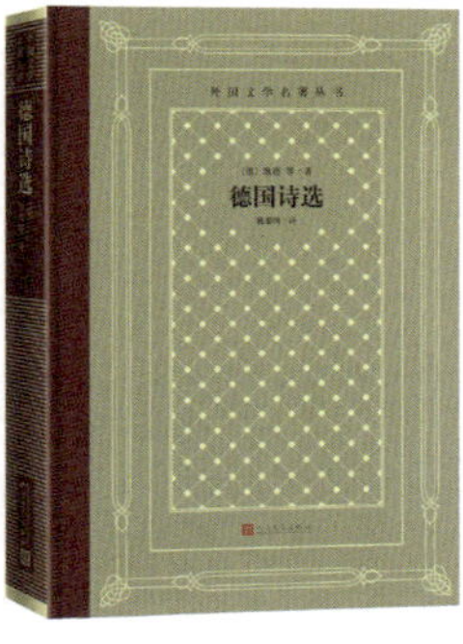

2020 年版《德国诗选》

〔西班牙〕

阿索林

1873年6月8日出生

第一个使用“98年一代”名称的西班牙作家。代表作《堂吉诃德之路》是探索西班牙灵魂的游记。

- 阿索林笔下的西班牙是一个古旧的西班牙，真正的西班牙。

——汪曾祺

- 旧建筑里还有可以利用的东西。

——阿索林

人们在那里可怜地生活在破屋中，或是离开了现在我漫步的这些街路，离开了我现在所看到的单调的枯涩的田野，去寻求一种自由的、漂泊的、冒险的生活……

——《塞万提斯的未婚妻》，戴望舒／译

〔危地马拉〕

米格尔·安赫尔·阿斯图里亚斯

1974年6月9日去世

魔幻现实主义代表作家，1967年诺贝尔文学奖得主。代表作《总统先生》最初名为《政治乞丐》。

- 他的作品深深根植于拉丁美洲的文学气质和印第安传统之中。

——诺贝尔文学奖颁奖词

- 《总统先生》这本书在写之前是讲出来的。当我写作时，我在对自己讲故事，直至听起来顺耳才算完。

——米格尔·安赫尔·阿斯图里亚斯

种地吃饭是人类的天职，人本来就是玉米做的。可是，种地做买卖，只能让玉米做成的人遭受饥荒。

——《玉米人》，刘习良、笋季英／译

1959 年第 2 版《危地马拉的周末》

〔美国〕

索尔·贝娄

1915 年 6 月 10 日出生

2018 年第 1 版《真情》《晃来晃去的人》《受害者》

1976 年诺贝尔文学奖得主。代表作《赫索格》被英国读者选为“二战”后十二部英语创作的最佳小说之一。

• 丰富的思想、时而闪露的讽刺、滑稽的喜剧以及明智的同情心。

——诺贝尔文学奖颁奖词

我想世界上最难的事，莫过于对一件易懂的事装着不懂了。

——《赫索格》，宋兆霖／译

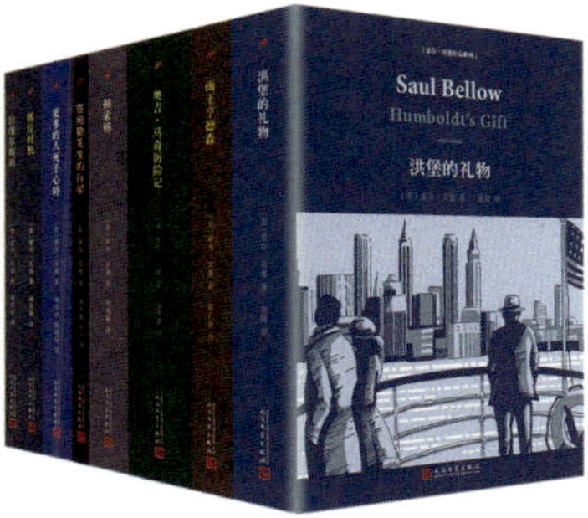

2016 年版“索尔·贝娄作品系列”

6 月
June
癸卯年
四月廿三

10
星期六

S M T W T F S

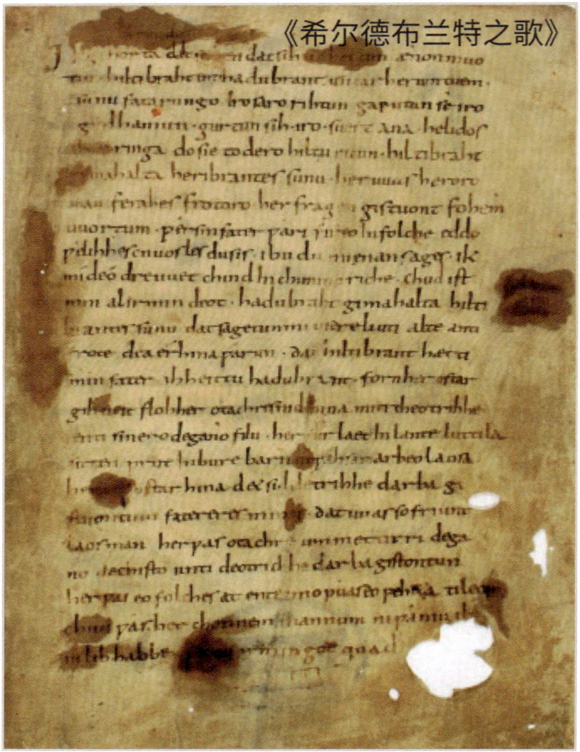

《希尔德布兰特之歌》

古日耳曼人的英雄叙事诗。因外族入侵，勇士希尔德布兰特随国王征战，三十年后返回故乡，在边境上遇到亲生儿子，但儿子没认出他。父亲以金环相赠，儿子为维护日耳曼战士荣誉发出挑战。因为原稿是残本，故事到此中断，结局不得而知。仅有诗行反映出民族大迁徙时代的动荡和古日耳曼人的生活，特别表现了日耳曼战士的崇高荣誉感重于血缘的特质。

我曾听人们说，
希尔德布兰特和哈都布兰特
作为独斗者在两军之间狭路相逢，
父亲和儿子整顿甲胄，刀剑相迎。

——《希尔德布兰特之歌》，胡天／译

《希尔德布兰特之歌》德文原版

犹太女孩，第二次世界大战中在纳粹集中营遇难。代表作《安妮日记》：真实记录了她 1942 年 6 月 12 日至 1944 年 8 月 1 日的生活和情感，展现了黑暗岁月里一个青春期少女的成长历程，写出了被毁灭的一代人的心声。

＊ 〔瑞士〕约翰娜 · 施皮里　1827 年 6 月 12 日出生

希望我能对你无所不谈，过去我还从未对谁这样做过。

——《安妮日记》，高年生／译

2019 年版《安妮日记》

诗人，被誉为“欧洲现代主义核心人物”。他用葡语、英语、法语写作，并对自己的作品以异名的方式进行评论，诗歌代表作《牧羊人》、散文代表作《不安之书》等深受读者和评论家喜爱。

- 佩索阿是惠特曼再生，不过，他是给“自我”“真我”以及“我的灵魂”重新命名的惠特曼，他为三者写下了美妙的诗作。

——〔美国〕哈罗德·布鲁姆

* 〔爱尔兰〕威廉·巴特勒·叶芝　1865 年 6 月 13 日出生

我没有雄心，也没有欲望。
做个诗人不是我的雄心，
它只不过是我独处的方式。

——《坐在你身边看云》，程一身／译

2017 年第 1 版《坐在你身边看云》

6 月
June
癸卯年
四月廿六
13
星期二
S M T W T F S

日本文学“不可撼动的高峰”，1968 年诺贝尔文学奖得主。代表作《雪国》集川端康成传统美学思想的大成。

• 敏锐的感受，高超的叙事技巧，表现了日本人的精神实质。

——诺贝尔文学奖颁奖词

* 〔美国〕哈丽叶特·比切·斯陀　1811 年 6 月 14 日出生

14/6
June

癸卯年

四月廿七

6月

June

癸卯年

四月廿七

14

星期三

S M T W T F S

穿过县界长长的隧道，便是雪国。夜空下一片白茫茫。火车在信号所前停了下来。

——《雪国》，叶渭渠／译

（1999 年版）

1985 年第 1 版《川端康成小说选》

〔印度〕

迦梨陀娑

约四世纪

梵语古典文学最伟大的诗人和戏剧家。代表作《沙恭达罗》是梵语戏剧的最高成就。

- 他的艺术风格在印度文学史上成了空前绝后的典范。

——季羡林

- 悠悠天隅，恢恢地轮，彼美一人，沙恭达罗。

——〔德国〕歌德

15/6 June

癸卯年
四月廿八

6月
June

癸卯年
四月廿八

15

星期四

S M T W T F S

深河里有像明净的心一样的清水，
你的天生俊俏的影子将投入其中，
因此你不要固执，莫让她的白莲似的
由银鱼跳跃而现出来的眼光落空。

——《金克木译天竺诗文》
（2019 年版）

1954 年第 1 版《沙恭达罗》

美国当代最重要的作家之一，诺贝尔文学奖热门人选。欧茨的创作力极为旺盛，以多产而闻名。自处女作短篇小说集《北门边》问世以来，迄今她已出版一百余部作品，包括长篇小说、短篇小说集、诗集、剧本和文学评论等。1970 年欧茨以长篇小说代表作《他们》获得美国国家图书奖。其他重要作品还有：《中年》《我带你去那儿》《迷人的，昏暗的，幽深的：短篇小说集》等。

- 是她不可思议的天赋，使故事跃然纸上，令我们误以为真，这是让我们不断回到欧茨的国度的原因。

——《纽约时报》

她真的恨他！她恨他不再爱她了，不像原来那么爱她了。

——《迷人的，昏暗的，幽深的：短篇小说集》，邱颀／译

（2021 年版）

2021 年第 1 版“欧茨作品集”

〔挪威〕

亨利克·阿诺德·韦格兰德

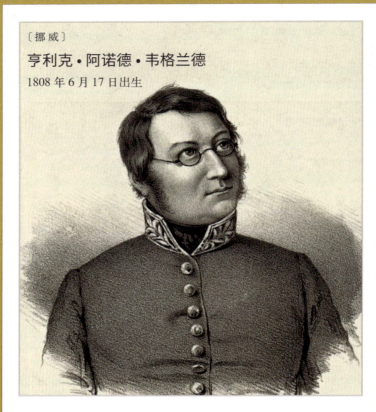

1808 年 6 月 17 日出生

现代挪威文化的先驱，在各文学领域均留下颠覆性创作。诗歌代表作《创世纪，人和弥塞亚》，戏剧代表作《摩西在桶中》，历史性散文代表作《为什么人文发展如此之慢》。作为一名积极的社会活动家，他在 1833 年 5 月 17 日的公开演讲促成了这一天成为挪威国庆日。

17/6 June

癸卯年

四月三十

外国文学雕刻时光

韦格兰德塑像

6月

June

癸卯年

四月三十

17

星期六

S M T W T F S

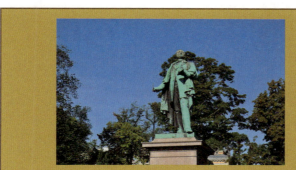

〔俄国〕

伊·亚·冈察洛夫

1812年6月18日出生

十九世纪俄国最著名的现实主义作家之一，明确反对自然主义和“为艺术而艺术”。代表作《奥勃洛莫夫》中的主人公，是十九世纪俄国文学中最后一个“多余人”。

· 纵然到了只剩下一个俄罗斯人的时候，他都会记得奥勃洛莫夫的。

——〔俄国〕伊·谢·屠格涅夫

对于少年时代的那些欺骗了他或者被他辜负了的憧憬，那些令人感慨的美好往事，他都懒得再去回味，而有些人即便到了晚年一想起来还激动不已呢。

——《奥勃洛莫夫》，陈馥／译

（2021 年版）

1956 年第 1 版《奥勃洛摩夫》

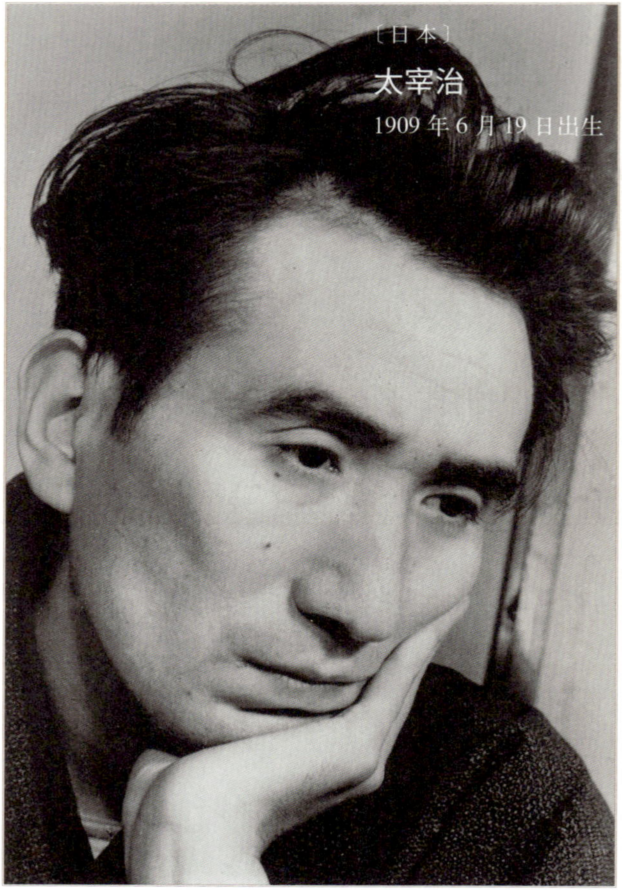

日本无赖派代表作家，尖锐细腻的私小说创作者。代表作《人间失格》是日本私小说领域中不容忽略的一部作品，也是作家的精神性自传。

那是我对人类的最后求爱。我对人类持有极度的恐惧。我对人类同时又极端地执着。

——《人间失格》，魏大海／译

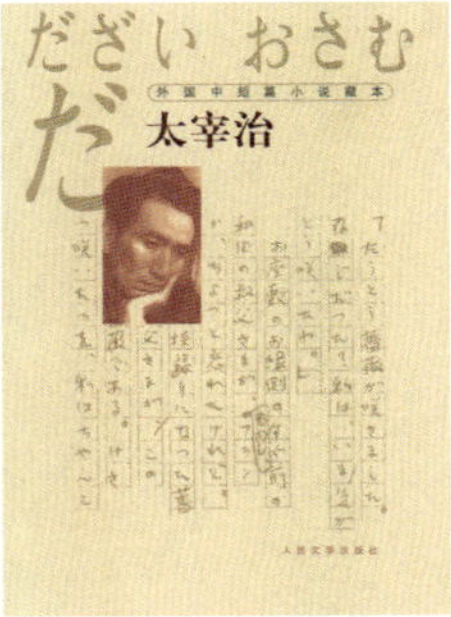

2013 年第 1 版《外国中短篇小说藏本 · 太宰治》

6 月
June
癸卯年
五月初二
19
星期一

S M T W T F S

古希腊“喜剧之父”。代表作《阿卡奈人》以反对内战、主张和平为主题。

6月
June

癸卯年
五月初三

20

星期二

S M T W T F S

尘世上的凡人呀，你们庸庸碌碌与草木同朽，好像木雕泥塑，好像浮光掠影，不能飞腾，朝生夕死，辛苦一生，有如梦幻，来听听我们鸟类的话，我们是不死的，长生不老。

——《古希腊戏剧选》，杨宪益　等／译

（2008 年版）

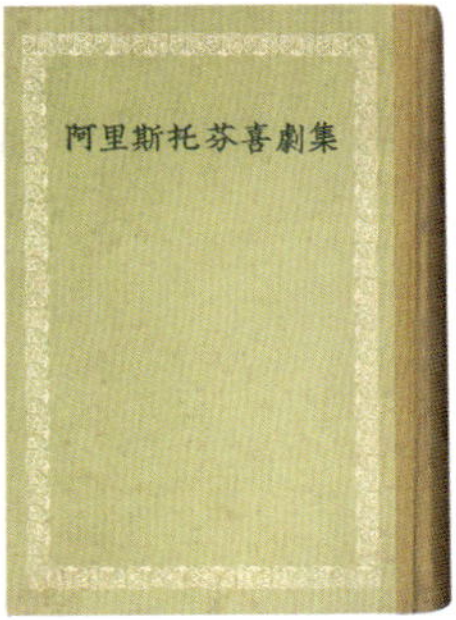

1954 年第 1 版《阿里斯托芬喜剧集》

〔法国〕

让-保尔·萨特

1905 年 6 月 21 日出生

二十世纪法国最主要的哲学家、存在主义代表人物、文学家、评论家和社会活动家，“二战”后法国知识界的一面旗帜，被誉为“世纪的良心”。萨特的学说对法国及整个欧美的思想文化界影响深刻。凭代表作《文字生涯》获得 1964 年诺贝尔文学奖，但他本人拒绝接受。

- 他那思想丰富、充满自由气息和探求真理精神的作品，已对我们的时代产生了深远影响。

——诺贝尔文学奖颁奖词

我的心脏的最后一次跳动刚好落在我著作最后一卷的最后一页上。

——《文字生涯》，沈志明／译

（2018 年版）

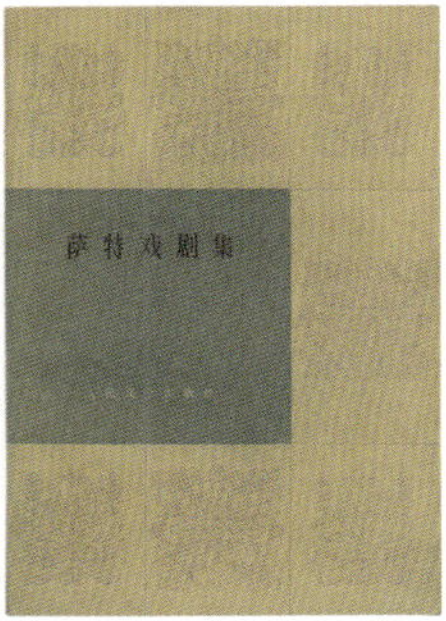

1985 年第 1 版《萨特戏剧集》

〔美国〕

丹·布朗

1964年6月22日出生

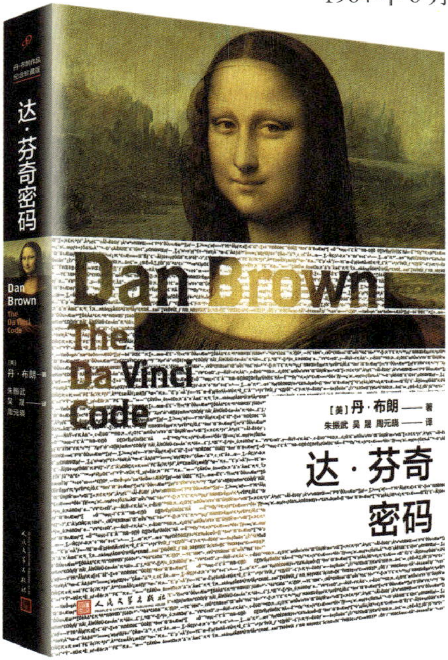

2009年第1版《达·芬奇密码》

世界媒体重磅推荐的畅销书作家。代表作《达·芬奇密码》，集合了侦探、惊悚、历史等元素，一经问世就高居各大畅销书排行榜榜首。

＊〔日本〕坪内逍遥　1859年6月22日出生

人们宁可压抑自己的欲望，也不会靠近恐惧。

——《达·芬奇密码》，朱振武、吴晟、周元晓／译

2017 年版“丹·布朗作品集”

俄罗斯文学“白银时代”的重要女诗人，“俄罗斯诗歌的月亮”。

- 诗歌很少需要历史，它需要的只是一位诗人，而阿赫玛托娃正是这样一位诗人。

——〔美国〕约瑟夫·布罗茨基

6月
June
癸卯年
五月初六
23
星期五

S M T W T F S

不，我不躲在异国的天空下，
也不求他人翅膀的保护，——
那时我和我的人民共命运，
和我的不幸的人民在一处。

——《我会爱——阿赫玛托娃诗选》，高莽／译

（2021 年版）

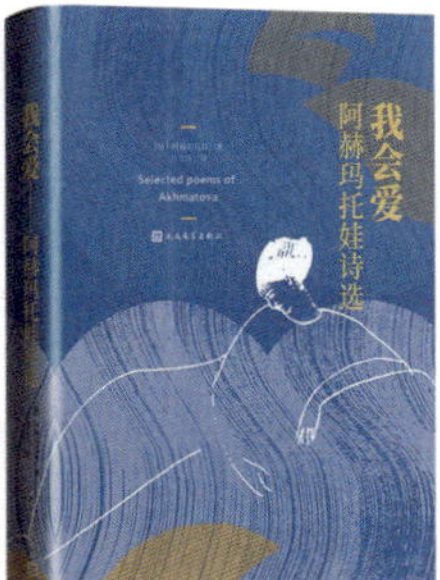

2021 年版《我会爱——阿赫玛托娃诗选》

二十世纪俄国侨民文学杰出代表。因1911年写作《一个从餐馆出来的人》而在生活困难时得到饭店服务员无偿提供的食物。另有《死者的太阳》《在泡沫中》《一个老妇人的故事》《朝圣》《神的禧年》等代表作。

· 什梅廖夫是最后一个，也是唯一一个我们可以从中学到丰富的、有力的和自由的俄语的俄国作家。

——〔俄国〕亚·伊·库普林

24/6
June

癸卯年
五月初七

外国文学
雕刻时光

平日是为了不倦的劳作，假期则是为了有益的交谈。

——《一个从餐馆出来的人》

2012 年原版《一个从餐馆出来的人》

6月
June

癸卯年
五月初七

24

星期六

S M T W T F S

小说家、记者和社会评论家，“一代人的冷峻良心”。代表作《巴黎伦敦落魄记》展示了贫穷的真正含义。

• 奥威尔是自赫兹利特，也许是自约翰逊博士以来最伟大的英语杂文家。

——〔美国〕欧文·豪

* 〔奥地利〕英格博格·巴赫曼　1926年6月25日出生

外国文学雕刻时光

我曾经非常爱书——喜欢它们的气味和手感，因为这些书至少也有五十年了。

——《奥威尔读本》，刘春芳　等／译

2011 年第 1 版《奥威尔读本》

6 月

June

癸卯年

五月初八

25

星期日

S M T W T F S

〔美国〕

赛珍珠

1892 年 6 月 26 日出生

1932 年普利策小说奖、1938 年诺贝尔文学奖得主。代表作《大地三部曲》被瑞典皇家学院誉为史诗般描述了中国农村生活。

整个夜里，他断断续续地做着关于爱的古怪的梦，可是爱情却从未清晰地出现过。

——《大地三部曲》，王逢振　等／译

2010年第1版《大地三部曲》

在无声无光的世界里，她取得了常人难以企及的成就——十九岁考入哈佛大学，八十四岁获“总统自由勋章”，八十五岁入选《时代周刊》评选的“二十世纪美国十大偶像”，一生完成十四本著作。她的散文与自传作品集《假如给我三天光明》，是引人深思的励志之作。

· 十九世纪出现了两个了不起的人物，一个是拿破仑，另一个就是海伦·凯勒。

——〔美国〕马克·吐温

有时我不禁会想，如果我们把每一天都当成生命的最后一天来度过，应该是一个非常不错的选择。

——《假如给我三天光明》，刘春芳／译

（2021 年版）

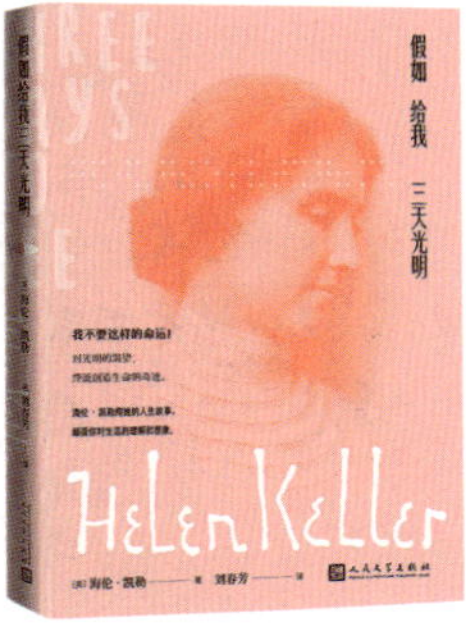

2021 年版《假如给我三天光明》

6 月
June

癸卯年
五月初十

27

星期二

S M T W T F S

〔法国〕
让-雅克·卢梭
1712年6月28日出生

十八世纪法国大革命的思想先驱，启蒙运动最卓越的代表人物之一。代表作《忏悔录》是一部写得很坦率的自传。

• 他能把疯狂的性格描绘得美丽端庄，把不规的行为涂上灿烂的色彩，他的言语就像炫眼的日光，使人的眼睛流下同情的泪水。

——〔英国〕乔治·戈登·拜伦

我要把一个人的真实面目赤裸裸地揭露在世人面前。这个人就是我。

——《忏悔录》，范希衡 等／译

（2020 年版）

1980 年第 1 版《忏悔录》

作家、飞行员、战士，“费米娜文学奖”“法兰西学院文学大奖”“雨果奖最佳短篇小说”得主。代表作《小王子》。

- 《小王子》是最伟大的存在主义小说。

——〔德国〕海德格尔

- 尼采和康德孕育了一种道德，并用美妙的文学冲动表现出来，而唯独圣埃克苏佩里一人，在危险和充实中体验了这种道德。

——《费加罗报》

用心去看才看得清楚。本质的东西眼睛是看不见的。

——《小王子》，马振骋/译

（2018年版）

1981年第1版《夜航》

波兰裔诗人、散文家、文学史家，1980 年诺贝尔文学奖得主。米沃什的诗歌和散文，不仅是他个人的思想表达，更是二十世纪东欧、西欧和美国的历史画卷。代表作有《被禁锢的头脑》《伊斯河谷》《个人的义务》《务尔罗的土地》等。

- 米沃什的作品，以敏锐的洞察力，毫不妥协地描绘了人在剧烈的世界冲突中的赤裸裸状态。

——诺贝尔文学奖颁奖词

人类没有具体的东西可以寄托希望时，只好抓紧幻想不放。

——《被禁锢的头脑》，易丽君／译

1989 年波兰语版《被禁锢的头脑》

6 月
June
癸卯年
五月十三
30
星期五
S M T W T F S

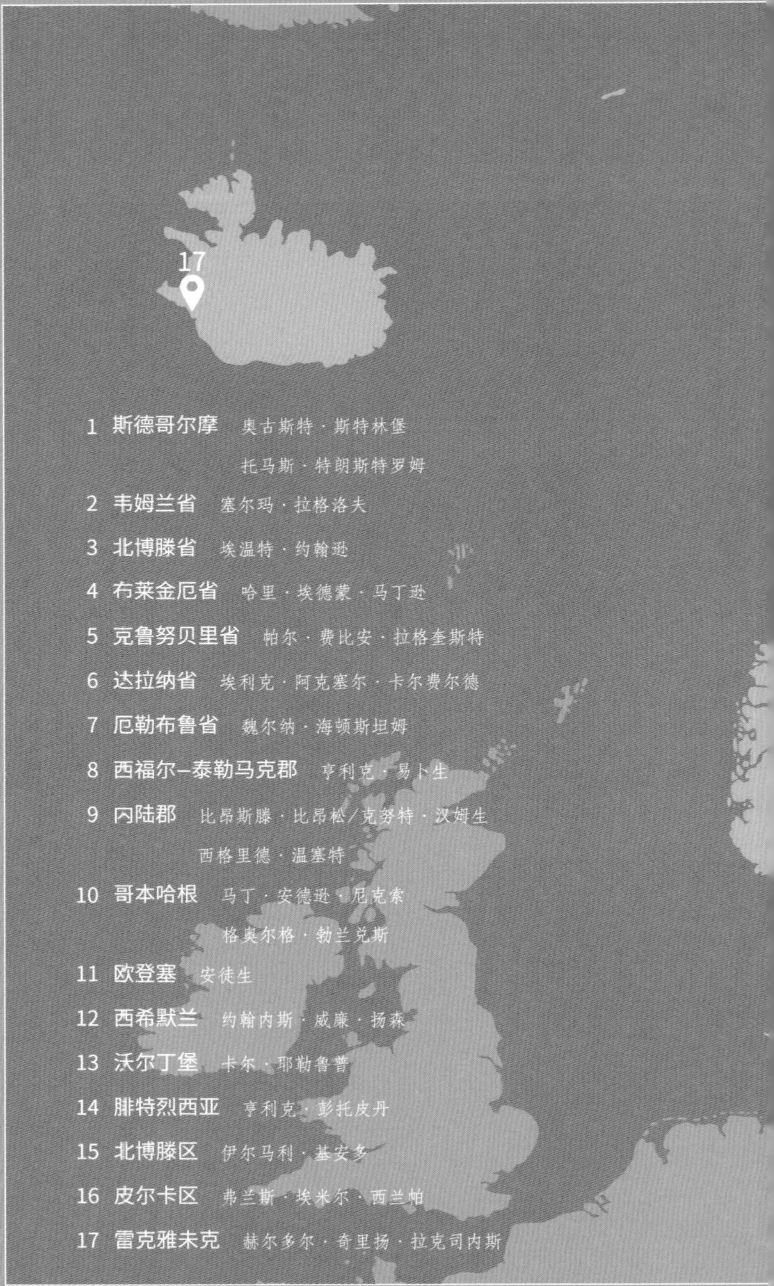
17
1 斯德哥尔摩 奥古斯特·斯特林堡
托马斯·特朗斯特罗姆
2 韦姆兰省 塞尔玛·拉格洛夫
3 北博滕省 埃温特·约翰逊
4 布莱金厄省 哈里·埃德蒙·马丁逊
5 克鲁努贝里省 帕尔·费比安·拉格奎斯特
6 达拉纳省 埃利克·阿克塞尔·卡尔费尔德
7 厄勒布鲁省 魏尔纳·海顿斯坦姆
8 西福尔–泰勒马克郡 亨利克·易卜生
9 内陆郡 比昂斯滕·比昂松/克努特·汉姆生
西格里德·温塞特
10 哥本哈根 马丁·安德逊·尼克索
格奥尔格·勃兰克斯
11 欧登塞 安徒生
12 西希默兰 约翰内斯·威廉·扬森
13 沃尔丁堡 卡尔·耶勒鲁普
14 腓特烈西亚 亨利克·彭托皮丹
15 北博滕区 伊尔马利·基安多
16 皮尔卡区 弗兰斯·埃米尔·西兰帕
17 雷克雅未克 赫尔多尔·奇里扬·拉克司内斯

北欧文学地图

7月

July

7月

July

S	M	T	W	T	F	S
						1
2	3	4	5	6	7	8
9	10	11	12	13	14	15
16	17	18	19	20	21	22
23	24	25	26	27	28	29
30	31					

〔法国〕

乔治·桑

1804年7月1日出生

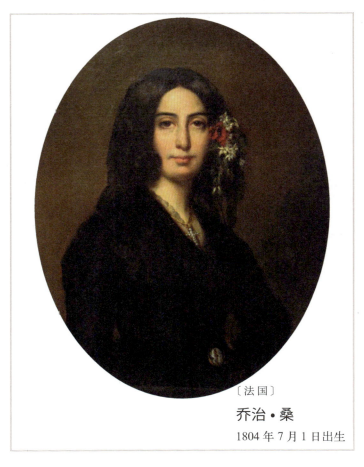

十九世纪法国文坛最著名的女性。代表作《木工小史》标志着乔治·桑的创作达到成熟。

· 乔治·桑在我们这个时代具有独一无二的地位。其他伟人都是男子，唯独她是伟大的女性。

——〔法国〕维克多·雨果

癸卯年
五月十四

他们有什么权利生来就幸福，你们有什么罪过在贫困中生活，在贫困中死亡，你们永远没有想到过吗？

——《木工小史》，齐香／译

（2020 年版）

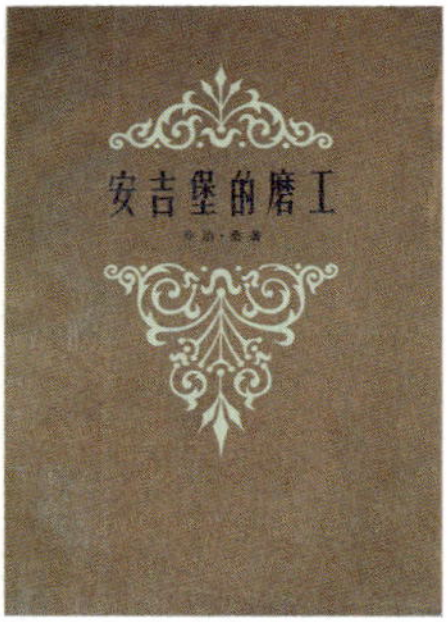

1958 年第 1 版《安吉堡的磨工》

7月
July
癸卯年
五月十四

1

星期六

S M T W T F S

德国浪漫派最后的骑士，二十世纪六七十年代美国嬉皮士运动的精神偶像。代表作《荒原狼》表现了知识分子的中年精神危机。托马斯·曼认为，就实验的大胆而言，《荒原狼》毫不逊色于《尤利西斯》。

哈勒的灵魂疾病……是这个时代本身的病症，是哈勒所属的那一代人的神经官能症。

——《荒原狼》，李双志／译

（2013 年版）

1983 年第 1 版《轮下》

现代派文学奠基人之一，其语言简约、明晰而又晦涩，谜一样的文字后有着巨大的张力，反映了荒诞的世界中人的孤独、异化、挣扎与痛苦。代表作《变形记》和《城堡》。

K 久久站立在由大路通向村子的木桥上，仰视着似乎虚无缥缈的空间。

——《城堡》，高年生／译

（2020 年版）

1985 年第 1 版《卡夫卡短篇小说选》

被马克西姆·高尔基称为“苏联儿童文学奠基人”，二十世纪三十年代与高尔基共同创建了苏联儿童文学出版社。戏剧代表作《十二个月》自 1943 年问世至今一直出现在世界各地的儿童舞台上和儿童读物中。

7月
July
癸卯年
五月十七
4
星期二
S M T W T F S

大熊穿过了
森林里倒下的树木。
鸟儿们都开始唱歌。
白雪花也盛开啦。

——《十二个月》，戈宝权／译
（2019 年版）

〔法国〕

《罗兰之歌》

约十一世纪

法国中世纪英雄史诗“纪功歌”代表作，现存最古老的法语文学作品，改编自778年查理曼统治时期发生的隆塞斯瓦耶斯隘口战役，被吟游诗人传唱百年。

- 提到《罗兰之歌》，就像提到品达的《特尔斐皮西亚颂歌》或亚里士多德的《诗学》，即使有了第一千零一版，也会再发行第一千零二版……

——〔法国〕约瑟夫·贝蒂埃

不应该听从狂妄的言辞，
要离开蠢人，要保持明智。

——《罗兰之歌》，杨宪益／译

（2000年版）

2000年第1版《罗兰之歌　特利斯当与伊瑟　列那狐的故事》

〔瑞典〕

魏尔纳·封·海顿斯坦

1859年7月6日出生

高莽 绘

十九世纪九十年代瑞典新浪漫主义文学的领袖，瑞典唯美主义的领军人物，1916年诺贝尔文学奖得主。第一部诗集《朝圣与漫游的年代》，以虚幻而富有哲理的华丽风格叙述南欧和地中海沿岸及阿拉伯地区各国的自然风光、风土人情、历史传说。

• 瑞典文学新时代的首要代表。

——诺贝尔文学奖颁奖词

瑞典、瑞典、瑞典、祖国，
我们朝夕思念的家园，
我们安身立命的乡土！

——石琴娥 / 译

7月
July

癸卯年
五月十九

6

星期四

S M T W T F S

德国反法西斯文学的代表。历史小说《假尼禄》写于纳粹肆虐的 1936 年，讲述罗马暴君尼禄的旧臣炮制一个假尼禄以满足私利、最终覆灭的故事，预言了法西斯的必然灭亡。

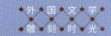

一个奴隶机械地模仿皇帝，一个蹩脚演员模仿另一个蹩脚演员，而全世界竟都会中了这个不幸的喜剧演员的奸计，向他欢呼，不惜放一场大洪水毁灭庙宇、城市并且最后毁灭人类自身，以此向他表示敬意。

——《假尼禄》，张荣昌、叶廷芳／译

（1982 年版）

1959 年第 1 版《戈雅》

〔法国〕

让·德·拉封丹

1621 年 7 月 8 日出生

法国古典文学代表作家，世界三大寓言家之一。他以古希腊的伊索和古罗马寓言家费德鲁斯的故事以及古印度故事集《五卷书》为基础，将寓言这一传统体裁推至新高。

•《拉封丹寓言》向三个不同年龄段的读者都提供了欢乐：孩童享受故事的清新生动，求知若渴的文学学生感受艺术的完美，饱经世事的人读出其中角色和生活传达的微妙思考。

——〔法国〕西尔韦斯特·德·萨西

* 〔保加利亚〕埃林·彼林　1877 年 7 月 8 日出生

7月
July
癸卯年
五月廿一

8

星期六

S M T W T F S

为讲故事而讲故事，
我看就没有什么意义。

——《拉封丹寓言》，李玉民／译

（2020 年版）

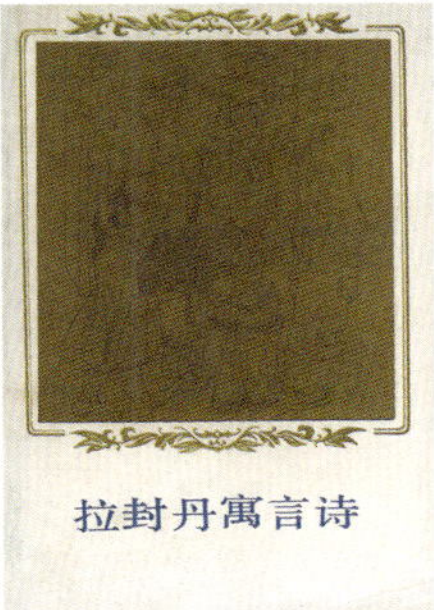

1982 年第 1 版《拉封丹寓言诗》

保加利亚文学之父。代表作《轭下》是一部以保加利亚四月起义为题材的长篇小说。

- 不但是革命的文人，也是旧文学的轨道破坏者，也是体裁家。

——鲁迅

- 为多灾多难的保加利亚的自由和复兴而斗争的诗人和战士。

——〔苏联〕马克西姆·高尔基

人常常对于越是不准做的事就越是想做。

——《轭下》，施蛰存／译

（2021 年版）

1954 年第 1 版《轭下》

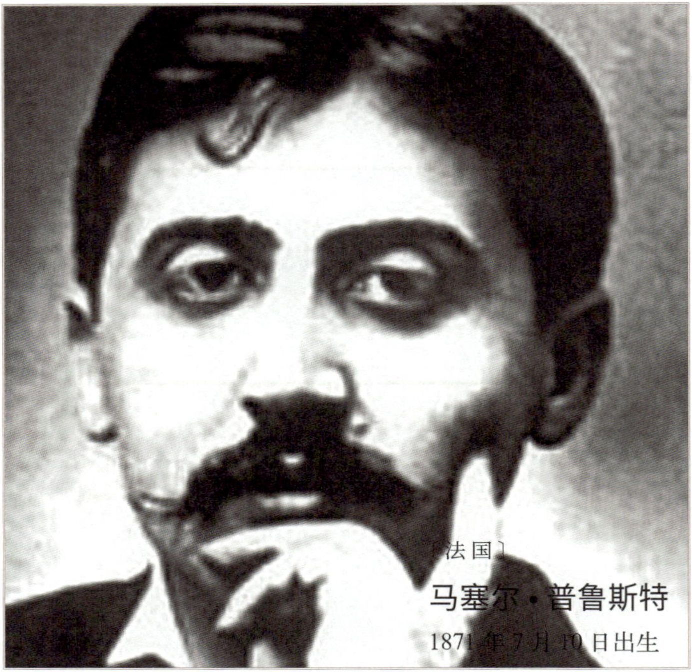

〔法国〕
马塞尔·普鲁斯特
1871年7月10日出生

二十世纪最有影响力的作家之一，1919年获龚古尔文学奖。作为意识流文学的先驱，其鸿篇巨制《追寻逝去的时光》以艺术重新创作生活，用冗长而精确的句子探索自我、编织世界。

· 对普鲁斯特和歌德来说，自私的欢悦是通往虚无的，只有忘掉自己才能使我们得到片刻幸福。浮士德从生活中找到幸福，普鲁斯特则从艺术中获得幸福。

——〔法国〕莱昂·皮埃尔-甘

* 〔加拿大〕爱丽丝·门罗　1931年7月10日出生

我们一度熟悉的那些地方，都是我们为方便起见，在广袤的空间标出的一些位置。

——《追寻逝去的时光》，周克希／译

2002 年第 1 版《在少女们身旁》

7 月
July
癸卯年
五月廿三
10
星期一

S M T W T F S

葡萄牙的精神国父，大航海时代的象征之一。代表作《卢济塔尼亚人之歌》是葡萄牙民族史诗。

- 在他的诗中，人们可以感受到某种《奥德赛》的迷人魅力和《埃涅阿斯纪》的雄伟富丽。

——〔法国〕孟德斯鸠

就在这欧罗巴之首的前额，
卢济塔尼亚王国岿然屹立，
陆地终于斯，海洋始于斯
福玻斯从这里沉入大西洋。

——《卢济塔尼亚人之歌》，张维民／译

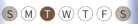

散文家、诗人、哲学家、超验主义运动代表人物。代表作《瓦尔登湖》表达了对简朴生活的崇尚和对大自然风光的热爱。

我在大自然里以奇异的自由姿态来去，成了她自己的一部分。

——《瓦尔登湖》，徐迟／译

（2020 年版）

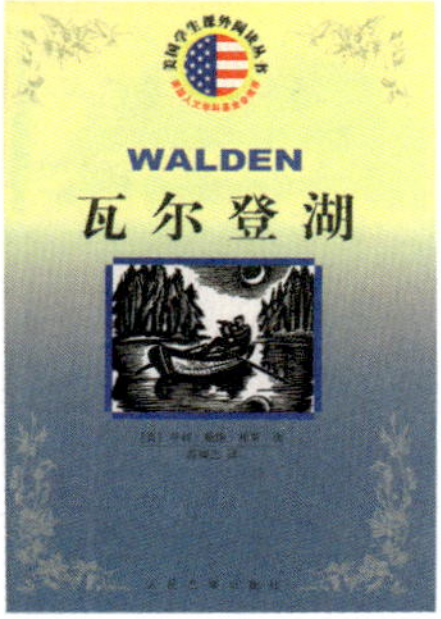

2004 年第 1 版《瓦尔登湖》

〔南非〕

纳丁·戈迪默

2014年7月13日去世

1974年布克奖、1991年诺贝尔文学奖得主。代表作《新生》讲述了主人公保罗在绝症中奇迹生还，而家庭却在圆满中无望离散的故事。

· 她史诗般壮丽的作品使人类获益匪浅。

——诺贝尔文学奖颁奖词

13/7
July
癸卯年
五月廿六

外国文学 雕刻时光

灾难是隐私，就像爱情也是隐私一样。

——《新生》，赵苏苏／译

2008 年第 1 版《新生》

7月
July
癸卯年
五月廿六
13

星期四

S M T W T F S

〔美国〕

艾萨克·巴什维斯·辛格

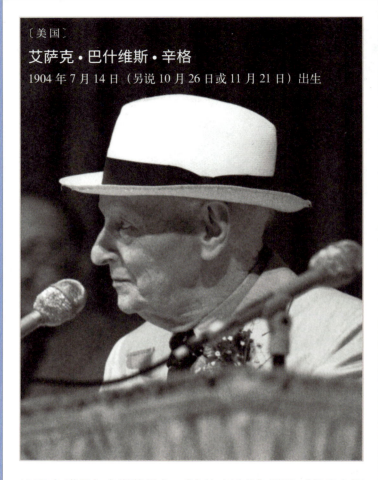

1904 年 7 月 14 日（另说 10 月 26 日或 11 月 21 日）出生

1978 年诺贝尔文学奖得主。《辛格自选集》精选《傻瓜吉姆佩尔》《市场街的斯宾诺莎》等四十七篇短篇佳作，在二十世纪世界文坛独树一帜，深刻影响当代中国文坛。

· 我一直迷恋辛格的小说特有的犹太味道。

——苏童

7月
July
癸卯年
五月廿七
14
星期五
S M T W T F S

我是傻瓜吉姆佩尔。我不认为我是傻瓜，恰恰相反，但人们都这么叫我。

——《辛格自选集》，韩颖　等／译

（2019 年版）

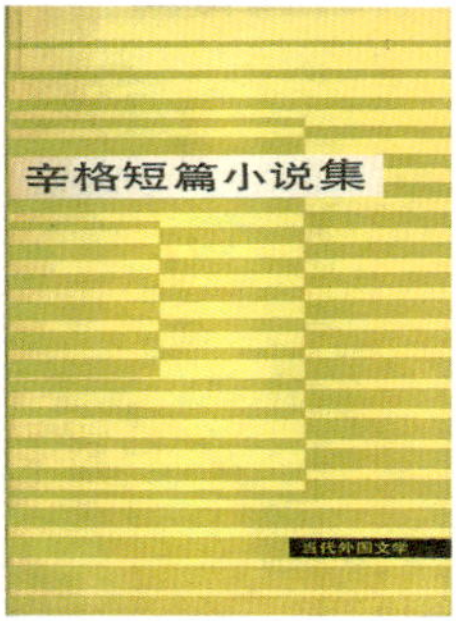

1980 年第 1 版《辛格短篇小说集》

〔瑞士〕

高特弗里德·凯勒

1890年7月15日去世

瑞士最重要的德语作家。代表作《绿衣亨利》在欧洲被誉为继歌德“维廉·麦斯特”之后最成功的教育小说（成长小说），作家因此被称为“瑞士的歌德”。

希望固然能欺骗人，
但只欺骗意志薄弱者；
对于忠贞不渝的心，
希望总是非常厚道亲切；
希望应当藏在心坎，
不要经常挂在嘴边！

——《绿衣亨利》，田德望／译

（2020 年版）

1955 年第 1 版《乡村里的罗密欧与朱丽叶》

〔德国〕

海因里希·伯尔

1985 年 7 月 16 日去世

“二战”后德国“废墟文学”的代表，“德国的良心”，1972 年诺贝尔文学奖得主。代表作《流浪人，你若到斯巴……》以沉静的笔触写出被当作炮灰的一代青年的悲剧。

* 〔古巴〕尼古拉斯 · 纪廉　1989 年 7 月 16 日去世

我觉得周围的一切都显得如此冷漠、如此无情，仿佛他们抬着我穿过一座死城博物馆，穿过一个与我无关的、我所陌生的世界，虽然我的眼睛认出了这些东西……

——《流浪人，你若到斯巴……》，黄文华／译

（2021 年版）

1980 年第 1 版《伯尔中短篇小说选》

7月
July
癸卯年
五月廿九
16
星期日
S M T W T F S

日本战后派代表作家、评论家，1951 年芥川文学奖得主。代表作《时间》以一名日本作家的良知记述显现人性之恶的南京大屠杀。

* 〔苏联〕鲍 · 安 · 拉夫列尼约夫　1891 年 7 月 17 日出生

17/7
July
癸卯年
五月三十

外国文学雕刻时光

人生中总会有一次又一次的发现，正如年年岁岁都会有收获一样。

——《时间》，秦刚／译

（2018 年版）

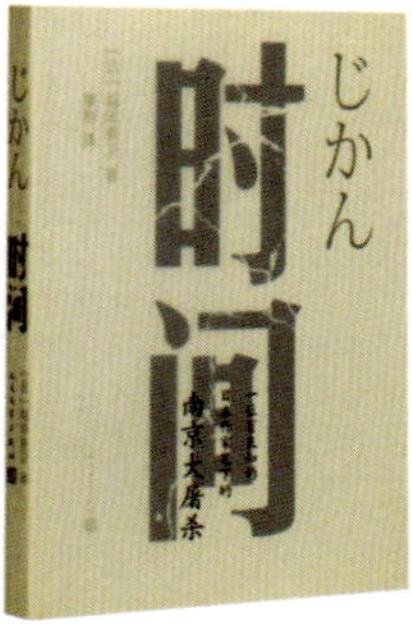

2018 年第 1 版《时间》

7月
July
癸卯年
五月三十

17

星期一

S M T W T F S

维多利亚时代知名小说家，与狄更斯齐名。代表作《名利场》以滑铁卢战役为历史背景，展现了世界文学中最成功的女冒险家形象。

＊〔苏联〕叶·亚·叶甫图申科　1932 年 7 月 18 日出生

唉，浮名浮利，一切虚空！我们这些人里面谁是真正快活的？谁是称心如意的？

——《名利场：杨绛点烦本》，杨必／译

（2016 年版）

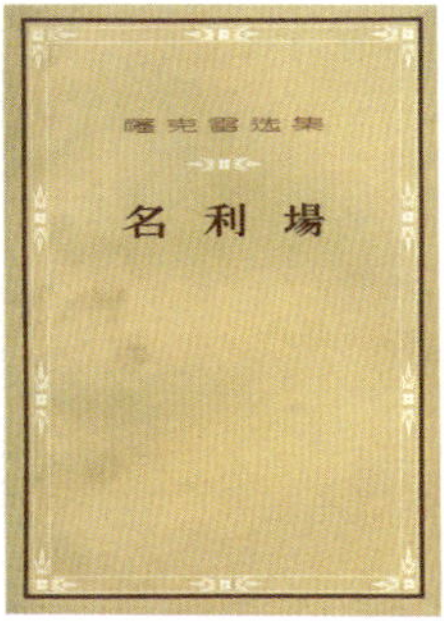

1957 年第 1 版《名利场》

〔苏联〕

弗·弗·马雅可夫斯基

1893年7月19日出生

以演说家般的激情著称的诗人，在戏剧中也主张“把剧场变成讲坛”。诗歌代表作《穿裤子的云》《好！》，戏剧代表作《宗教滑稽剧》《臭虫》《澡堂》。

• 应该请诗人们从天上降到地上来。

——弗·弗·马雅可夫斯基

19/7
July
癸卯年
六月初二

外国文学雕刻时光

当人们全都上天堂、入地狱的时候，
人间将要做出结论——
请记住：
在 1916 年
彼得格勒再也看不见美丽的人。

——《好！》，余振／译

（1955 年版）

1953 年第 1 版《列宁》

7月
July
癸卯年
六月初二
19
星期三
S M T W T F S

〔瑞典〕

埃里克·阿克塞尔·卡尔费尔德

1864 年 7 月 20 日出生

1895 年以处女诗集《荒原与爱情》奠定了他成为瑞典伟大诗人的基础。1912 年起担任瑞典皇家学院终身秘书，并因此一再拒绝诺贝尔文学奖提名，1931 年被追授诺贝尔文学奖。

• 以瑞典人喜爱的风格和真诚表现了民族的特征。

——诺贝尔文学奖颁奖词

* 〔美国〕科马克 · 麦卡锡　1933 年 7 月 20 日出生

Erik Axel Karlfeldt
Skald
Nobelpristagare
FÖRSTADAGSBREV First Day Cover
Erik Axel Karlfeldt 1864-1931
SVERIGE 35
STOCKHOLM
3·2 1964
KARLFELDTSMINNET
Herr Anders Bock
Wergelandsg. 19, III
Bromma

卡尔费尔德纪念封

海明威凭代表作《老人与海》获 1953 年普利策奖和 1954 年诺贝尔文学奖，并奠定了自己在世界文学中的突出地位。

- 海明威本人及其笔下的人物影响了整整一代甚至几代美国人，人们争相仿效他和他作品中的人物，他就是美国精神的化身。

——《纽约时报》

21/7
July

癸卯年
六月初四

外国文学雕刻时光

一个人可以被毁灭，但不能被打败。

——《老人与海》，李育超／译

（2020 年版）

1987 年第 1 版《老人与海》

7 月
July

癸卯年
六月初四

21

星期五

S M T W T F S

〔西班牙〕弗朗西斯科 · 戈雅　绘

流浪汉小说的鼻祖。

- 这种小说的内容都写这个很不完美的现实世界——徐文长《歌代啸》楔子开场所谓“世界原系缺陷，人情自古刁钻”。

——杨绛

7月
July
癸卯年
六月初五
22
星期六
S M T W T F S

让贵公子们想想，自己何德何能，无非靠运气占了便宜；苦命的穷人全凭自己挣扎，居然历经风波，安抵港口，成就比起来要大得多呢。

——《小癞子》，杨绛／译

（2013年版）

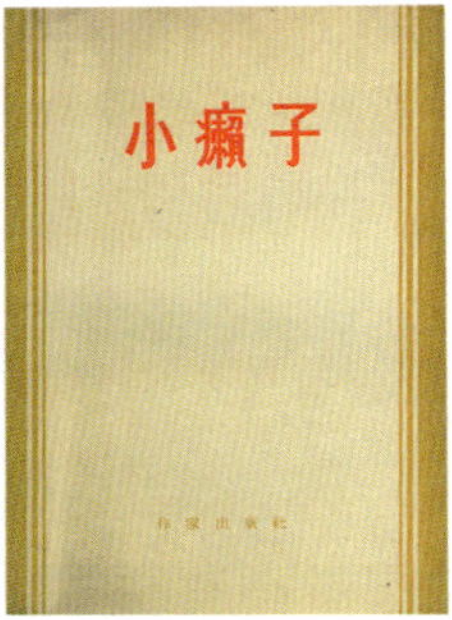

1956年第1版《小癞子》

〔古希腊〕

荷马

约前九世纪出生

游吟盲诗人。代表作《伊利亚特》《奥德赛》是古希腊最早的传世作品。

· 每个英雄都是许多性格特征充满生气的总和，荷马借不同的情景，把这种多方面的性格都揭示出来了。

——〔德国〕黑格尔

7月
July

癸卯年
六月初六

23

星期日

S M T W T F S

要是我留在这里，在特洛亚城外作战，
我就会丧失回家的机会，但名声将不朽；
要是我回家，到达亲爱的故邦土地，
我就会失去美好名声，性命却长久，
死亡的终点不会很快来到我这里。

——《荷马史诗·伊利亚特》，罗念生、王焕生／译

（2020 年版）

1958 年第 1 版《伊利亚特》

〔日本〕

谷崎润一郎

1886 年 7 月 24 日出生

日本"唯美派"文学主要代表人物。早期作品因对人物的畸变性格与嗜好的刻画，以及极致官能之美的描写而惊世骇俗，中后期的创作则转而追求日本传统的古典之美。生前曾数次获得诺贝尔文学奖提名并进入最终候选人名单，是第一位成为全美艺术院·美国文学艺术院名誉会员的日本人。

- 谷崎润一郎擅长在描写真实事物中融入细腻的自我感观，构建出一种凌驾于一般想法之上的独特魅力。

——三岛由纪夫

我们祖先的天才之处就在于，通过对虚无空间的任意遮蔽而营造出一个阴翳的世界，并赋予它任何壁画和装饰都无法企及的深邃情趣。

——《阴翳礼赞》，杨爽／译

英国德语作家，1981 年获诺贝尔文学奖。卡内蒂是文学史上著名的“难以归属”的作家，他出生于保加利亚的鲁斯丘克，祖先是居住在西班牙的犹太人，六岁时随父母来到英国，次年丧父，随母亲迁居维也纳。他先后在瑞士的苏黎世和德国的法兰克福读完小学和中学，1929 年在维也纳大学获化学博士学位。纳粹吞并奥地利后流亡英国，获英国国籍。1994 年逝世于瑞士。

• 卡内蒂，这位萍踪不定的世界作家有自己的故乡，这就是德语。

——诺贝尔文学奖颁奖词

* 〔苏联〕瓦·马·舒克申　1929 年 7 月 25 日出生

对于一个学者来说，陷入喋喋不休的谈话是最大的危险。基恩宁愿用笔而不是用口来表达自己的思想。

——《迷惘》，章国锋、舒畅善、李士勋／译

1986 年第 1 版《迷惘》

〔爱尔兰〕

乔治·萧伯纳

1856年7月26日出生

1925年诺贝尔文学奖得主。社会讽刺剧《匹克梅梁》（又译《皮格马利翁》《卖花女》）于1964年改编为电影《窈窕淑女》，由奥黛丽·赫本主演。

· 作为一位戏剧家，萧伯纳用他的新思想赋予陈旧而偏激的传统以新的活力。

——诺贝尔文学奖颁奖词

人人猜得出的事最容易守秘密。

——《华伦夫人的职业》，潘家洵／译

（1963 年版）

1956 年第 1 版《萧伯纳戏剧选》

（纪念爱尔兰戏剧家萧伯纳诞生一百周年特印本）

十九世纪法国著名小说家、戏剧家，大仲马的儿子。代表作《茶花女》取材于作家的亲身经历，真实生动地描写了一位外表与内心都如白茶花般纯洁美丽的少女被摧残致死的故事。

• 小仲马先生不仅仅是机敏、灵活，他具有一种非凡的力量。

——〔法国〕乔治 · 桑

7月
July
癸卯年
六月初十

27
星期四

S M T W T F S

然后就开始了那一连串的日子，在那些日子里你每天都要想出点新花样来侮辱我，这些侮辱可以说我都愉快地接受了，因为除了这种侮辱是你始终爱我的证据以外，我似乎觉得你越是折磨我，等到你知道真相的那一天，我在你眼里也就会显得越加崇高。

——《茶花女》，王振孙／译

（2015 年版）

1955 年第 1 版《茶花女》

〔英国〕

比阿特丽克丝·波特

1866 年 7 月 28 日出生

童话女王、环保先驱。她写作并绘制的彼得兔家族故事传递了对自然和生命的热爱，一百多年来柔软了世界各地儿童的心灵。

- 所有孩子都应该好好读读“彼得兔”系列里所有故事。

——〔英国〕J.K. 罗琳

- 兔子彼得的魅力可谓经久不衰，但其中的奥秘究竟是什么，就连我自己也不知道。

——比阿特丽克丝·波特

28/7 July

癸卯年

六月十一

外国文学 雕刻时光

有的地方适合这个人，有的地方适合那个人。对我来说，还是住在乡下好，就像迪米·维利一样。

——《彼得兔故事全集》，肖丽媛／译

7月

July

癸卯年

六月十一

28

星期五

S M T W T F S

1974 年背负着巨大争议获得诺贝尔文学奖，获奖理由是其自传体小说《乌洛夫的故事》中“高瞻远瞩和为自由服务的叙事艺术”。

• 他的作品通过一滴露珠反映出整个世界。

——诺贝尔文学奖颁奖词

《乌洛夫的故事》原版封面

7月
July
癸卯年
六月十二
29
星期六
S M T W T F S

〔法国〕

帕特里克·莫迪亚诺

1945 年 7 月 30 日出生

当今法国最有才华的作家之一。1968 年发表处女作《星形广场》后一举成名，1978 年龚古尔文学奖、2014 年诺贝尔文学奖得主。代表作《夜半撞车》带有自传色彩，具有典型的“新寓言派”特征。

- 帕特里克·莫迪亚诺作品的三个关键词是：记忆、身份、历史。他的书大都与记忆有关，读者可以穿过时间与自己相遇。

——诺贝尔文学奖颁奖词

我需要某种冲击，使我从消沉、麻木的状态中惊醒。我再也不能继续在浓雾中行进……

——《夜半撞车》，谭立德／译

（2016 年版）

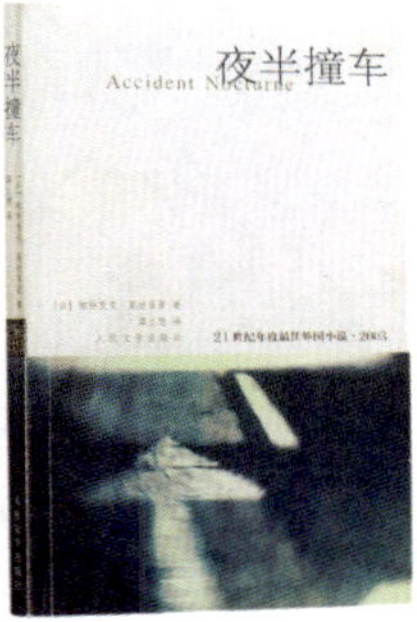

2005 年第 1 版《夜半撞车》

〔英国〕

J.K. 罗琳

1965 年 7 月 31 日出生

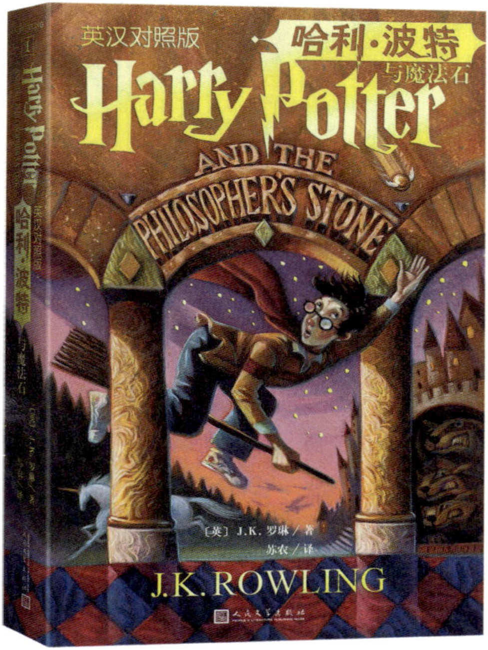

J.K. 罗琳代表作《哈利 · 波特与魔法石》2019 年英汉对照版

大英帝国勋章、法国荣誉军团勋章、安徒生文学奖得主。代表作“哈利 • 波特”系列小说，缔造了精彩而不可思议的魔法世界，深受全球读者喜爱。

沉湎于虚幻的梦想，而忘记现实的生活，这是毫无益处的，千万记住。

——《哈利·波特与魔法石》，苏农／译

（2020 年版）

2000 年第 1 版《哈利 · 波特与魔法石》

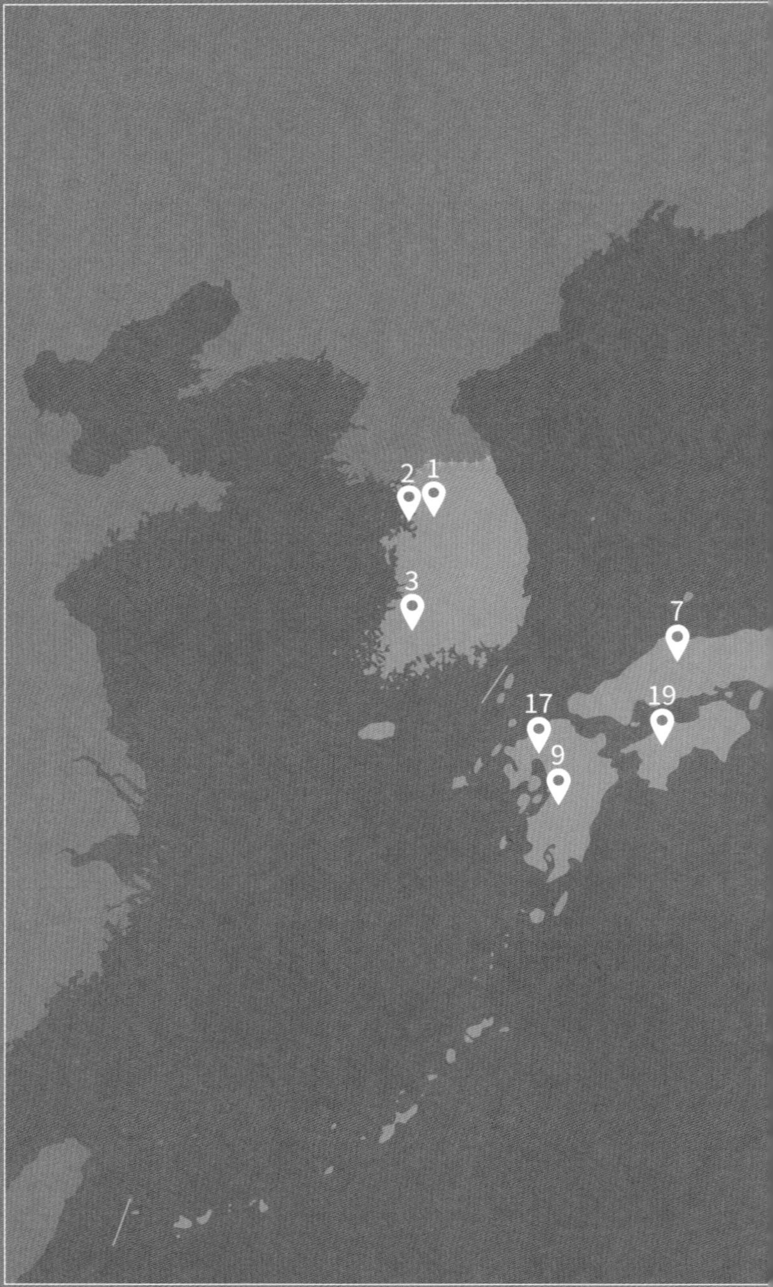

2
1
3
7
17
19
9

韩国日本文学地图

8月

August

1 首尔 金熏/李文烈

2 仁川 金爱烂

3 井邑市 申京淑

4 京都府 清少纳言/紫式部/村上春树

5 三重县 松尾芭蕉/江户川乱步

6 岐阜县 岛崎藤村/坪内逍遥

7 岛根县 森鸥外

8 东京都 夏目漱石/樋口一叶
谷崎润一郎/芥川龙之介
远藤周作/安部公房
三岛由纪夫

9 熊本县 德富芦花

10 石川县 泉镜花

11 宫城县 志贺直哉

12 岩手县 宫泽贤治

13 大阪府 川端康成/山崎丰子
东野圭吾

14 秋田县 小林多喜二

15 北海道 井上靖

16 青森县 太宰治

17 福冈县 松本清张

18 富山县 堀田善卫

19 爱媛县 大江健三郎

8月

August

		1	2	3	4	5
6	7	8	9	10	11	12
13	14	15	16	17	18	19
20	21	22	23	24	25	26
27	28	29	30	31		
S	M	T	W	T	F	S

〔美国〕

赫尔曼·梅尔维尔

1819 年 8 月 1 日出生

十九世纪美国最伟大的小说家、散文家和诗人之一，“美国的莎士比亚”。代表作《白鲸》在《剑桥文学史》中被称为世界文学史上最伟大的海洋传奇小说之一。

天下最奇妙的事是不可言说的，深切的悼念不能形之于墓碑上的诗文。

——《白鲸》，成时／译

（2018年版）

2001年第1版《白鲸》

〔智利〕
伊莎贝尔·阿连德
1942年8月2日出生

“穿裙子的马尔克斯”。代表作《幽灵之家》记载一家四代人的历史，带有鲜明的魔幻现实主义色彩。

•这本书产生于激情，是思念过去的产物，是失去我的土地的产物。

——伊莎贝尔·阿连德

＊〔委内瑞拉〕罗慕洛·加列戈斯　1884年8月2日出生

2/8 August

癸卯年
六月十六

外国文学雕刻时光

8月
August

癸卯年
六月十六

2

星期三

S M T W T F S

我们从出生那一刻起就开始衰老，我们每天都在变化，生命是连续不断的河流。我们在进化。唯一不同的是现在我们离死亡更近了一点。这又有什么不好呢？爱情与友情是不会变老的。

——《日本情人》，叶培蕾／译

（2021 年版）

2021 年第 1 版《日本情人》

〔美国〕

弗兰纳里·奥康纳

1964 年 8 月 3 日去世

小说家、散文作家。出版有长篇小说《智血》和《暴力夺取》，短篇小说集《好人难寻》和《上升的一切必将汇合》，书信集《生存的习惯》等。“弗兰纳里·奥康纳短篇小说全集”为三卷本，分别是《天竺葵》《好人难寻》《上升的一切必将汇合》，共 31 篇短篇小说，为美国国家图书奖获奖作品。

• 美国历史上最幽默、最黑暗的作家之一……我被她吸引。

——〔美国〕柯南·奥布莱恩

＊〔英国〕柏瑞尔·马卡姆　1986 年 8 月 3 日去世

8月
August

癸卯年
六月十七

3

星期四

S M T W T F S

人生没有真正的乐趣。

——《好人难寻》，周嘉宁／译

2022年版《上升的一切必将汇合》

浪漫主义诗人，最出色的英语诗人之一。代表作《西风颂》歌唱作为革命力量象征的西风，预言春天即将来临，给生活在黑夜及困境中的人们带来鼓舞和希望。

· 他的诗便是他的生命。他的生命便是一首绝妙的好诗。

——郭沫若

* 〔俄罗斯〕安 · 格 · 沃洛斯　1955 年 8 月 4 日出生

要是冬天已经来了，
西风呵，春日怎能遥远？

——《雪莱抒情诗选》，查良铮／译

（2019 年版）

1958 年第 1 版《雪莱抒情诗选》

8 月
August
癸卯年
六月十八
4
星期五
S M T W T F S

“短篇小说之王”，与契诃夫、欧·亨利并称世界三大短篇小说大师。代表作《羊脂球》。

· 莫泊桑的遒劲、简洁、自然的语言带着我们衷心喜爱的土地的香味。他拥有法兰西语言的三大优点，首先是明晰，其次是明晰，最后还是明晰。

——〔法国〕阿纳托尔·法朗士

* 〔尼加拉瓜〕塞尔希奥·拉米雷斯　1942 年 8 月 5 日出生

没有一个人看她，没有一个人想到她。她感到自己已经被这群道貌岸然的恶棍的轻蔑淹没了；而正是他们，先把她当作祭品利用，然后又把她当作敝履抛弃。

——《莫泊桑中短篇小说选》，张英伦／译

（2020年版）

1958年第1版《羊脂球》

8月
August
癸卯年
六月十九

5

星期六

S M T W T F S

〔巴西〕

若热·亚马多

2001 年 8 月 6 日去世

“二十世纪的狄更斯”。代表作《弗洛尔和她的两个丈夫》是交织着现实与虚幻的爱情故事。

• 在我的书中，一个故事接着另一个故事。

——若热 · 亚马多

8月 August
癸卯年 六月二十
6
星期日
S M T W T F S

当他失去了一个女人时，感觉就像失去了生命中唯一的女人一样。他有很多女人，每一个都是唯一的，不理解这个谜题的人就不懂爱情的奥秘。

——《三个彩色故事》，樊星／译

（2017年版）

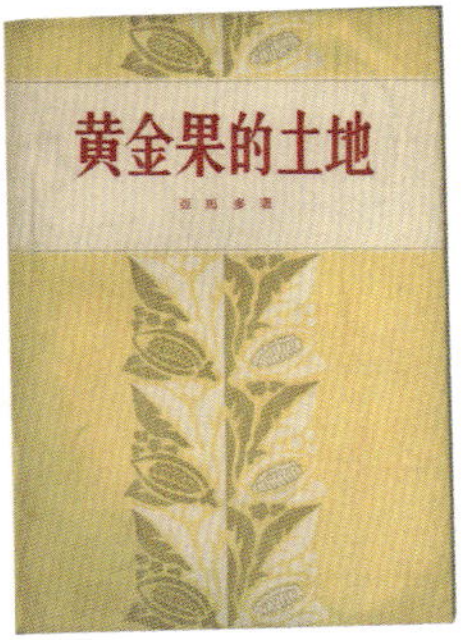

1956年第1版《黄金果的土地》

〔俄国〕

亚·亚·勃洛克

1921年8月7日去世

十九和二十世纪之交俄国象征主义诗歌领军人物。代表作有诗集《美妇人集》、长诗《十二个》。

• 勃洛克代表了整个一个诗的时代，一个不久前结束的时代。

——〔苏联〕弗·弗·马雅可夫斯基

• 时代的悲剧男高音。

——〔苏联〕安娜·阿赫玛托娃

8月
August
癸卯年
六月廿一

7
星期一

S M T W T F S

我们义无反顾地走着，
沿一条虚妄的道路……

——《勃洛克　叶赛宁诗选》，郑体武／译

1998年第1版《勃洛克　叶赛宁诗选》

冰岛文版《埃达》封面

中古时期流传的最重要的北欧文学经典，与古希腊神话、古罗马神话同为西方神话源头，与古希腊赫西俄德的《神谱》、古罗马奥维德的《变形记》、印度的《摩诃婆罗多》比肩，对中古时代的欧洲文学，尤其是英国文学和德国文学产生过重要影响。

日神看见晨星已落，大地泛着一层红光，月亮的纤细的双角已经暗淡无光，他就命令时辰女神赶快套上骏马。

——《变形记》，杨周翰／译

（2007年版）

1958年第1版《变形记》

8月

August

癸卯年

六月廿二

8

星期二

S M T W T F S

小说家，据其小说改编的多部影视作品广受好评。代表作《后翼弃兵》于 2020 年被改编为热门电视剧，收视率在全球 63 个国家排名第一，并荣获金球奖、艾美奖。

从本质上说，她所做的只是微不足道的小事，非常非常小，但她非凡的理智所拥有的能量似乎在这个房间里火光四溅、劈啪作响，那些知道如何倾听的人就能感受到。

——《后翼弃兵》，于是／译

2022 年第 1 版《后翼弃兵》

高产的讽刺作家。他的幽默讽刺作品在二十世纪二三十年代的苏联风靡一时。代表作《贵妇人》《澡堂》《一本浅蓝色的书》等。

- 在您的作品中，我首次见到幽默与抒情笔调运用得如此和谐，这是文学史上前所未有的。

——〔苏联〕马克西姆·高尔基

- 这是我们当代的果戈理。

——〔苏联〕阿·米·列米佐夫

我的句子都很短，普通的穷苦百姓也能读懂。

——米·米·左琴科

8月
August
癸卯年
六月廿四
10
星期四
S M T W T F S

〔英国〕

维·苏·奈保尔

2018 年 8 月 11 日去世

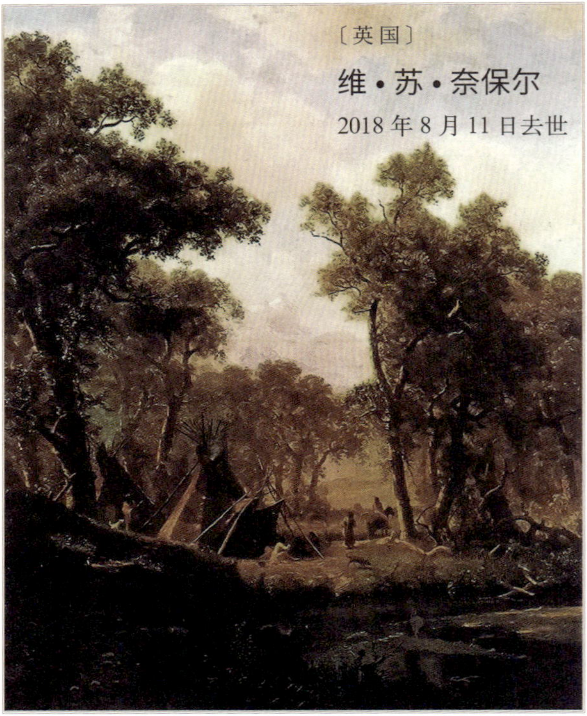

《印度营地，肖肖尼村》，1860 年，油画，〔美国〕阿尔伯特·比尔斯塔特　绘

印度裔作家，2001 年诺贝尔文学奖得主，“英国文坛移民三雄”之一。代表作《米格尔街》是奈保尔的第一部短篇小说集，1961 年获毛姆文学奖。

- 一个文学世界的漂流者。

——诺贝尔文学奖颁奖词

外人驱车经过米格尔街，或许只会评价一句："贫民窟！"这是因为他所见有限。对我们住在这条街上的人而言，这条街就是一个世界，里面的人各不相同。

——《米格尔街》

8月
August
癸卯年
六月廿五
11
星期五
S M T W T F S

二十世纪德国最著名的现实主义作家和人道主义者，1929 年获诺贝尔文学奖。代表作《布登勃洛克一家》有“德国的《红楼梦》”之称，描写了 1835 年至 1877 年吕贝克望族四代人的兴衰史。

* 〔西班牙〕哈辛托 · 贝纳文特 · 伊 · 马丁内斯　1866 年 8 月 12 日出生

8月
August
癸卯年
六月廿六

12
星期六

S M T W T F S

好东西总是来得太晚，总是在你再也高兴不起来的时候才到来。

——《布登勃洛克一家》，傅惟慈／译

1962年第1版《布登勃洛克一家》

〔古俄罗斯〕

《伊戈尔远征记》

古罗斯文学的丰碑，俄罗斯古代文学史中的宏伟英雄史诗，成书于 1185 至 1187 年，以 1185 年伊戈尔大公一次失败的远征为史实依据，为后人了解古罗斯文化和在古罗斯发生的事件提供了依据。这部史诗不是关于成功，而是关于失败。

他们纵马奔驰，好比原野上的灰狼，
为自己寻求荣誉，为王公寻求荣光。

——《魏荒弩译伊戈尔远征记　涅克拉索夫诗选》

（2019 年版）

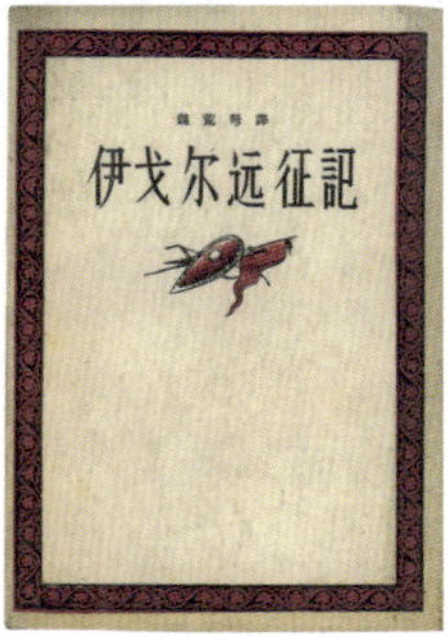

1957 年第 1 版《伊戈尔远征记》

8 月
August
癸卯年
六月廿七
13
星期日
S M T W T F S

小说家、剧作家，二十世纪初期英国现实主义文学的代表作家，1932 年诺贝尔文学奖得主。《苹果树》是高尔斯华绥最脍炙人口和令人心碎的名篇。

* 〔法国〕戈西尼　1926 年 8 月 14 日出生

8月
August
癸卯年
六月廿八
14
星期一
S M T W T F S

这只能是一次疯狂的恋爱期，一段不得安宁的带来悔恨的艰难时期——以后呢——唉，以后他就会厌倦。

——《苹果树》，屠枫　等／译
（2016 年版）

2006 年第 1 版《苹果树》

〔英国〕

沃尔特·司各特

1771年8月15日出生

英国历史小说的开创者和最伟大的书写者。代表作《艾凡赫》是最广为人知、影响最深远的历史小说。

15/8 August

癸卯年

六月廿九

外国文学 雕刻时光

上帝总是在人濒临绝境时才赐予机会的，到那时上帝也许会给我送来一位拯救者。

——《艾凡赫》，项星耀／译

（2020 年版）

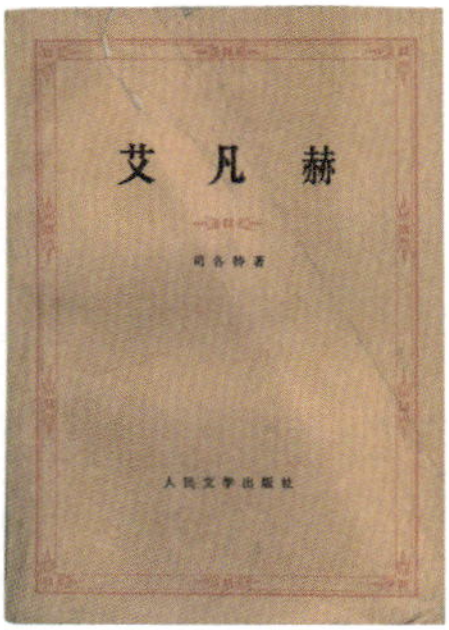

1978 年第 1 版《艾凡赫》

8 月

August

癸卯年

六月廿九

15

星期二

S M T W T F S

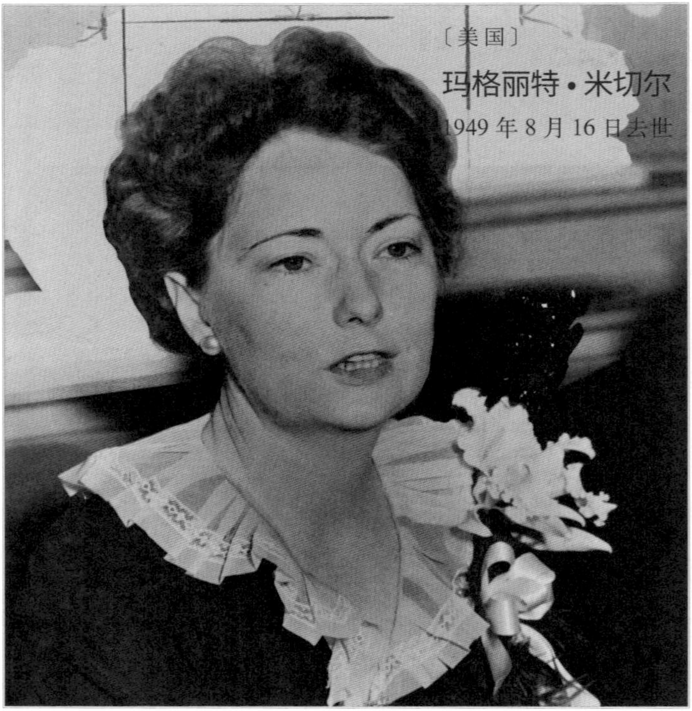

1937 年普利策奖得主。她短暂的一生只留下一部《飘》，却足以在世界文学史中独占一席之地。长篇小说《飘》是美国历史转折时期的真实写照，也是经久不衰的爱情经典，塑造了一位时势造就的新女性形象。

我明天回到塔拉再去想吧。那时我就经受得住了。明天，我会想出一个办法把他弄回来。毕竟，明天又是另外的一天呢。

——《飘》，戴侃 等/译

（2015 年版）

1990 年第 1 版《飘》

〔德国〕

格里美尔斯豪森

1676年8月17日去世

出身贵族，早年便成孤儿，十二岁被掳入军队当马童，经历三十年战争，走遍德国，历尽磨难。他晚年创作的《痴儿西木传》是德国流浪汉小说的开山之作。

• 这是一部具有不可抗拒魅力的叙事作品，它丰富多彩、粗野狂放、诙谐有趣、令人爱不释手，生活气息浓厚而又震撼人心，犹如我们亲临厄运，亲临死亡。

——〔德国〕托马斯·曼

我曾经是那样天真、纯洁、正直、诚实、真挚、谦卑、矜持、节制、无邪、羞涩、虔诚而敬神；转眼之间，我却变得如此恶毒、虚伪、奸诈、狂妄、烦躁、目无上帝，种种恶行我都不教自会了。

——《痴儿西木传》，李淑、潘再平／译

（2016年版）

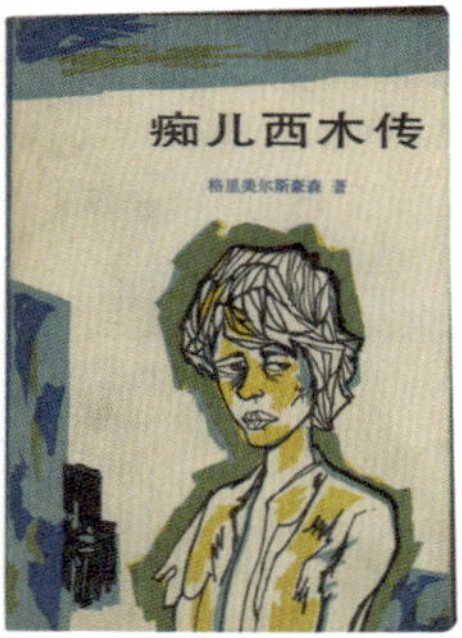

1984年第1版《痴儿西木传》

8月
August
癸卯年
七月初二
17
星期四
S M T W T F S

当代意大利最重要的女作家。代表作《历史》被评论界称为“二十世纪小说”。

- 当我一口气读完《谎言与魔术》（莫兰黛的第一部长篇小说），我发现自己非常喜欢，但当时我还没有完全意识到她的闪光之处。

——〔意大利〕娜塔莉亚·金兹伯格

8月
August
癸卯年
七月初三
18
星期五

S M T W T F S

新的世纪，就像地球上先前所经历过的那些世纪一样，受着尽人皆知的历史运动的永恒原则的制约：“赋予一些人的是权力，给予另一些人的则是奴役。”

——《历史》，万子美、袁华清、徐春青／译

1980 年第 1 版《历史》

十八世纪英国著名小说家，欧洲书信体小说艺术的集大成者。代表作《帕梅拉》是英国感伤主义文学杰出的代表作，被誉为英国文学史上第一部现代小说。

邪恶的人是那样具有心怀歹毒而面不改色的能力，而可怜又无辜的人在他们面前倒像是犯了错！

——《帕梅拉》

1742 年原版《帕梅拉》插图

8 月
August
癸卯年
七月初四
19
星期六
S M T W T F S

意大利“隐逸派”诗人，1959年诺贝尔文学奖得主。代表作《水与土》是诗人的第一部抒情诗集。

- 他的作品以充满古典热情的抒情表现现代人生的悲剧。

——诺贝尔文学奖颁奖词

- 诗人的立场不能是消极被动的，他应当“改变”世界。

——萨瓦多尔·夸西莫多

我要把心中的歌献给它的人民，
献给它被大海的怒涛淹没的哭泣，
母亲们深切的悲恸，
我要把心中的歌献给
意大利的生命。

——《我的祖国意大利》，吕同六／译

生于法国而用德语写作的柏林浪漫派诗人。代表作《出卖影子的人》原名《彼得·史勒密的奇怪故事》，主人公史勒密为得到用不完的金钱，把影子卖给魔鬼，却在得到金钱的同时失去了幸福。

8月
August
癸卯年
七月初六
21
星期一
S M T W T F S

我只有在她以我为荣的时候感到虚荣，但是用尽了我最大的努力，我也终于无法全身心地陶醉在这次恋爱中。

——《出卖影子的人》，白永／译

1987年第1版《出卖影子的人》

〔美国〕

安妮·普鲁

1935年8月22日出生

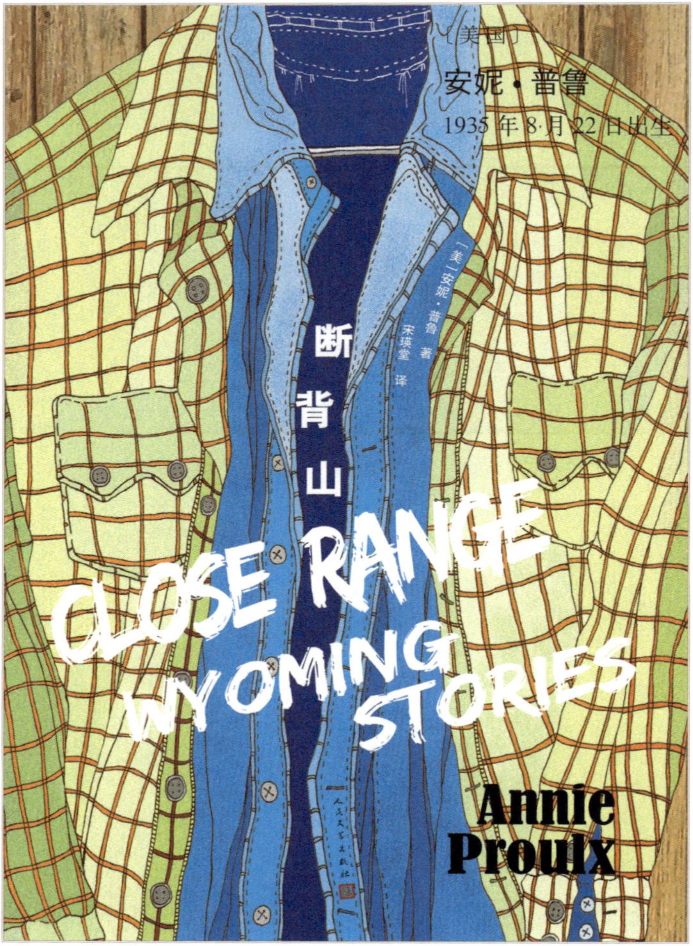

美国国家图书奖“终身成就奖”得主。代表作《断背山》不仅获得欧·亨利短篇小说奖和全美杂志奖，还被导演李安搬上银幕，并夺得多项国际电影大奖。

然而衬衫并无真正气味，唯有记忆中的气息，是凭空想象的断背山的力量。

——《断背山》，宋瑛堂／译

(2019 年版)

2006 年第 1 版《近距离》（收录《断背山》）

《列那狐的故事》插图

中世纪最重要的讽刺作品，源出市民文学，启发了拉封丹的创作灵感。法语中表示“狐狸”的单词逐渐由故事主角的名字取代。

- 《列那狐的故事》是一本动物故事书，讲动物之间的斗智斗勇、尔虞我诈。因笑料不断，读来有趣。

——罗新璋

- 《列那狐的故事》被全世界的人喜欢，而且这种喜欢不会随时间而减少。……我们都喜欢大笑，也都喜欢动物，也许我们也是需要伪装的动物。

——〔美国〕詹姆斯·辛普森

“咱们活在世上，免不了你争我夺。你不能以力气称雄，就得凭计谋取胜，反正得强过人家，你说是吗？”

——《列那狐的故事》，罗新璋／译

（2019年版）

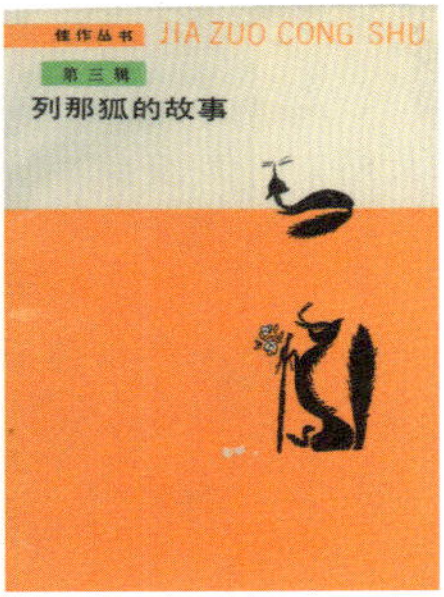

1988年第1版《列那狐的故事》

8月
August
癸卯年
七月初八
23
星期三

S M T W T F S

二十世纪拉丁美洲文学的重要人物，被视作“作家中的作家”。代表作《小径分岔的花园》。

· 博尔赫斯的小说和诗歌精美绝伦。他的作品将永远赋予我们生命之光。

——〔墨西哥〕奥克塔维奥·帕斯

· 长篇小说不可能像短篇小说那样有可能臻于完美，但短篇小说能容纳长篇小说的全部内容。

——豪尔赫·路易斯·博尔赫斯

说我们的关系水炭不相容未免夸张；我听其自然地生活，让博尔赫斯搞他的文学，而文学可以为我开脱。

——《博尔赫斯和我》，王永年／译

独树一帜的哲学家、诗人，对现代哲学与文艺影响深远。尼采的文字简劲犀利，如雪山之巅的烈风，如酒神大醉后的狂歌。代表作《查拉图斯特拉如是说》。

人是一根绳索，连接在动物和超人之间，——绳索悬于深渊上方。

——《尼采散文》，黄明嘉／译

（2008 年版）

2008 年第 1 版《尼采散文》

〔阿根廷〕

胡利奥·科塔萨尔

1914年8月26日出生

“文学爆炸”主将。代表作《跳房子》是万花筒一般的奇书，从不同的章节开始，可以读到不同的故事。

- 偶像令人尊敬，仰慕，喜爱，当然还引发强烈的嫉妒。极少数作家能像科塔萨尔这样激发上述的一切情感。

——〔哥伦比亚〕加夫列尔·加西亚·马尔克斯

- 应该将小说之门敞开，以便透进大街上的空气，甚至透进宇宙空间纯净的光线。

——胡利奥·科塔萨尔

8月

August

癸卯年

七月十一

26

星期六

S M T W T F S

没有人真正明白为什么要这样匆忙，为什么要在夜间公路上置身于陌生的车辆之中，彼此间一无所知，所有人都直直地目视前方，唯有前方。

——《万火归一》，范晔／译

2009 年第 1 版《万火归一》

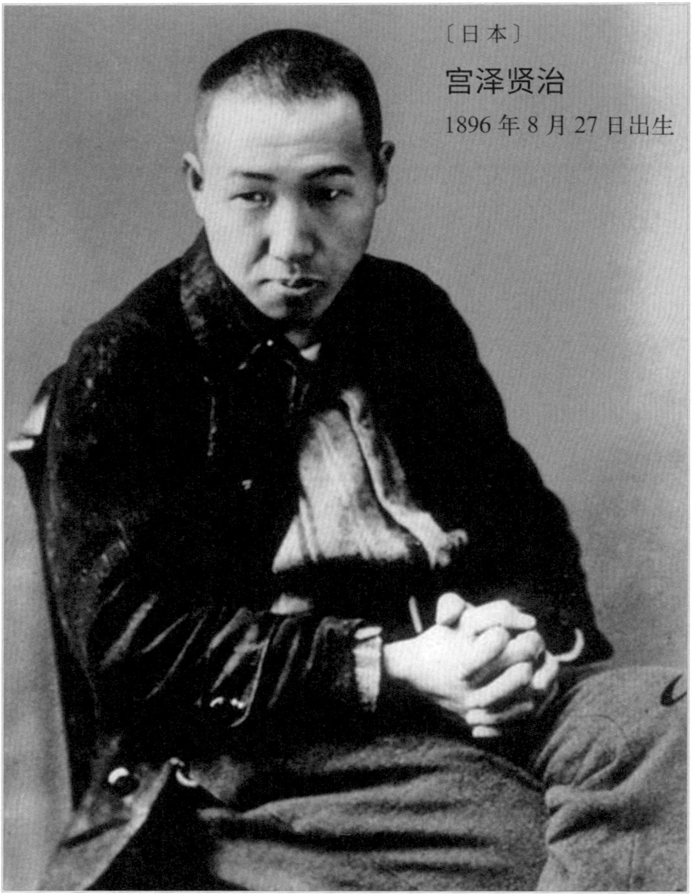

日本儿童文学巨匠，诗人。他善于在极富想象力的纯真故事中追寻现实的意义，影响了中原中也、谷川俊太郎等名家，在 2000 年日本《朝日新闻》的“一千年来日本最杰出的文学家”名单中列第四位。《春与阿修罗》集结了他的诗篇杰作。

8月
August
癸卯年
七月十二
27
星期日
S M T W T F S

世间已无真心话语
云亦为之叹息四散飞向天空
啊 在这闪耀的四月天
咬牙切齿 燃烧火燎 去了又还
我是孤独的阿修罗

——《春与阿修罗》，朱田云／译
（2018 年版）

2016 年版《猫的事务所》

德国历史上最伟大的作家、诗人，“德意志的李白”。成名作《少年维特的烦恼》描写了青年维特无果的爱情悲剧。代表作《浮士德》赞颂了人类知其不可为而为之、不断超越自我的进取精神。

28/8

August

癸卯年

七月十三

外国文学雕刻时光

哪个少年不钟情，哪个少女不怀春。

——《箴言》，郭沫若／译

人只要努力，犯错误总归难免。

——《浮士德》，绿原／译

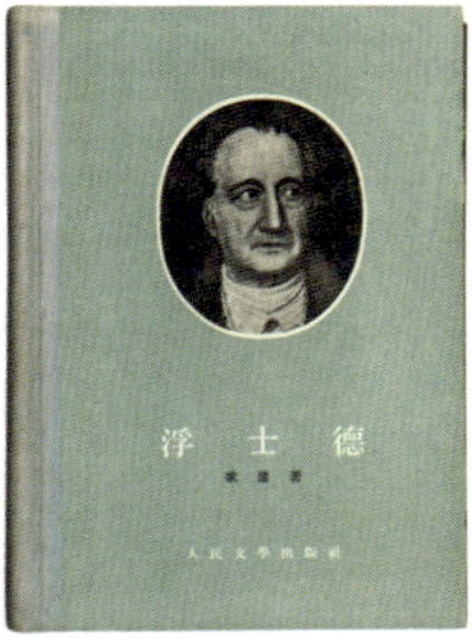

1955 年第 1 版《浮士德》

8 月

August

癸卯年

七月十三

28

星期一

S M T W T F S

“比利时的莎士比亚”，象征派戏剧代表，1911 年诺贝尔文学奖得主。其作品主要探讨死亡及生命的意义，《青鸟》是其戏剧生涯的峰巅之作。

- 他在文学上多方面的表现，尤其是戏剧作品，想象丰富，充满诗意的奇想，有时虽以神话的面貌出现，但处处充满了深刻的启示……

——诺贝尔文学奖颁奖词

- 梅特林克试图赋予生命一些形式、一些纯真的精神状态。

——〔法国〕安托南·阿尔托

8月
August
癸卯年
七月十四

29

星期二

S M T W T F S

每过一天，都会给我带来力量、青春和幸福。你们对我笑一笑，我就年轻一岁……

——《青鸟》，李玉民／译

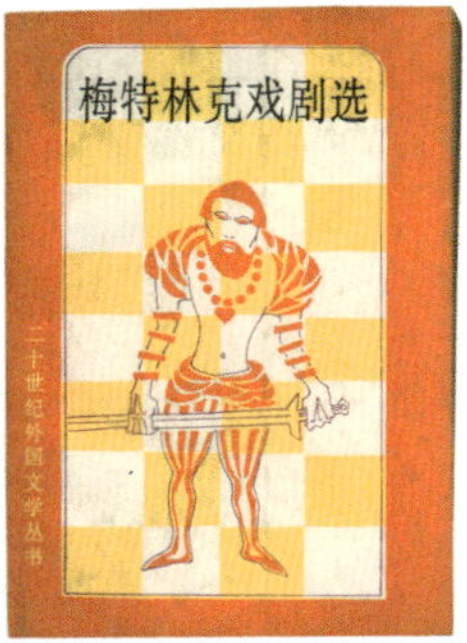

1983年第1版《梅特林克戏剧选》

〔爱尔兰〕

谢默斯·希尼

2013年8月30日去世

高莽　绘

杰出的诗人、剧作家、翻译家，1995年诺贝尔文学奖得主。《消失的岛屿：希尼自选诗集》收录诗人自选的最具代表性的诗作。

- 他的作品具有抒情诗般的优美和伦理深度，使日常生活中的奇迹和活生生的往昔得到升华。

——诺贝尔文学奖颁奖词

唯有当我们“最后一刻”拥抱
大地，它给我们的支撑才显得坚固。

——《消失的岛屿：希尼自选诗集》，罗池／译

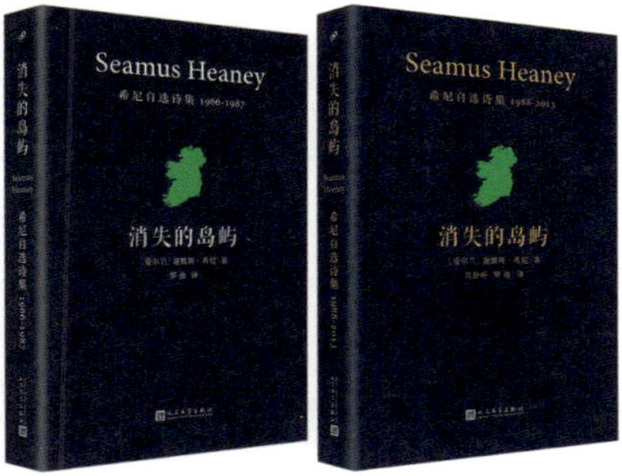

2018 年第 1 版

《消失的岛屿：希尼自选诗集》

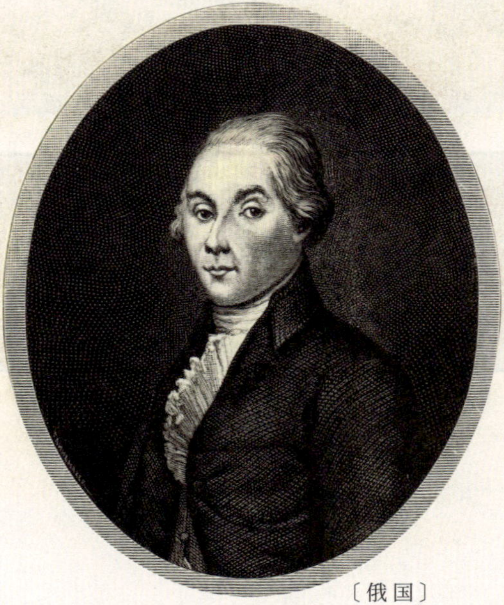

〔俄国〕

亚·尼·拉吉舍夫

1749 年 8 月 31 日出生

十八世纪末俄国启蒙主义者，深受卢梭的“主权在民”思想影响，他的长诗《自由颂》是俄国第一首革命长诗。代表作《从彼得堡到莫斯科旅行记》（1790）。

· 拉吉舍夫是比普加乔夫更坏的叛逆者。

——〔俄国〕叶卡捷琳娜二世

· 经常讲究服饰华丽永远意味着理智的萎缩。

——亚·尼·拉吉舍夫

我发现人的拯救者就是他自己。

——《从彼得堡到莫斯科旅行记》，
汤毓强、吴育群、张均欧／译

1982年第1版《从彼得堡到莫斯科旅行记》

1 卡米里苏区 恩古吉·瓦·提安哥

2 托泽尔市郊 艾卜勒·卡西木·沙比

3 贝拉 米亚·科托

4 隆包村 里利尼尤.米凯亚

5 开罗 台木尔/纳吉布·马哈福兹

6 阿贝奥库塔 沃莱·索因卡

7 内奥比 钦努阿·阿契贝

8 埃努古 阿迪契

9 约翰内斯堡 纳丁·戈迪默/谢拉·科勒

10 比勒陀利亚 达蒙·加尔格特

11 开普敦 安德烈·布林克/约翰·马克斯韦尔·库切
威尔玛·斯托肯斯特罗姆

非 洲 文 学 地 图

9月

September

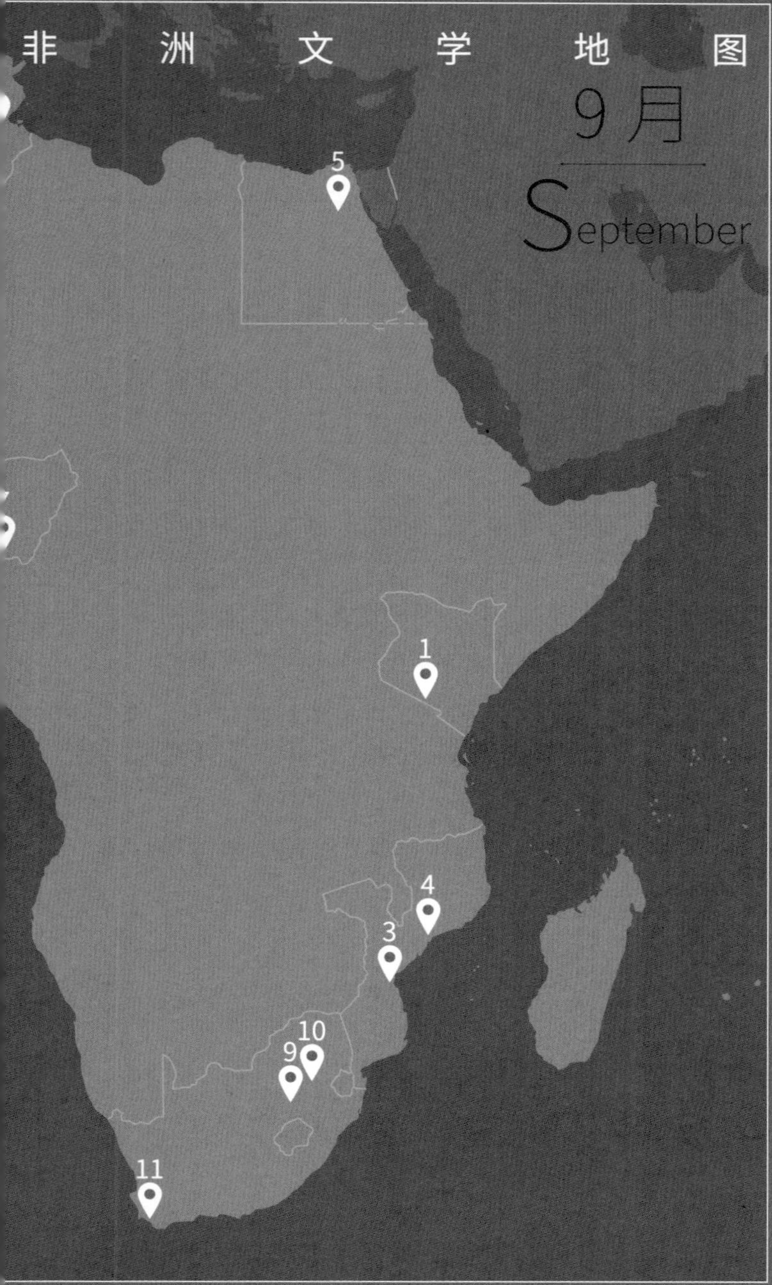

S	M	T	W	T	F	S
					1	2
3	4	5	6	7	8	9
10	11	12	13	14	15	16
17	18	19	20	21	22	23
24	25	26	27	28	29	30

杰出的社会小说及心理分析小说的大师，集戏剧家、诗人、批评家于一身，融古典文学传统与现代主义潮流。1952 年诺贝尔文学奖得主。代表作《苔蕾丝·德斯盖鲁》被认为是二十世纪上半期法国最佳小说之一。

• 深入刻画人类生活的戏剧时所展示的精神洞察力和艺术激情。

——诺贝尔文学奖颁奖词

记忆力能够顺人心愿地衰退，使大部分人得以平静地生活。

——《苔蕾丝·德斯盖鲁》，桂裕芳／译

1986 年第 1 版《苔蕾丝 · 德斯盖鲁》

9 月
September
癸卯年
七月十七
1
星期五
S M T W T F S

〔英国〕

约翰·罗纳德·瑞尔·托尔金

1973 年 9 月 2 日去世

现代奇幻文学之父，牛津大学古英语学家、作家。代表作《魔戒》是公认的欧美现代奇幻文学开山之作。

癸卯年
七月十八

我们所应决定的是在已有的时间里该做些什么。

——《魔戒》

9月
September

癸卯年
七月十八

2

星期六

S M T W T F S

〔古希腊〕

伊索

前六世纪出生

科林斯石板彩画《大鸦与狐狸》

寓言奠基人，利玛窦称之为“上古明士”。代表作《伊索寓言》。

• 这部书差不多都是讲禽兽的，从禽兽变到人，你看这中间需要多少进化历程！

——钱锺书

宙斯把一切的善封闭在一只缸里，来到一个人的那里。那好奇的人想要知道里边是什么东西，揭起盖子来，一切又都飞到众神那里去了。

——《伊索寓言》，周作人／译

（2020 年版）

1955 年第 1 版《伊索寓言》

〔法国〕

弗朗索瓦-勒内·德·夏多布里昂

1768年9月4日出生

法兰西学术院院士、抒情诗人、浪漫主义先驱。在他笔下，大自然不再是简单的背景，而成为叙事者的密友和人物内心活动的见证。长篇自传《墓畔回忆录》勾勒了作者不同凡响的人生轨迹，亦是极具艺术价值的传世佳作。

· 我愿成为夏多布里昂或什么都不是。

——〔法国〕维克多·雨果

9月
September
癸卯年
七月二十

4

星期一

S M T W T F S

生命于我是不适合的；死亡于我也许更加相宜。

——《墓畔回忆录》，程依荣、管筱明 等／译

1983年第1版《阿达拉 勒内》

［波斯］

谢赫·穆斯利赫丁·阿布杜拉·萨迪·设拉子

约1200—约1290年

波斯古典诗歌四大奠基人之一，“波斯的杜甫”。代表作《蔷薇园》（另译《真境花园》）是劝谕性故事诗集，箴言深刻，美感强烈。

云和风，太阳和天空
都在和谐地做工，
它们把食物赐给你，
你的心里能不感激？
万物都在为你忙碌，
正义决不允许你成为叛徒。

——《蔷薇园》，水建馥／译

1958 年第 1 版《蔷薇园》

9 月
September
癸卯年
七月廿一
5
星期二
S M T W T F S

西班牙“36 年一代”唯一女作家。代表作《空盼》是半虚构、半自传性质的作品。

• 一部包含着仔细准确的观察以及令人思索和动情的心理奥秘的精湛、完美、崭新的小说。

——〔西班牙〕阿索林

6/9
September
癸卯年
七月廿二

外国文学 雕刻时光

9月
September
癸卯年
七月廿二
6
星期三
S M T W T F S

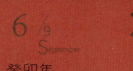

蓦然间我第一次意识到一切都在继续，都在变得平淡乏味，都在活着毁灭；我们的故事不会结束，除非死亡来临，躯体腐烂……

——《空盼》，卞双成、郭有鸿／译

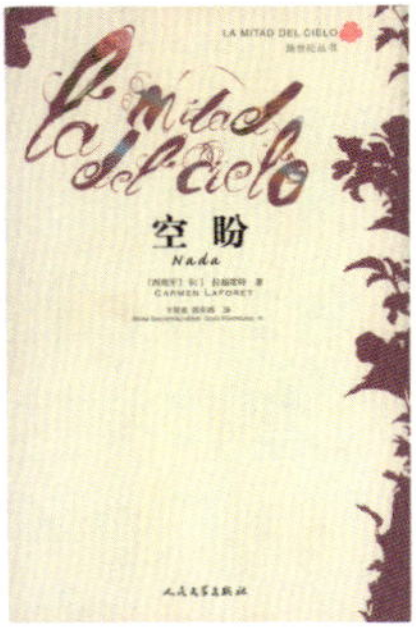

2007 年第 1 版《空盼》

〔俄国〕

亚·伊·库普林

1870年9月7日出生

库普林的小说写作基本取材于现实生活，在二十世纪初的俄国很受欢迎，并在一定程度上影响了中国“五四”时期的抒情小说。

· 库普林是个真正的艺术家，有巨大的天分。他比他的同伴们更深地提出了生活中的问题。

——〔俄国〕列夫 · 托尔斯泰

我知道很多人会认为这部中篇小说寡廉鲜耻，可我还是发自内心地把它献给母亲们和青年。

——《亚玛镇》

1980 年第 1 版《阿列霞》

〔西班牙〕
弗朗西斯科·戈麦斯·德·克维多
1645年9月8日去世

西班牙文学“黄金世纪”诗人，“警句派”代表。代表作《骗子外传》是一部极具现实穿透力的流浪汉小说，是十七世纪西班牙社会的灰色画廊。

- 要欣赏他，必须得是现成的或潜在的文学家。

——〔阿根廷〕豪尔赫·路易斯·博尔赫斯

- 我知道我经常自相矛盾，也知道我树敌颇多，遭人嫉恨；但倘使我明哲保身，便不是西班牙人。

——弗朗西斯科·戈麦斯·德·克维多

9月
September

癸卯年
七月廿四

8

星期五

S M T W T F S

那是一尊错位的日晷，
那是一只思想的沙漏，
那是一柄下垂的大象鼻子，
比奥维德的鼻子还大几倍。

——《致一个鼻子》，陈众议／译

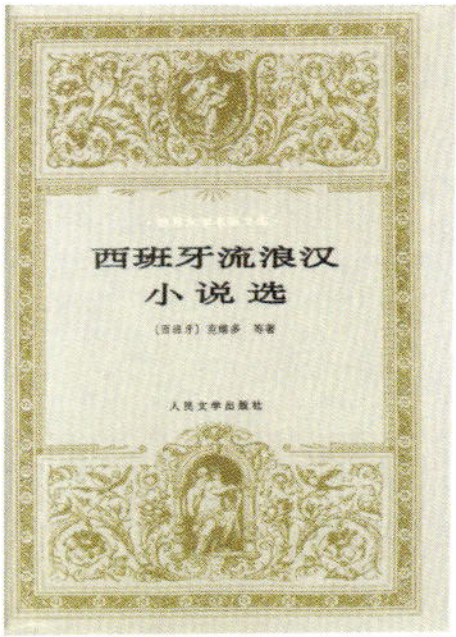

1997年第1版《西班牙流浪汉小说选》

世界级文豪。他的三大长篇小说《战争与和平》《安娜·卡列尼娜》《复活》，不仅在历史的激变中展现了俄罗斯人的心理气质，而且高度关注了人的心灵辩证。

- 读托尔斯泰的《复活》，我感觉他的确了不起。他笔下的妓女玛斯洛娃给人一种圣洁之感，而我们有些小说的所谓“圣洁女性”形象却给人卑琐之感。这就看出大师与普通作家之间的差别了。

——迟子建

- 《复活》是歌颂人类悲悯之心的最美的、最真实的诗，卑劣与德行交织，不偏不倚的观察中闪耀着从容的智慧和真诚的博爱。

——〔法国〕罗曼·罗兰

万物的生命只有一个，而在你身上表现的只是这唯一的生命的一部分。

——《苏拉特的咖啡馆》之《亚述国王伊撒哈顿》，草婴／译

（2021 年版）

2021 年版“草婴译列夫·托尔斯泰中短篇小说全集”

9 月
September
癸卯年
七月廿五
9
星期六
S M T W T F S

〔西班牙〕

费尔南多·德·罗哈斯

约 1465 年出生

1514 年原版《赛莱斯蒂娜》

剧作家。代表作《赛莱斯蒂娜》是一出爱情悲喜剧。另有这部剧作者不详一说。

• 这是一本神圣的书，因为它隐含着更多的人性。

——〔西班牙〕米格尔·德·塞万提斯

爱情是隐藏的烈火，可爱的溃疡，美味的毒药，发甜的苦涩，极乐的病痛，愉快的折磨，甜蜜而厉害的创伤，温存的死亡。

——《赛莱斯蒂娜》，王央乐／译

1990 年第 1 版《赛莱斯蒂娜》

美国现代短篇小说创始人，“世界三大短篇小说巨匠”之一，作品被誉为“美国生活的百科全书”。代表作《麦琪的礼物》反映了美国下层人民生活的艰难，赞美了主人公善良的心地和纯真的爱情。

让我对目前一般聪明人说最后一句话，在所有馈赠礼物的人当中，那两个人是最聪明的。

——《麦琪的礼物：欧·亨利短篇小说选》，王永年／译

（2019 年版）

1958 年第 1 版《欧 · 亨利短篇小说选》

〔加拿大〕

迈克尔·翁达杰

1943 年 9 月 12 日出生

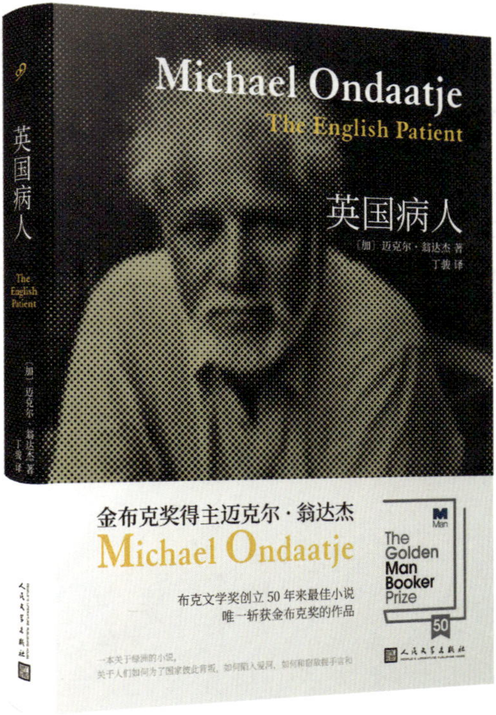

2012 年第 1 版《英国病人》

诗人、小说家、编剧，布克文学奖得主。代表作《英国病人》被评为布克文学奖创立五十年来最佳小说。

* 〔英国〕韩素音　1917 年 9 月 12 日出生

从这一刻起，我们的灵魂，找到便是找到，找不到就是没有了，再也没有了。

——《英国病人》，丁骏／译

（2019 年版）

2010 年第 1 版《遥望》

9 月
September
癸卯年
七月廿八

12

星期二

S M T W T F S

〔美〕

舍伍德·安德森

1876年9月13日出生

“现代美国文学的先驱者”。代表作《小城畸人》在现代图书馆“二十世纪百佳英语小说”榜单中位列第二十四，对欧内斯特·海明威、福克纳、斯坦贝克、塞林格等人产生过重要影响。

· 相较其他作品，《小城畸人》更激励我当作家。

——〔以色列〕阿摩司·奥兹

此时他心情忧郁烦恼，易受乡村美丽景色的影响。

——《小城畸人》，刘士聪／译

（2020 年版）

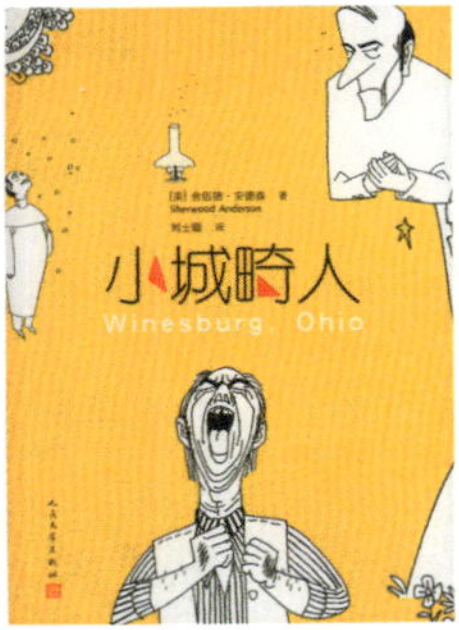

2010 年第 1 版《小城畸人》

9月
September
癸卯年
七月廿九
13
星期三
S M T W T F S

〔法国〕

米歇尔·布托尔

1926 年 9 月 14 日出生

新小说派的代表作家、诗人、翻译家、文艺批评家，先后斩获“费内翁奖”“勒诺多文学奖”“马拉美奖”“法兰西学院文学奖”以及法国“文人社团诗歌奖”等。《变》被视为新小说的代表作品，标志着布托尔在探索时间和空间的历程中有了新的突破。

• 二十世纪最有希望的伟大小说家之一。

——让 - 保罗 · 萨特

＊〔德国〕特奥多尔 · 施笃姆　1817 年 9 月 14 日出生

诗人是语言的研究者和技师。而我，改变世界的最好方式，就是在语言上下功夫。

——米歇尔·布托尔

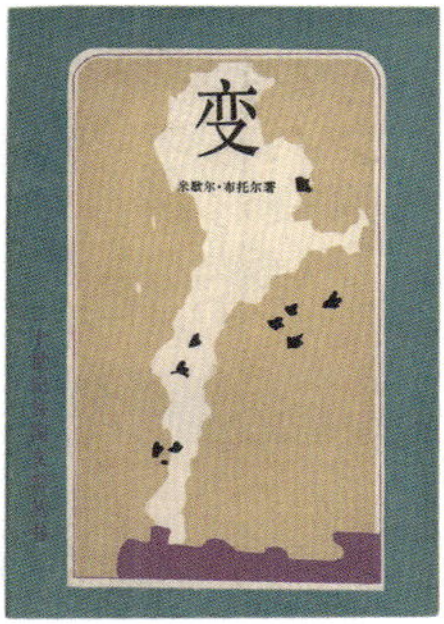

1983年第1版《变》

举世公认的侦探小说女王。代表作《东方快车谋杀案》通过一个精心策划的复仇故事，描写了法理困境中的复杂人性。

不可能的事原不会发生，因而不管表面现象如何，发生的事必然是可能的。

——《东方快车谋杀案》，陈尧光／译

2006 年第 1 版《东方快车谋杀案》

9 月
September
癸卯年
八月初一
15
星期五
S M T W T F S

〔芬兰〕

弗兰斯·埃米尔·西兰帕

1888年9月16日出生

1939年诺贝尔文学奖得主。获奖作品是长篇小说《少女西丽亚》，小说中的主人公是一个美丽的乡间少女，她在清香四溢的盛夏熄灭了生命之光。

- 出色地刻画了农民的生动形象以及在描写农民与大自然的关系中所表现出来的精湛技艺。

——诺贝尔文学奖颁奖词

爱尔兰最著名的短篇小说作家之一。代表作短篇小说集《我的恋母情结》，以娓娓道来的故事展现了一个个性格鲜明的爱尔兰普通百姓。

· 爱尔兰的契诃夫。

——〔爱尔兰〕威廉·巴特勒·叶芝

1980 年弗兰斯·埃米尔·西兰帕纪念邮票

9 月
September
癸卯年
八月初二
16
星期六
S M T W T F S

爸爸整个战争期间——我说的是第一次世界大战——都在军队里，我五岁前很少见到他，即使见到了他我也是若无其事。

——《我的恋母情结》，路旦俊／译

（2014 年版）

2008 年第 1 版《奥康纳短篇小说选》

〔日本〕

德富芦花

1927 年 9 月 18 日去世

日本明治时期文豪，作品主要剖析、鞭笞社会黑暗。代表作《不如归》在明治初年连印一百版，震动朝野，驰名内外，被称作“日本的《孔雀东南飞》”。

于是，浪子无依无靠，冰冷与凄凉，沁彻心魂。啊！得不到爱，多么不幸！爱不得，则更加不幸。

——《不如归》，于雷／译

（2017 年版）

1989 年第 1 版《不如归·黑潮》

1983 年诺贝尔文学奖得主。代表作《蝇王》是一本富有哲理的象征主义小说，借一群孩子的天真探讨人性之恶。

- 具有清晰的现实主义叙述技巧以及虚构故事的多样性与普遍性，阐述了今日世界人类的状况。

——诺贝尔文学奖颁奖词

19/9
September
癸卯年
八月初五

也许这里有一只野兽……也许只是我们自己。

——《蝇王》

9月
September
癸卯年
八月初五

19

星期二

S M T W T F S

“最初的诗”，印度古代两大史诗之一，共七篇，讲述罗摩与妻子悉达的一生。传说作者是蚁垤仙人（跋弥）。

· 在描绘自然景色方面，这部史书开辟了一个新的纪元。

——季羡林

20/9 September

癸卯年

八月初六

外国文学 雕刻时光

各种各样的鸟欢乐发狂，
好像把我的爱火点旺，
让我想起黑皮肤的情人
那面如满月的荷眼女郎。

——《罗摩衍那·猴国篇》，季羡林／译

1980—1984 年第 1 版《罗摩衍那》

9 月

September

癸卯年

八月初六

20

星期三

S M T W T F S

〔美国〕

斯蒂芬 • 金

1947 年 9 月 21 日出生

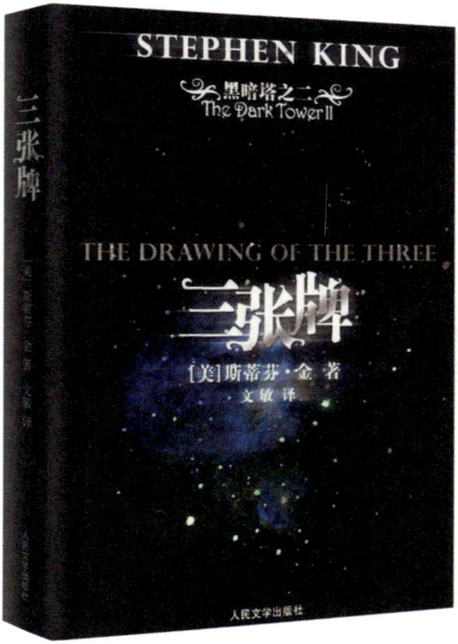

2006 年第 1 版《三张牌》

作家、导演，美国国家图书奖终身成就奖得主，爱伦 • 坡大师终身成就奖得主。代表作《肖申克的救赎》改编成电影后，稳居 IMDB 二百五十部佳片榜首。

- 他的作品继承了美国文学注重情节和气氛的伟大传统，体现出人类灵魂深处种种美丽和悲惨的道德真相。

——美国国家图书基金会授予斯蒂芬 · 金杰出贡献奖时的颁奖词

* 〔德国〕爱克曼　1792 年 9 月 21 日出生

有些鸟注定不能被关在笼子里的。它们的羽毛太明亮，它们的歌声太甜美。

——《肖申克的救赎》，施寄青　等／译

（2016 年版）

2006 年第 1 版《肖申克的救赎》

9 月
September
癸卯年
八月初七
21
星期四
S M T W T F S

小说家、剧作家、编剧，大英帝国勋章获得者，1983 年布克奖评委会主席。代表作《爱界》描绘二十世纪女性的众生相，入围布克奖决选名单，荣登《泰晤士报》“年度图书”榜。

· 费伊·韦尔登是国宝。

——《文学评论》

9月
September
癸卯年
八月初八
22
星期五
S M T W T F S

我努力记着自己曾经过过的苦日子，不去小看它们。

——《爱界》，肖丽媛／译

2019年第1版《爱界》

民族诗人，1971年诺贝尔文学奖得主。代表作《漫歌》，是诗人倾注全部感情、全部经验和全部理想的庞大的诗集。

· 他的诗歌以大自然的伟力复苏了一个大陆的命运和梦想。

——诺贝尔文学奖颁奖词

· 聂鲁达同时拥有睁开的和闭上的眼睛。梦游人的眼睛。

——〔墨西哥〕奥克塔维奥 · 帕斯

我不过是一个诗人。我爱你们大家，
我在我所爱的世界上漫游。
在我的祖国，他们逮捕矿工，
军人发命令给法官。
但是我还是爱我的寒冷的小国家，
即使是祖国的一枝树根。

——《聂鲁达诗文集》，袁水拍／译

1951 年第 1 版《聂鲁达诗文集》

9 月
September
癸卯年
八月初九
23
星期六
S M T W T F S

〔美国〕

威廉·福克纳

1897 年 9 月 25 日出生

美国南方文学代表人物，1949 年诺贝尔文学奖得主，1955 年和 1963 年普利策小说奖得主。代表作《喧哗与骚动》是意识流小说乃至整个现代派小说的经典名著。

· 他对当代美国小说做出强有力的和艺术上无与伦比的贡献。

——诺贝尔文学奖颁奖词

* 〔德国〕雷马克　1970 年 9 月 25 日去世

我脱掉衣服，我瞧了瞧自己，我哭起来了。

——《喧哗与骚动》，李文俊／译

（2019 年版）

1989 年第 1 版《黛茜 · 密勒　熊》

9 月
September
癸卯年
八月十一
25
星期一
S M T W T F S

〔英国〕

T.S. 艾略特

1888 年 9 月 26 日出生

1948 年诺贝尔文学奖得主。代表作《荒原》表达了西方一代人精神上的幻灭，是一部具有划时代意义的作品。

• 对当代诗歌具有开拓性的卓越贡献。

——诺贝尔文学奖颁奖词

＊〔意大利〕阿尔贝托 · 莫拉维亚　1990 年 9 月 26 日去世

26/9 September

外国文学雕刻时光

癸卯年
八月十二

我们所称的开端往往就是终点
而到了终点就是到了开端。
终点是我们的出发点。

——《四首四重奏》，张子清／译

2016 年第 1 版《荒原》

9月 September

癸卯年
八月十二

26

星期二

S M T W T F S

〔意大利〕

格拉齐娅·黛莱达

1871 年 9 月 27 日出生

诗人、小说家，1926 年诺贝尔文学奖得主。代表作《邪恶之路》，以撒丁岛为背景，阐述善与恶、罪与罚。

- 她的作品为理想主义启发，用明朗的画面描绘了她的家乡撒丁岛的生活，同时用深刻的同情态度处理人类面临的普遍问题。

——诺贝尔文学奖颁奖词

这些模糊的、忧郁的声响总是那么千篇一律，使压抑在这个年轻用人周围的那种静谧、孤寂的感觉更加强烈了。

——《邪恶之路》，黄文捷／译

9月
September
癸卯年
八月十三
27
星期三

S M T W T F S

法国现实主义文学中鲜有的学者型作家，1844年入选法兰西学院院士。代表作《卡门》塑造了西方文学史上的一个典型形象，同名歌剧享有世界性声誉。

· 我们读他的代表作《嘉尔曼》(《卡门》)，对吉卜赛女郎拼死追求独立自由的性格印象十分深刻。

——程曾厚

· 他在优美作品的写作中，给自己找到了一条摆脱路易·菲利普的资产阶级君主制沼泽地和拿破仑三世臭泥塘的出路。

——〔俄国〕卢那察尔斯基

“自从你成为我真正的罗姆以后，我爱你的程度比你是我情郎的时候差多了。我不愿别人困扰我，尤其不愿别人向我发号施令。我要的是自由自在，想干什么就干什么。”

——《卡门》，张冠尧／译

（2012 年版）

1955 年第 1 版《嘉尔曼》

战士、作家。代表作《钢铁是怎样炼成的》取材于他亲身参与的国内战争和战后生活，发表后至少以五十六种语言在四十七个国家出版。

• 无论家庭或是爱情，都不能使人觉得生活真正美满。家庭，只是几个人；爱情，仅是一个人；而党，这是一百六十万人。只为家庭活着，这是禽兽的私心；只为一个人活着，这是卑鄙；只为自己活着，这是耻辱。

——尼·阿·奥斯特洛夫斯基

＊〔巴西〕马查多·德·阿西斯　1908 年 9 月 29 日去世

人最宝贵的是生命。生命每个人只有一次。人的一生应当这样度过：当回忆往事的时候，他不会因为虚度年华而悔恨，也不会因为碌碌无为而羞愧；在临死的时候，他能够说：我的整个生命和全部精力，都已经献给了世界上最壮丽的事业——为人类的解放而斗争。

——《钢铁是怎样炼成的》，梅益／译

（2015 年版）

多种版本《钢铁是怎样炼成的》

〔美国〕

W.S. 默温

1927 年 9 月 30 日出生

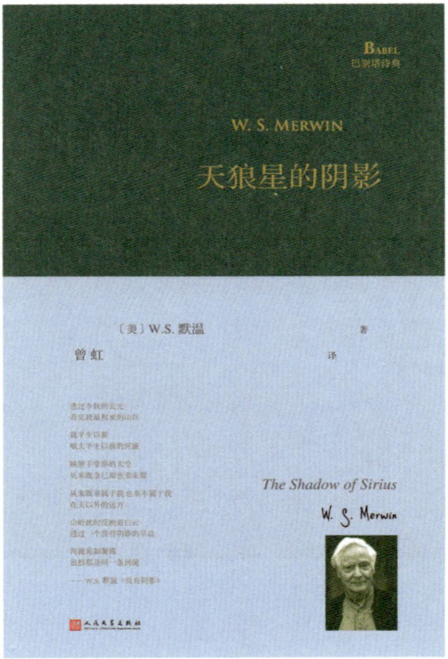

2017 年第 1 版《天狼星的阴影》

诗人、翻译家。代表作《天狼星的阴影》探索了诗人的童年回忆，摘得 2009 年普利策奖。

河流宛如凝滞
虽然那是同一条河流

——《没有阴影》，曾虹／译

10
11
6
9
8
13
12
7
1 孟买 萨尔曼·鲁西迪
2 巴特那 迦梨陀娑
3 加尔各答 罗宾德罗那特·泰戈尔
4 胡格里县 查特吉
5 贝拿勒斯 普列姆昌德
6 图斯城 菲尔多西
7 设拉子城 萨迪
8 贝什里 纪伯伦·哈利勒·纪伯伦
9 贝鲁特 达里娜·阿勒让迪
10 伊斯坦布尔 奥尔罕·帕慕克/爱诗乐·沛克
11 伊兹密尔 伊切·泰玛尔库兰
12 耶路撒冷 萨缪尔·约瑟夫·阿格农
阿摩司·奥兹/耶胡达·阿米亥
13 拉马干 埃特加·凯雷特

西亚南亚等国文学地图

10月

October

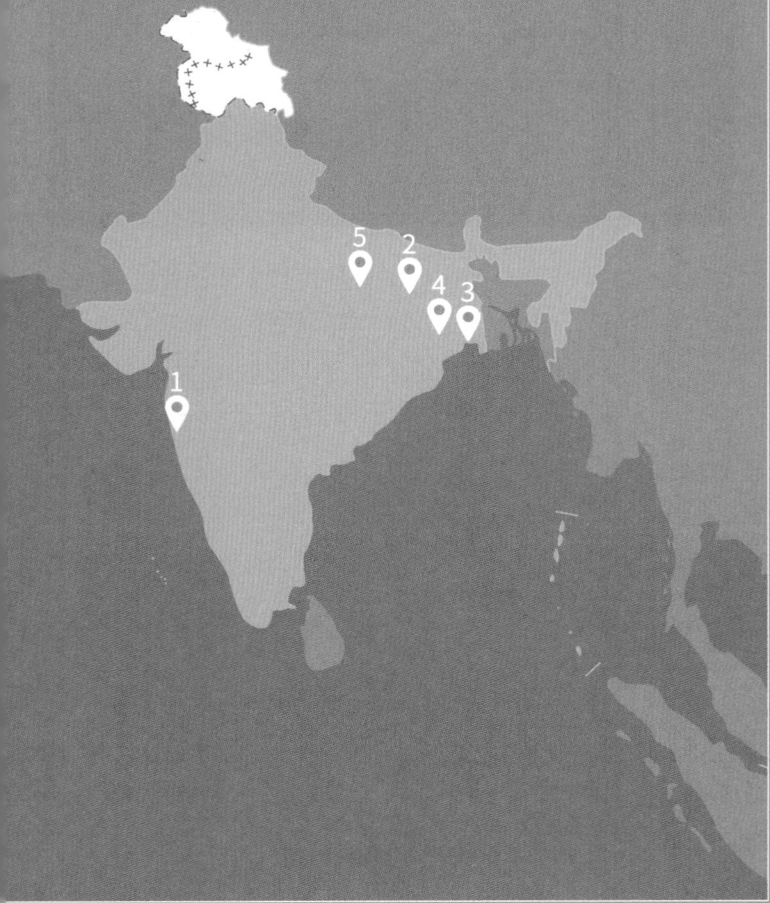

10月

October

1	2	3	4	5	6	7
8	9	10	11	12	13	14
15	16	17	18	19	20	21
22	23	24	25	26	27	28
29	30	31				
S	M	T	W	T	F	S

法国古典主义戏剧的奠基人，被尊称为“法国悲剧之父”“伟大的高乃依”，和莫里哀、拉辛并称“法国古典戏剧三杰”。代表作《熙德》是法国古典主义戏剧的奠基之作，取材于西班牙历史，男女主人公围绕责任与爱情发生剧烈冲突，表现出刚毅和百折不挠的美德。因为这部戏剧的巨大成功，“像《熙德》一样美”成了一句法国固定用语。

• 对高乃依来说，悲剧是一场勇士的征战，最后带来圆满的结局。

——〔法国〕让·道尔梅松

* 〔德国〕君特·瓦尔拉夫　1942 年 10 月 1 日出生

你可千万不要把我赶出你的记忆；
既然让我抵命保全了你的光荣，
作为报答，就求你把我记在心中，
就求你在为我的命运而伤心时偶尔说一句：
“假如他对我不是一往情深，他或许就不会死去。”

——《熙德》，张秋红／译

1956 年第 1 版《熙德》

10 月
October
癸卯年
八月十七

1

星期日

S M T W T F S

著名的英国作家、编剧、文学评论家。他一生获得二十一次诺贝尔文学奖提名，被誉为诺贝尔文学奖无冕之王。代表作《二十一个故事》收录其写于 1929 年至 1954 年的二十一部短篇小说。

- 我是你的忠实读者，格林先生。

——〔哥伦比亚〕加夫列尔·加西亚·马尔克斯

人年轻的时候，常常错把种种冷淡的表现当成某种特别的东西，憾事一桩啊。

——《二十一个故事》，李晨、张颖／译

1980年第1版《问题的核心》

10月
October
癸卯年
八月十八
2
星期一
S M T W T F S

怀着乌托邦理想的诗人，三十年的短暂生命中充满浓重的哀伤和苦味。

• 俄国文学家的生活中有许多悲剧，而叶赛宁的悲剧最令人心痛。

——〔苏联〕马克西姆 · 高尔基

• 从叶赛宁的诗里可以闻到俄罗斯田野泥土的芬芳。

——〔苏联〕鲍 · 列 · 帕斯捷尔纳克

我是个牧人；我的宫殿里
有起伏的田野，阡陌纵横，
苍翠的山峦是我的宫墙，
到处有鹧鸟响亮的啼声。

——《白桦》，郑铮／译

1991 年第 1 版《白桦》

10 月
October
癸卯年
八月十九
3
星期二

S M T W T F S

〔智利〕

路易斯·塞普尔维达

1949 年 10 月 4 日出生

作家、记者，年轻时遍游世界各地，2020 年因新冠肺炎去世。代表作《读爱情故事的老人》，是作家以亚马孙河流域的生活体验创作的第一本小说。

· 我们是在世界之南见证一个时代终结的幸运儿。

——路易斯 · 塞普尔维达

他不是他们中的一员，这样好。他们想见到他，拥有他，同样也想尝一尝没有他的感觉，感受无法同他说话的悲伤和看到他又一次出现时内心欢快的激动。

——《读爱情故事的老人》，唐郗汝／译

2017 年第 2 版《读爱情故事的老人》

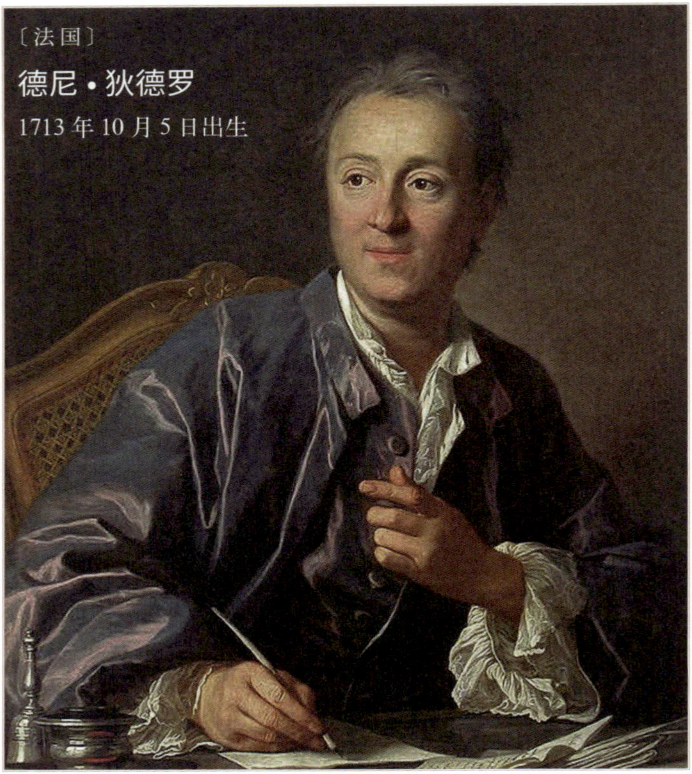

最具代表性的启蒙运动作家、思想家、唯物主义哲学家。他以二十年之功主编的《百科全书》被视为十八世纪启蒙运动的最高成就之一。代表作《拉摩的侄儿》是一部对话体哲理小说，被恩格斯称为“辩证法的杰作”。

- 狄德罗等人的小说，并不因借小说的外衣来宣扬哲学思想而降低了作品的艺术价值。

——姜椿芳

* 〔美国〕杰西 · 艾森伯格　1983 年 10 月 5 日出生

在大理石下腐烂，在泥土下腐烂，都是一样的事儿。

——《拉摩的侄儿》

1958 年第 1 版《定命论者雅克和他的主人》

帕尔马在担任国家图书馆馆长期间创造了“传说”这一文学体裁。代表作《秘鲁传说》再现了秘鲁从印卡帝国到十九世纪的三百年历史风貌。

- 是小说又不是小说，是历史又不是历史；形式轻盈紧凑，叙述快捷幽默。有假的，也有真的，加上文雅与粗俗的语言，这是写“传说”的秘方。

——里卡多·帕尔马

大夫，你过来……我趴在耳朵上告诉你……三个最大的蠢人就是耶稣基督、堂吉诃德……和我。

——《秘鲁传说》，白凤森／译

（1997 年版）

1959 年第 1 版《秘鲁传说》

10 月
October
癸卯年
八月廿二
6
星期五
S M T W T F S

诗人、小说家、批评家，侦探小说和心理小说的鼻祖。斯蒂文森模仿他的《威廉·威尔逊》写了《化身博士》，王尔德受此影响写了《道连·格雷的画像》。代表作《乌鸦》《毛格街血案》。

聪明人往往善于幻想，而真正富于想象的人必定爱好分析。

——《毛格街血案》，陈良廷／译

（2015 年版）

1982 年第 1 版《爱伦 · 坡短篇小说集》

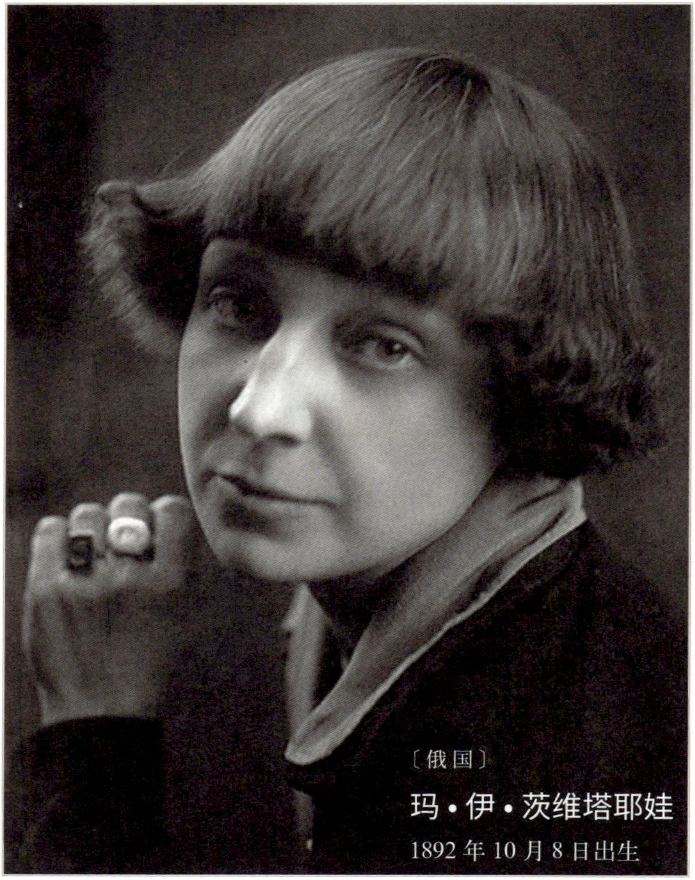

俄罗斯文学“白银时代”重要诗人。女诗人在“生活与存在”的诗歌总命题下不安地思索苦难、诗人身份和爱。

- 在她的诗歌和散文中，我们经常听到一个独白；不是女主人公的独白，而是由于无人可以交谈而作的独白。这一说话方式的特征就是说话人同时也是听话人。

——〔美国〕约瑟夫·布罗茨基

我想和您一起生活，
在一座小城，
那里有永恒的黄昏，
有永恒的钟声。

——《茨维塔耶娃诗选》，刘文飞／译

（2020 年版）

1991 年第 1 版《致一百年以后的你》

10 月
October
癸卯年
八月廿四
8
星期日
S M T W T F S

〔日本〕

紫式部

约970—1019年

《藤壶》，秦龙　绘

平安时代中期的女性作家，自幼学习中国诗文与和歌，熟读中国典籍，笔法细腻入微。代表作《源氏物语》是世界上最早的长篇写实小说，被誉为日本文学的灵感之源。

皇上常谓藤壶女御名重天下，把她看作盖世无双的美人。但源氏公子的相貌，比她更加光彩焕发，艳丽动人，因此世人称他为“光华公子”（光君）。

——《源氏物语》，丰子恺／译

（2019 年版）

1980 年第 1 版《源氏物语》

〔英国〕

哈罗德·品特

1930年10月10日出生

〔英国〕约翰·康斯特布尔 绘

剧作家、导演。代表作《归于尘土》是其创作的唯一一部反战题材的戏剧作品。

给一个不断发展、不由自主的戏剧形象贴上某种明确的道德标签，这似乎是轻率、荒唐和羞耻的。

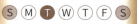

——《归于尘土》

博物学家、昆虫学家、科普作家，曾获得三项有关茜素的专利权。以代表作《昆虫记》赢得“昆虫诗人”美誉。

• 他观察之热情耐心，细致入微，令我钦佩，他的书堪称艺术杰作。我几年前就读过他的书，非常喜欢。

——〔法国〕罗曼·罗兰

• 无与伦比的观察家。

——〔英国〕达尔文

无论是有关人类的还是有关动物的，声誉尤其是由故事传说促成的，而童话则更胜故事一筹。特别是昆虫，如果说它无论以哪种方式都会吸引我们，那是因为有着许许多多有关它的传说，而这种传说的真实与否则是无关紧要的。

——《昆虫记》，陈筱卿／译

（2015 年版）

2010 年第 1 版《昆虫记》

〔意大利〕

埃乌杰尼奥·蒙塔莱

1896年10月12日出生

意大利“隐逸派”诗人，1975年诺贝尔文学奖得主。代表作《乌贼骨》是作家的第一部诗集，具有“交响乐的韵味”。

- 他独树一帜的诗歌创作，以巨大的艺术敏感和排除谬误与幻想的生活洞察力，阐明了人的价值。

——诺贝尔文学奖颁奖词

我们把你
看成是一个海藻，
一块卵石，
某种海上的生物，
它能更纯洁地漂向岸边，
盐分不能将它腐蚀。

——《夸齐莫多　蒙塔莱　翁加雷蒂诗选》，钱鸿嘉／译

1988 年第 1 版《夸齐莫多　蒙塔莱　翁加雷蒂诗选》

“希腊三哲”之一，西方哲学奠基人。代表作《理想国》是对话体著作，涉及哲学、教育、文艺等内容。

第三种迷狂，是由诗神凭附而来的。它凭附到一个温柔贞洁的心灵，感发他，引它到兴高采烈神飞色舞的境界，流露于各种诗歌，赞颂古代英雄的丰功伟绩，垂为后世的教训。

——《朱光潜译柏拉图文艺对话集　歌德谈话录》

（2015 年版）

1959 年第 1 版《柏拉图文艺对话集》

新西兰文学奠基人，一百多年来新西兰最有影响的作家之一，“英语世界的契诃夫”。《蜜月》是她最具代表性的短篇小说集。

· 我嫉妒她的作品，那是我唯一嫉妒的作品。

——〔英国〕弗吉尼亚 · 吴尔夫

10 月
October
癸卯年
八月三十
14
星期六

S M T W T F S

匣盖上，一个精巧的小人儿伫立在一棵鲜花怒放的树下，另一个更小的女人伸出胳膊搂着他的脖子。

——《蜜月》，萧乾、文洁若、萧荔／译
（2017 年版）

1988 年第 1 版《蜜月》

〔俄国〕

米·尤·莱蒙托夫

1814 年 10 月 15 日出生

十九世纪俄国文学史上一个鲜活而神秘的存在。在二十七年的短暂生命里留下四百多首诗，以《当代英雄》开启俄国社会心理小说一脉。

• 事实上，他在所有的诗歌里都是阴郁的、固执的，想说出真理，却又谎话连篇。

——〔俄国〕费·米·陀思妥耶夫斯基

＊〔意大利〕伊塔洛·卡尔维诺　1923 年 10 月 15 日出生

不安分的帆儿却祈求风暴，
仿佛在风景里有宁静蕴藏！

——《莱蒙托夫诗选》之《帆》，顾蕴璞／译

（2021 年版）

1956 年第 1 版《当代英雄》

二十世纪德国最优秀的小说家之一，善用荒诞的情节表现深刻的主题，1999年获诺贝尔文学奖。代表作《铁皮鼓》以超现实主义手法描写了纳粹统治下的黑色岁月。

• 以戏谑的黑色寓言揭示历史被遗忘的一面。

——诺贝尔文学奖颁奖词

* 〔英国〕奥斯卡·王尔德　1854年10月16日出生

16/10
October
癸卯年
九月初二

外国文学 雕刻时光

从我三岁生日那天起，我连一指宽的高度都不再长，保持三岁孩子的状态，却又是个三倍聪明的人。

——《铁皮鼓》，胡其鼎／译

（2021 年版）

2021 年第 1 版《铁皮鼓》

10 月
October
癸卯年
九月初二
16
星期一
S M T W T F S

〔德国〕

格奥尔格·毕希纳

1813年10月17日出生

十九世纪一位早逝的德国天才作家、革命家，德语最高文学奖以他冠名。代表作《丹东之死》以法国大革命中被处死的革命家丹东为主人公，追问正义、人性、信仰等诸多问题。

你能阻拦我们的头颅在筐子里互相接吻吗？

——《丹东之死》，傅惟慈／译

1981 年第 1 版《丹东之死》

广博仙人与象头神在一起

世界上最长的史诗之一，也是印度古代两大史诗之一，共十八篇，叙述婆罗多族两支后裔的王位继承战。史诗里提及作者为广博仙人（毗耶娑）。

- 几个世纪过去了，但是《罗摩衍那》和《摩诃婆罗多》的源泉在印度并没有枯竭。每天，每个村子里的每个家庭，都在朗读其中的诗句。

——〔印度〕罗宾德罗那特·泰戈尔

善人永远为他人谋利益，而不求回报。在善人中，恩惠不会落空，利益和荣誉不会毁灭。这些在善人中恒定不变，因此，善人成为保护者。

——《摩诃婆罗多》，黄宝生／译

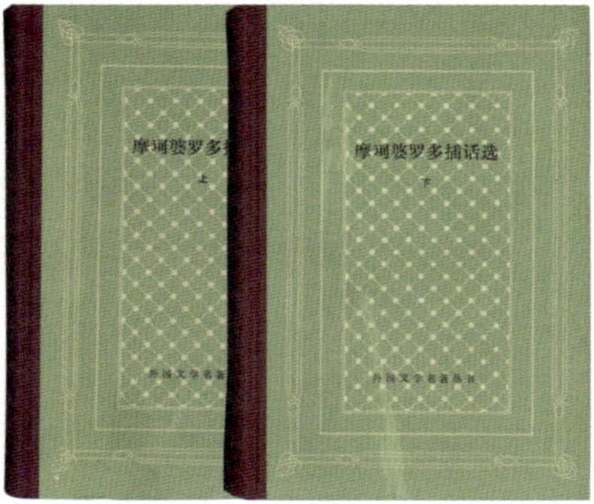

1987 年第 1 版《摩诃婆罗多插话选》

〔英国〕

乔纳森·斯威夫特

1745年10月19日去世

讽刺作家、政治家和诗人。代表作《格列佛游记》记述格列佛船长周游四国之奇闻趣事，深刻反映了统治集团的昏庸腐朽和唯利是图，对殖民战争的残酷暴戾进行揭露和批判，开英式讽刺艺术之先河。

长生不老是人类普遍的愿望。

——《格列佛游记》，张健／译

（2019 年版）

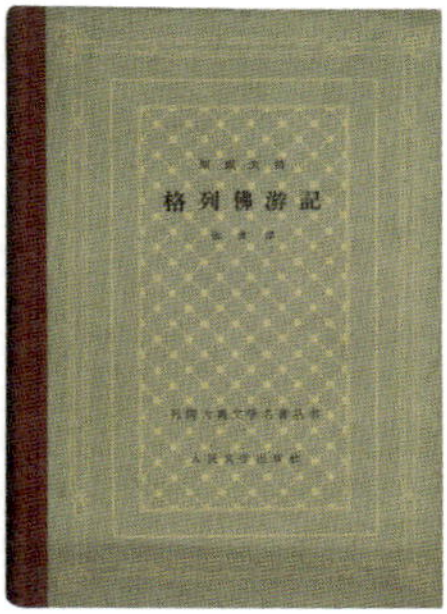

1962 年第 1 版《格列佛游记》

小说家、剧作家、诗人，2004 年成为奥地利第一位诺贝尔文学奖得主。半自传体小说《钢琴教师》因大胆揭示隐秘复杂的人性而饱受争议。

埃里卡的时间慢慢变得像块石膏一样。有一次，当母亲用拳头粗暴地敲击它时，这时间立即像石膏似的纷纷碎裂开来。

——《钢琴教师》，宁瑛、郑华汉／译

日本本格派推理小说之父，日本推理作家协会初代理事长。代表作“少年侦探”系列是他为青少年创作的推理小说集。

＊〔美国〕厄休拉 · 勒奎因　1929 年 10 月 21 日出生

10月
October
癸卯年
九月初七
21
星期六
S M T W T F S

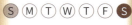

大敌当前，全家人仍然全心等待着大儿子壮一君的归来。他赤手空拳独涉南洋岛屿，如今衣锦还乡，是条汉子。只要他到了家，一家人心里就有了靠山。

——《怪盗二十面相》，谭一珂／译

2016年版“少年侦探”系列

1933 年成为俄罗斯第一位诺贝尔文学奖得主和诺贝尔文学奖历史上第一位流亡作家，在 1999 年莫斯科大学“俄罗斯文学回顾与展望”国际研讨会上被列为“二十一世纪最具研究价值的五位作家”之首。

• 继承了俄国散文写作的古典传统，使他的创作具有严谨的艺术技巧。

——诺贝尔文学奖颁奖词

• 布宁的诗歌是近几十年来俄罗斯缪斯创作的最好的诗。

——〔美国〕弗·弗·纳博科夫

人的青春会过去，爱情可是另外一回事。

——《暗径集》之《暗径》，陈馥／译

（2022 年版）

2022 年第 1 版《暗径集》

10 月
October
癸卯年
九月初八
22
星期日

S M T W T F S

浪漫主义先行者，唯美主义鼻祖，提出诗歌应是纯粹文字组成的精美首饰，“为艺术而艺术”，1842 年获法国国家荣誉军团勋章。波德莱尔将《恶之花》题献给戈蒂耶，维克多·雨果欣赏其代表作《莫班小姐》中的语言风格。

· 完美无缺的诗人。

——〔法国〕波德莱尔

我要求的只是美，这是真的；但我需要的美是那么完满，以致我永远不可能遇上。

——《莫班小姐》，艾珉／译

（2008 年版）

2007 年第 1 版《莫班小姐》

〔阿拉伯〕

乌姆鲁勒·盖斯

约 500 年出生

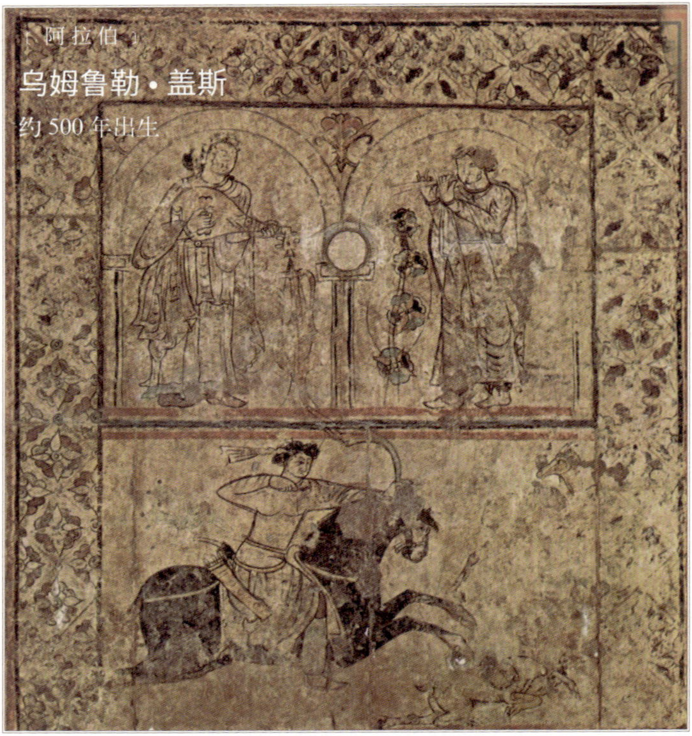

阿拉伯古代诗坛的魁首、情诗鼻祖。代表作《悬诗》是早期阿拉伯诗苑里的一枝奇葩。

• 无人不赞许其辞句之美，想象之富，描写之可爱而复杂，音韵之铿锵与温甜；他所引起的感兴乃是青春的快乐与光荣。

——郑振铎

24/10
October
癸卯年
九月初十

外国文学雕刻时光

忆情人，吊旧居，沙丘中，废墟前。
南风、北风吹来吹去如穿梭，
落沙却未能将她故居遗迹掩。
此地曾追欢，不堪回首忆当年。

——《阿拉伯古代诗选》，仲跻昆／译
（2020 年版）

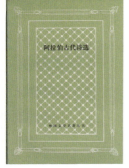

2001 年第 1 版《阿拉伯古代诗选》

10 月
October
癸卯年
九月初十
24
星期二
S M T W T F S

“英国诗歌之父”，中世纪英国最伟大的诗人之一。《坎特伯雷故事》全部以诗歌形式叙述，开启英文短篇小说叙事的先河，成为英语文学的经典之作。

* 〔法国〕雷蒙·格诺　1976 年 10 月 25 日去世

如果让金子生了锈，铁还有什么办法呢？……最可耻的是，愿每个牧师注意，牧羊人污浊，而群羊反干净。

——《坎特伯雷故事》，方重／译

（2019年版）

2004年第1版《坎特伯雷故事》

托马斯·曼认为古希腊诗人荷马的精神在他的作品中复活了。代表作《自由或死亡》，展现克里特岛的风土人情，讴歌人们对生命与自由的热爱。

- 作家应该敲起警钟，因为他具有地震仪般的敏感，能觉察到地震临近。

——尼科斯·卡赞扎基

克里特需要的不是好当家人，而是像我们这样的疯子。是一些疯子使得克里特永生不灭。

——《自由或死亡》，王振基／译

1982 年第 1 版《自由或死亡》

人称“疯狂的狄兰”。代表作《不要温顺地走进那个良宵》是诗人创作于二十世纪中期的诗歌，表达了诗人对于死神将可爱的人们带离这个世界的愤怒，即“怒斥光明的消逝”。

＊〔德国〕威利·布莱德尔　1964年10月27日去世

27/10
October
癸卯年
九月十三

一半的爱，植根于迷失而
荒废的阴魂。

——《不要温顺地走进那个良宵》，海岸／译

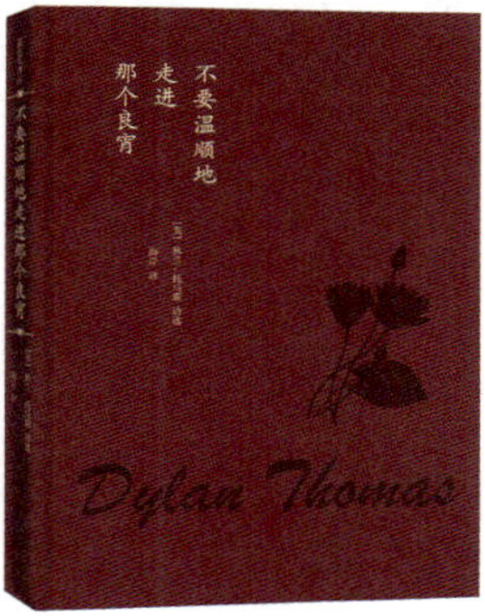

2015 年第 1 版《不要温顺地走进那个良宵》

10 月
October
癸卯年
九月十三

27

星期五

S M T W T F S

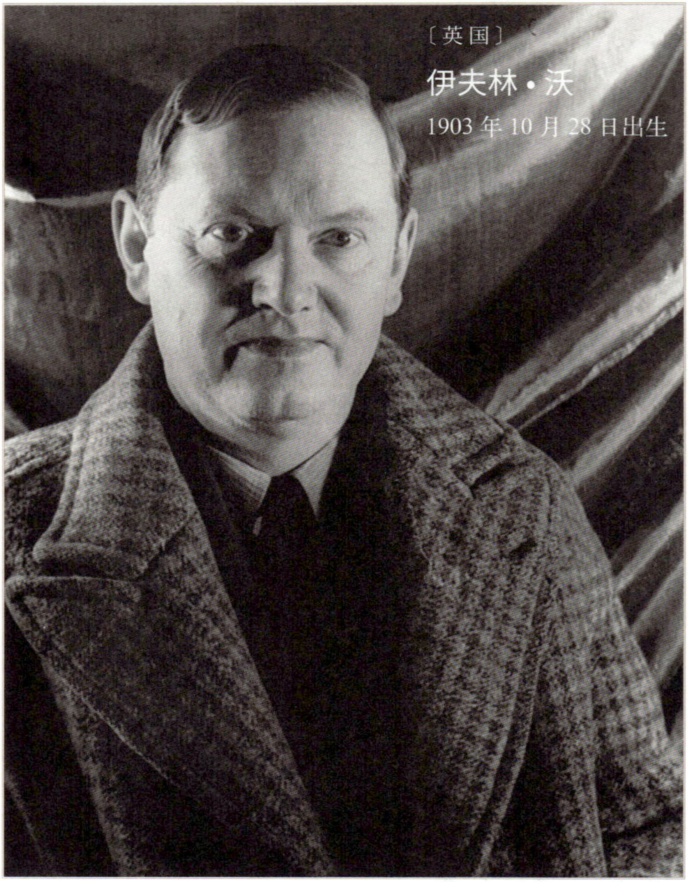

英语文学史上最具摧毁力和最富成果的讽刺小说家之一。代表作《故园风雨后》有着深沉的怀旧意味和深厚的历史感，以缓慢的叙述节奏描写了一个家族的分崩离析，入选兰登书屋现代文库评出的“二十世纪百佳英文小说”。

“这地方真适合埋金子，”塞巴斯蒂安说，“我要在每一个让我觉得快乐的地方，都埋上一件宝贝。这样等到我又老又丑、满心绝望时，就可以回来，挖出宝贝，想起那些好时光。”

——《故园风雨后》，王一凡／译

（2008 年版）

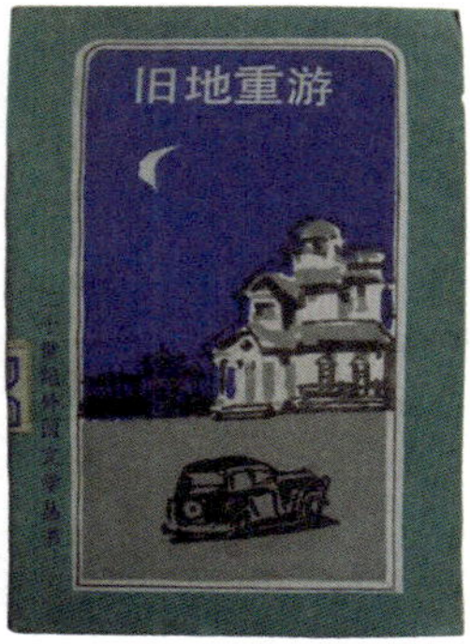

1988 年第 1 版《旧地重游》

〔俄国〕

尼·加·车尔尼雪夫斯基

1889年10月29日去世

革命家、思想家、经济学家、哲学家、作家。代表作《怎么办？》打造了作家心目中的理想人和理想国。

• 关于车尔尼雪夫斯基的小说，不是悄悄地议论，不是平和地谈论，而是在大庭广众之下大声地讨论……大家都在惊呼："真讨厌！""真美妙！""真恶心！"说什么的都有。

——〔俄国〕尼·谢·列斯科夫

我愿独立自主和照自己的意思过生活，凡是我自己需要的，我乐意去争取，我不需要的，就决不需求。

——《怎么办？》，蒋路／译

（2019 年版）

1953 年第 1 版《怎么办？》

10 月
October
癸卯年
九月十五
29
星期日
S M T W T F S

西班牙“98 年一代”作家。代表作《寻觅》是作家自行划分的三部曲“为生活而奋斗”之一，展现马德里的贫困。

- 如写山地居民跋司珂族的性质，诙谐而阴郁，虽在译文上，也还可以看出作者的非凡的手段来。

——鲁迅

- 我对您还没获诺贝尔文学奖深表遗憾，特别是考虑到一些不怎么配的人拥有了它，比如我，我只是个冒险的人。

——〔美国〕欧内斯特·海明威

由那声音，可以察出那粗鲁的水手，不幸的渔夫们的生活的悲惨；在海和陆上，与风帆战，与机器战的人们的苦痛。

——《山民牧唱》，鲁迅／译

1953年第1版《山民牧唱》

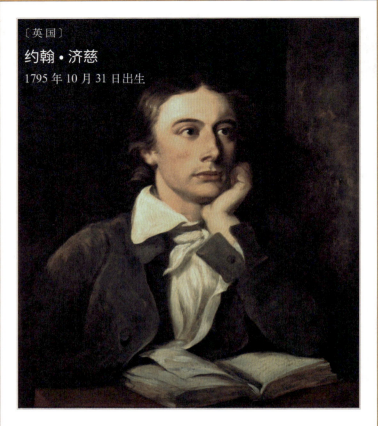

浪漫主义诗派的杰出代表，“诗人中的诗人”。他的诗作充满辽阔高远的想象、自然瑰丽的语言和摄人心魄的力量，不断唤起人的激情和渴望。

•一百多年来，济慈的声誉与日俱增，如今且远在浪漫派诸人之上。

——余光中

因为我相信，人的至高的乐趣
是一对心灵避入你的港湾。

——《济慈诗选》，查良铮/译

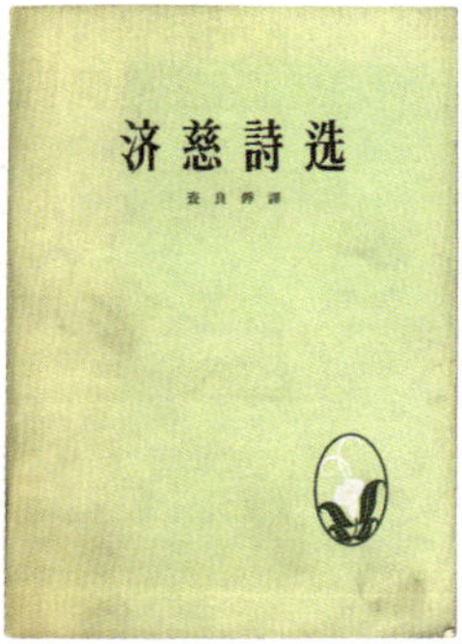

1958年第1版《济慈诗选》

1 纽约州 沃尔特·惠特曼
尤金·奥尼尔
约瑟夫·海勒
亨利·詹姆斯
塞林格/华盛顿·欧文
弗·弗·纳博科夫

2 马萨诸塞州 爱默生/爱伦·坡
纳撒尼尔·霍桑/狄金森

3 罗得岛州 科马克·麦卡锡

4 康涅狄格州 哈丽叶特·比切·斯陀

5 缅因州 亨利·华兹华斯·朗费罗

6 宾夕法尼亚州 华莱士·史蒂文斯

7 俄亥俄州 舍伍德·安德森

8 西弗吉尼亚州 赛珍珠

9 北卡罗来纳州 欧·亨利

10 佐治亚州 玛格丽特·米切尔

11 印第安纳州 德莱塞

12 伊利诺伊州 欧内斯特·海明威/索尔·贝娄

13 密苏里州 马克·吐温

14 密西西比州 威廉·福克纳

15 明尼苏达州 司各特·菲茨杰拉德/辛克莱·刘易斯

16 俄勒冈州 雷蒙德·卡佛

17 爱达荷州 埃兹拉·庞德

18 加利福尼亚州 杰克·伦敦/约翰·斯坦贝克

19 魁北克 斯蒂芬·巴特勒·里柯克

20 多伦多 迈克尔·翁达杰

21 温尼姆（加） 爱丽丝·门罗

22 新伦敦（加） 露西·莫德·蒙哥马利

23 渥太华 玛格丽特·阿特伍德

北　美　文　学　地　图

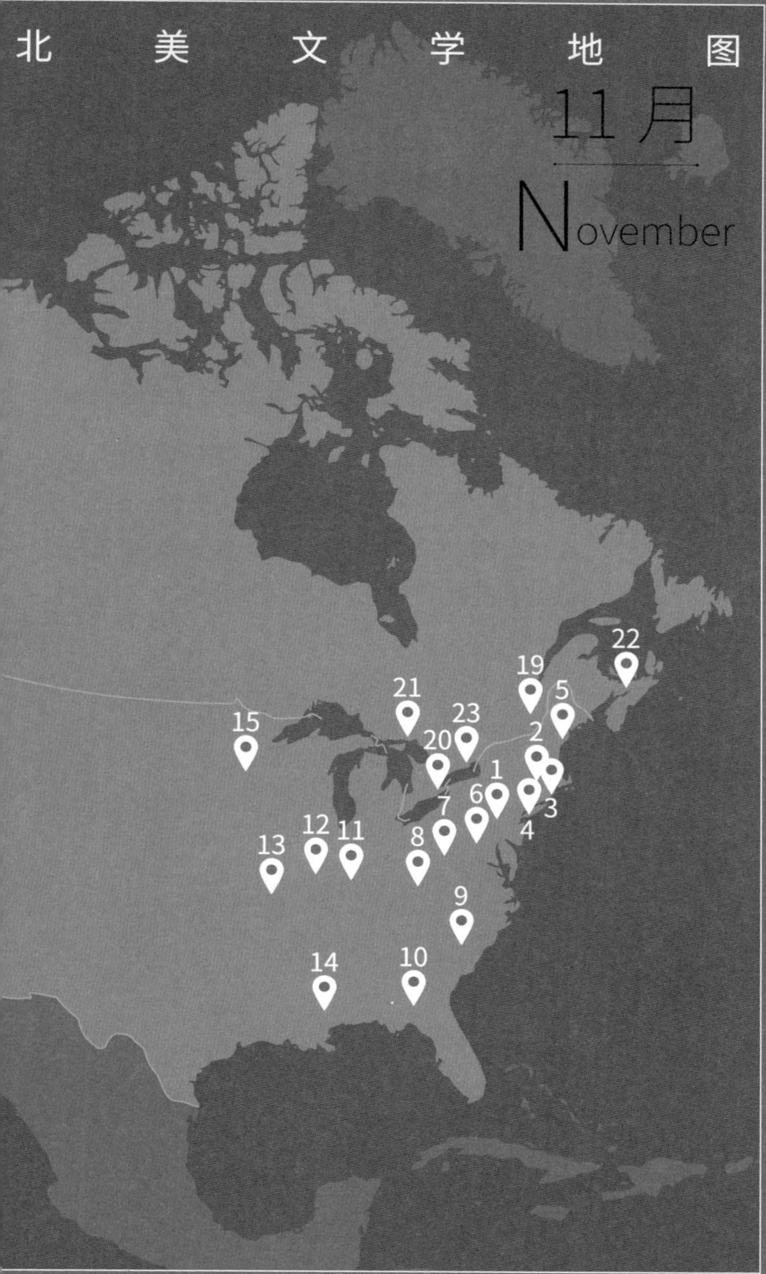

11月

November

S	M	T	W	T	F	S
			1	2	3	4
5	6	7	8	9	10	11
12	13	14	15	16	17	18
19	20	21	22	23	24	25
26	27	28	29	30		

二十世纪最伟大的传记文学家之一，曾为亚・谢・普希金、费・米・陀思妥耶夫斯基、居伊・德・莫泊桑等人立传，1935 年大众小说奖、1938 年龚古尔文学奖得主，1959 年入选法兰西学院院士，获法国国家荣誉军团勋章。2011 年摩洛哥发行他的纪念邮票。

他整个一生就是由这种轻率的冲动和随之而来的失望情绪所组成的。

——《契诃夫传》，侯贵信、郑业奎／译

1987年第1版《永别了，苏珊》

11月
November
癸卯年
九月十八
1
星期三
S M T W T F S

〔希腊〕

奥德修斯·埃利蒂斯

1911 年 11 月 2 日出生

被誉为“爱琴海歌手”。代表作《英雄挽歌》标志诗人创作进入成熟阶段。

- 我们的主要任务，是使诗歌既能融合希腊传统的元素，又能表达社会的需要和我们时代的心理。

——奥德修斯 · 埃利蒂斯

既然他的祖国在地球上暗淡了
请告诉太阳另找一条航道
如果他想要保持他的骄傲。
或者用土壤和水
让他在别处碧空中造一个小小的希腊姐妹。

——《英雄挽歌》，李野光／译

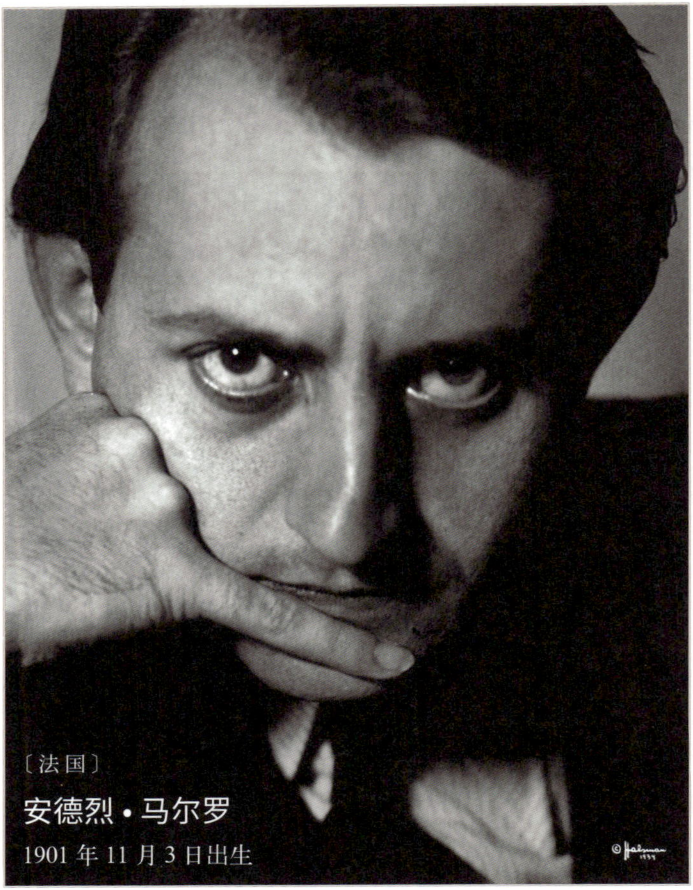

〔法国〕

安德烈·马尔罗

1901年11月3日出生

曾任法国文化部长。代表作《人的境遇》以西方人视角看中国革命，一经发布就轰动法国，并获得1933年龚古尔文学奖。

- 马尔罗是三分之一的天才、三分之一的虚假和三分之一的无法理解。

——〔法国〕雷蒙·阿隆

11月
November
癸卯年
九月二十
3
星期五

S M T W T F S

人们愿为之献身的事业，总是超越实利，而多少是维护这种境遇，将它形容为尊严；对奴隶来说是基督教教义，对公民来说是国家，对工人来说就是共产主义了。

——《人的境遇》，丁世中／译

（2018 年版）

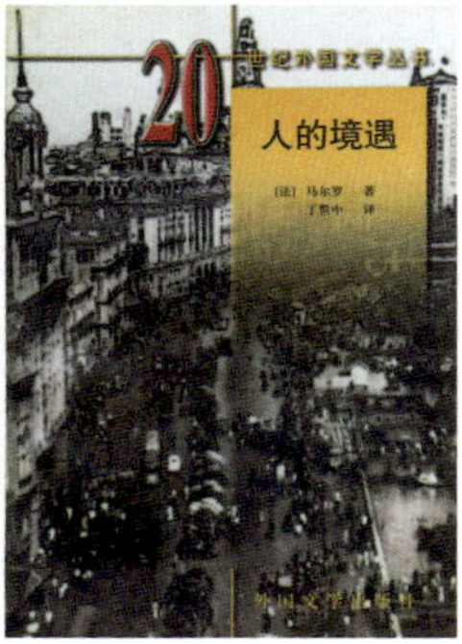

1998 年第 1 版《人的境遇》

浪漫派作家，主要贡献在于发掘和整理古代文化遗产。代表作《希腊的神话和传说》，生动讲述了精彩纷呈的神祇和英雄们的故事。

* 〔日本〕泉镜花　1873 年 11 月 4 日出生

无论谁，只要他学会承认定数的不可动摇的威力，便必须忍受命运女神所判给的痛苦。

——《希腊的神话和传说》，楚图南／译

（2020 年版）

1959 年第 1 版《希腊的神话和传说》

〔西班牙〕
路易斯·塞尔努达
1963年11月5日去世

西班牙“27年一代”作家，最不西班牙的西班牙诗人。代表作《奥克诺斯》是一部散文诗集，记载了流亡国外的诗人的回忆。

• 这本书是对我生命的一种救赎，总而言之的生命。

——路易斯·塞尔努达

＊〔英国〕约翰·福尔斯　2005年11月5日去世

在年幼灵魂无意识的梦中，抚慰生命的魔力已经出现，从那时起我就这样看着它飘浮在眼前：一如我看见那道模糊的光彩从暗处浮现，拍着翅膀颤动旋律里剔透纯粹的音符。

——《奥克诺斯》，汪天艾／译

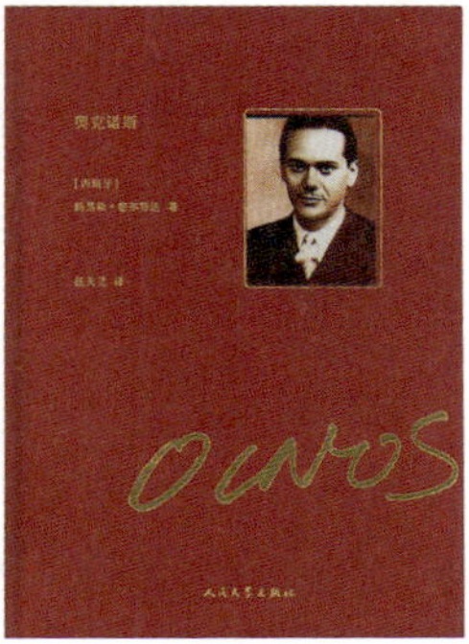

2015年第1版《奥克诺斯》

现代文学拓荒者，其创作富有深刻的哲思和冷静的科学精神，其《没有个性的人》被认为是最重要的现代主义小说之一。代表作《学生托乐思的迷惘》中的托乐思，是二十世纪初崩溃前夜的奥匈帝国某军事寄宿学校学生，他的迷惘源于敏感多思的天性、青春期的性渴望以及得不到指引的求知欲。

托乐思觉得，他在这个一动不动、哑然无语的天空下非常孤独，他觉得自己就像是活在这具巨大的、透明的尸体之下的一个小不点儿。

——《学生托乐思的迷惘》，罗炜／译

（2012年版）

2008年第1版《穆齐尔散文》

荒诞派戏剧和新小说派的重要作家，1957 年诺贝尔文学奖得主。代表作《局外人》兼具深邃的现代哲理内涵与精练凝聚的古典风格。

- 阿尔贝·加缪作为一个艺术家和道德家，通过一个存在主义者对世界荒诞性的透视，形象地体现了现代人的道德良知，戏剧性地表现了自由、正义和死亡等有关人类存在的最基本的问题。

——诺贝尔文学奖颁奖词

* 〔苏联〕德·安·富尔曼诺夫　1891 年 11 月 7 日出生

我体会到这世界跟我如此相像，又是如此亲如手足，因此感到自己过去幸福，现在仍然幸福。

——《局外人　鼠疫》，徐和瑾／译

（2020 年版）

1985 年第 1 版《加缪中短篇小说集》

诗人、政论家、民主斗士。代表作《失乐园》是一部史诗，讲述撒旦引诱夏娃和亚当偷吃禁果并被逐出伊甸园的故事，诗风雄浑壮阔。

＊〔英国〕石黑一雄　1954 年 11 月 8 日出生

那不可计数的恶天使也这样，在地狱的穹隆下面回翔飞舞。

——《失乐园》，朱维之／译

（2019 年版）

1958 年第 1 版《失乐园》

〔俄国〕

伊·谢·屠格涅夫

1818 年 11 月 9 日出生

屠格涅夫以六部长篇小说书写了十九世纪四十年代俄国的"社会编年史"，怀着对女性的美好情愫塑造了"屠格涅夫家的姑娘们"，并成功推动俄罗斯文学走向世界。

• 屠格涅夫是"小说家中的小说家"。

——〔美国〕亨利·詹姆斯

• 屠格涅夫的方法是"精选和提炼"。

——〔英国〕约翰·高尔斯华绥

＊〔瑞典〕斯蒂格·拉森　2004 年 11 月 9 日去世

难道爱，神圣的、忠诚的爱不是万能的吗？

——《前夜 父与子》，丽尼 巴金／译

（2020年版）

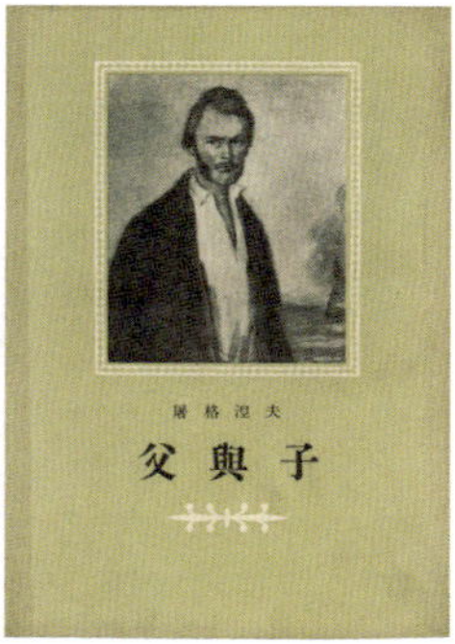

1955年第1版《父与子》

11月
November
癸卯年
九月廿六
9
星期四
S M T W T F S

既是思想家，又是实干家。代表作《马丁·菲耶罗》是阿根廷的民族史诗，高乔人的“圣经”。

·《马丁·菲耶罗》是阿根廷人至今所写的最经得起时间考验的作品。

——〔阿根廷〕豪尔赫·路易斯·博尔赫斯

11月
November
癸卯年
九月廿七

10
星期五

S M T W T F S

法律似蜘蛛结网，
请恕我无知妄说。
有钱人毫不在意，
有势者悠然自得：
大虫儿一冲就破，
小虫儿总被捕捉。

——《马丁·菲耶罗》，赵振江／译

高乔人

俄罗斯文学“黄金世纪”的重要作家。在他的所有作品中，宗教和哲学是不变的视角，思想是核心中的核心。

- 对我们这个时代的文学和文化能产生深远影响的人有两位：一位是存在主义鼻祖克尔凯郭尔，另一位是俄国小说家陀思妥耶夫斯基。

——〔奥地利〕斯·茨威格

- 高傲和谦卑始终是陀思妥耶夫斯基人物行为的秘密动机。

——〔法国〕安德烈·纪德

* 〔墨西哥〕卡洛斯·富恩特斯　1928 年 11 月 11 日出生

做一个高尚的人吧，在患难中要坚强；您要记住，贫穷不是罪过。

——《穷人》，磊然／译

（2021 年版）

2021 年版《穷人》

现任《文学报》编委会主席，最新入选青年近卫军出版社“名人传”并开启“当代经典”系列。他的多部小说改编后在剧院上演。代表作《无望的逃离》。

与一个不爱你的人生活在一起是有失尊严的！

——《无望的逃离》，张建华／译

2002年第1版《无望的逃离》

11月
November
癸卯年
九月廿九
12
星期日
S M T W T F S

〔英国〕

罗伯特·路易斯·斯蒂文森

1850年11月13日出生

十九世纪最伟大的作家之一，英国文学新浪漫主义的代表。代表作《金银岛》是他为继子创作的冒险小说，出版后受到各年龄层读者的喜爱，成为他最脍炙人口、驰名世界的作品。

在每个人身上，善与恶互相分离，又同时合成一个人的双重特征。

——《金银岛 化身博士》，荣如德、杨彩霞／译

（2004 年版）

2004 年第 1 版《金银岛》

以短篇小说见长，一生著有短篇小说一百三十五篇。

11月
November
癸卯年
十月初二

14
星期二

S M T W T F S

我的可爱之处就在于我是个很容易取悦的人。

——《萨基短篇小说选》，冯涛／译

2006年第1版《萨基短篇小说选》

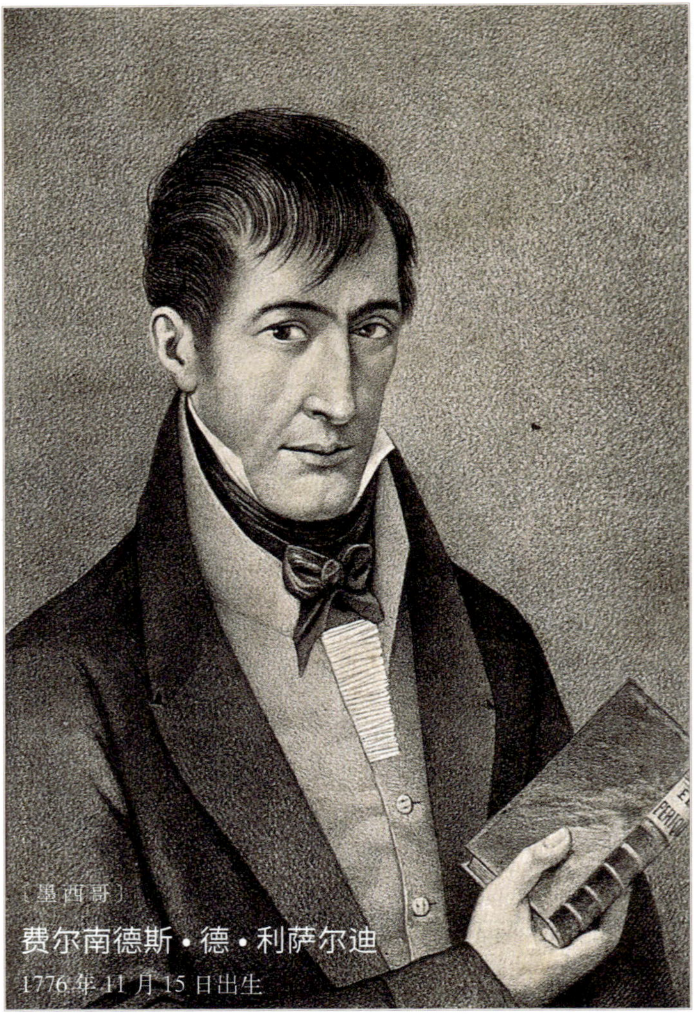

〔墨西哥〕

费尔南德斯·德·利萨尔迪

1776年11月15日出生

从事新闻写作，创办《墨西哥思想家》报。代表作《癞皮鹦鹉》是拉美长篇小说的开山鼻祖，真正的流浪汉小说。

* 〔德国〕盖哈特·霍普特曼　1886年11月15日出生

我头一次进学堂时穿的是绿上衣、黄裤子，因为这衣裤的颜色比较显眼，这便给我那些小哥儿们钻了空子，于是他们就管我叫小鹦鹉……我曾害过癣病，于是他们便给我安了个响当当的“癞皮”名头。

——《癞皮鹦鹉》，周末、怡友／译

1986 年第 1 版《癞皮鹦鹉》

11月
November
癸卯年
十月初三
15
星期三

S M T W T F S

1998 年成为至今唯一获得诺贝尔文学奖的葡萄牙作家。代表作《失明症漫记》是一部寓言式的小说。

• 想象、同情和讽刺支撑着他的寓言，让我们不断理解一个难以捉摸的现实。

——诺贝尔文学奖颁奖词

• 我活得很好，可世界却不是很好。《失明症漫记》不过是这个世界的一个缩影罢了。

——若泽 · 萨拉马戈

我想我们没有失明，我想我们现在不是盲人；能看得见的盲人；能看但又看不见的盲人。

——《失明症漫记》，范维信／译

11月
November
癸卯年
十月初四
16
星期四
S M T W T F S

2007 年诺贝尔文学奖得主。代表作《金色笔记》《野草在歌唱》。短篇集《对杰克·奥克尼的考验》捕捉到复杂的人际关系中所昭示的真相，让无法言说或羞于言说之意得以表达。

• 女性经验史诗的抒写者，以怀疑、激情和远见审视了一个分裂的文明。

——诺贝尔文学奖颁奖词

她虽然喜欢亲近和性爱以及样样式式的事情，但是她喜欢清晨独自醒来，还是她自己。

——《对杰克·奥克尼的考验》，裘因／译

（2019 年版）

1958 年第 1 版《高原牛的家》

电视剧《使女的故事》拍摄地

“加拿大文学女王”，四次提名英国布克奖后于 2000 年获奖。《使女的故事》是她最著名也最畅销的长篇小说，叙述奥芙弗雷德被迫成为生育机器“使女”的故事，表达了对男女生存状况的思考。

* 〔德国〕克劳斯 · 曼　1906 年 11 月 18 日出生

不管你怎么加工，故事的结局只有一个。

——《她们笔下的她们》，西木／译

2015 年第 1 版《她们笔下的她们》

犹太女作家，第二次世界大战中德国“流亡文学”旗手。1942 年出版长篇小说《第七个十字架》，小说主人公冲破重重险阻，从集中营越狱逃脱纳粹魔爪。1944 年小说改编为同名电影。

突然他看见海斯勒出现在他面前：还是最后审讯过的那样子，嘴巴裂开，两只蔑视一切的眼睛。

——《第七个十字架》，常风、赵全章、赵荣普／译

1955 年第 1 版《第一步》

〔德国〕

沃尔夫冈·博尔歇特

1947年11月20日去世

第二次世界大战后德国“废墟文学”代表。主要作品有戏剧《大门之外》、小说《面包》《厨房的钟》《夜里老鼠们要睡觉》等，反映战争对士兵和普通民众的摧残以及灾难中人性的温暖。

他非常小声地说：我弟弟，他就在这下面……尤尔根用木棍指着倒塌了的墙垣。我们的房子挨了一颗炸弹。地下室里的灯一下子就没了。他也没了……他比我小很多。才四岁。

——《夜里老鼠们要睡觉》，任卫东、邱袁炜／译

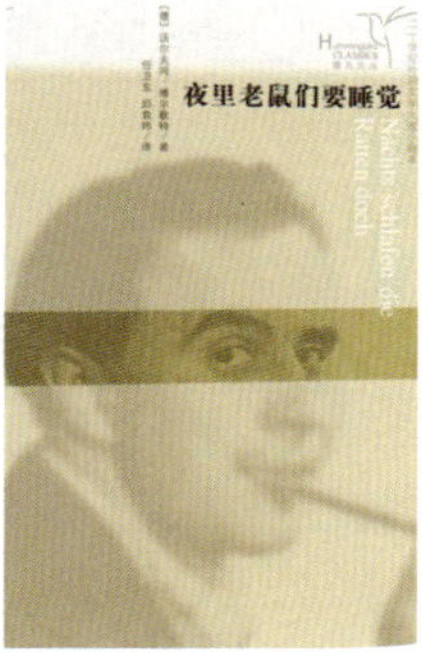

2018 年第 1 版《夜里老鼠们要睡觉》

法国启蒙运动泰斗，“法兰西思想之王”“欧洲的良心”。《老实人》等哲理小说是伏尔泰文学作品中最富生命力的一部分。

• 伏尔泰的名字所代表的不是一个人，而是整整一个时代。

——〔法国〕维克多 · 雨果

老实人道："说得很妙；可是种咱们的园地要紧。"

——《伏尔泰小说选》，傅雷／译

（2020 年版）

1955 年第 1 版《老实人》

〔英国〕

乔治·爱略特

1819 年 11 月 22 日出生

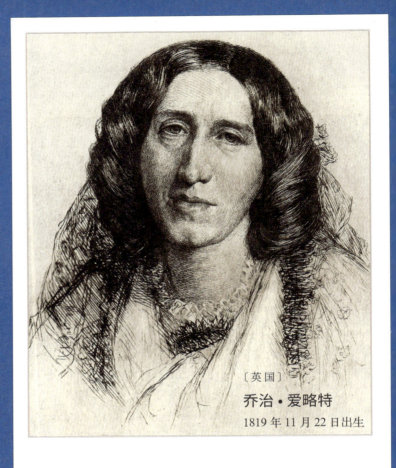

小说家、诗人，以对人物心理细致入微的描写著称。代表作《米德尔马契》被评论家 F. R. 利维斯誉为“有史以来最伟大的英语小说”。

* 〔法国〕安德烈·纪德　1869 年 11 月 22 日出生

11月
November
癸卯年
十月初十
22

星期三

S M T W T F S

要了解别人的灵魂，对年轻人说来，并不那么容易，他们的认识大多是由他们的主观愿望构成的。

——《米德尔马契》，项星耀／译

（2018 年版）

1987 年第 1 版《米德尔马契》

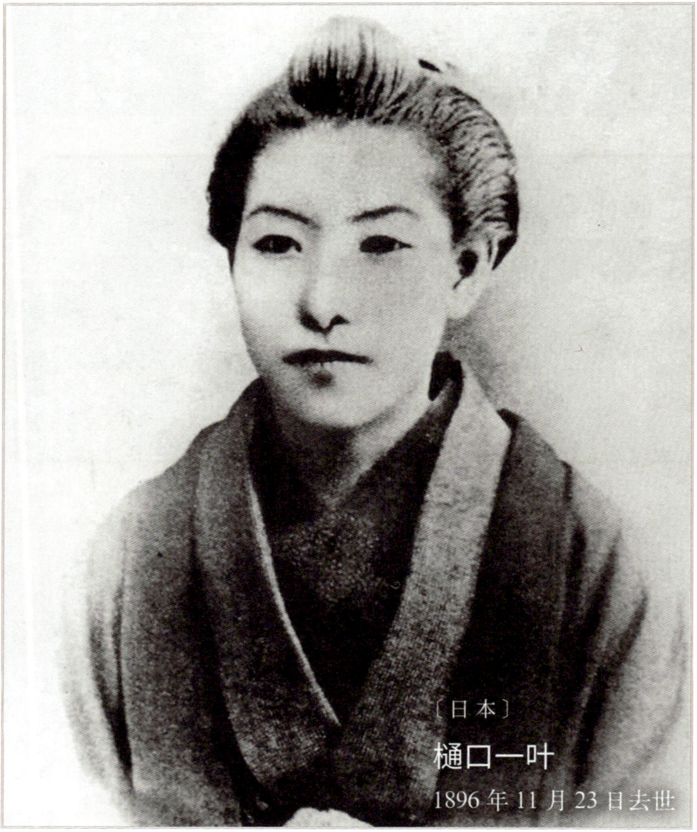

〔日本〕
樋口一叶
1896 年 11 月 23 日去世

日本近代文学史上第一位女性职业作家，善用古典的细腻笔法描绘世间百态，尤其擅长剖析女性心理。代表作《青梅竹马》。

• 她的《青梅竹马》是我读到的最优美的爱情篇章。

——余华

11月
November
癸卯年
十月十一
23
星期四

S M T W T F S

说着说着，信如转头往田街的姐姐家，长吉则往自己家，两人各自走向了相反的方向。只剩下那条还残存着某人思念的红友禅染布，孤零零地躺在格子门外。

——《青梅竹马》

1962 年第 1 版《樋口一叶选集》

十八世纪英国最伟大的小说家之一，世界文学中罕见的天才。他借《项狄传》人物约里克牧师之口，讲述自己在英法战争期间前往法国和意大利旅行的经历。《多情客游记》是其感伤主义代表作。

＊〔印度〕阿兰达蒂 · 洛伊　1961 年 11 月 24 日出生

我们在世上有所进展，与其说是靠为人效劳，不如说接受效劳：如果你拿一根枯枝栽在地上，然后就要浇水，因为你栽了它。

——《多情客游记》，石永礼／译

（2020 年版）

1990 年第 1 版《多情客游记》

11 月
November
癸卯年
十月十二
24
星期五
S M T W T F S

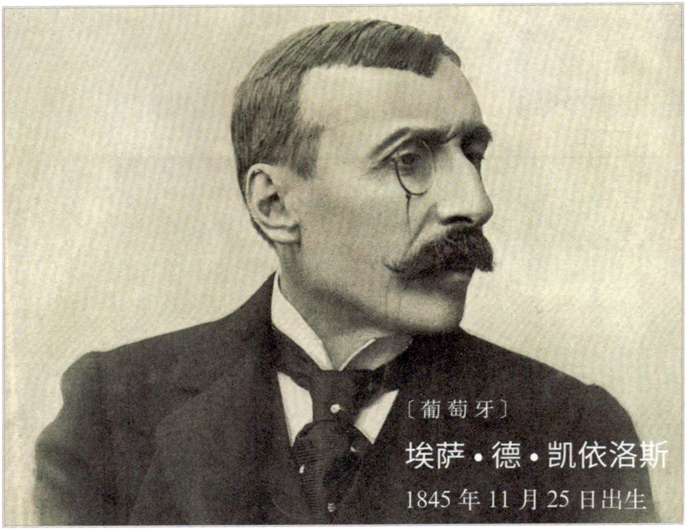

小说家、外交官，现实主义文学代表人物。代表作《马亚一家》通过记述葡萄牙一个古老贵族世家的没落，以及年轻一代知识分子对待生活的态度，反映出十九世纪末葡萄牙上层社会的保守凝滞和缺乏生机，即被称为“世纪病”的精神状态。

* 〔西班牙〕洛佩·德·维加　1562年11月25日出生

在他深深的悲痛之中，他意识到心灵的一角有一块小小的地方，那里有一种十分甜蜜、十分新颖的东西，带着复苏的新的生命力在搏动，就像在他身上的某个地方正在迸发一股甘甜的清泉，充满了未来的欢乐。

——《马亚一家》，张宝生、任吉生／译

1988 年第 1 版《马亚一家》

11月
November
癸卯年
十月十三
25
星期六
S M T W T F S

美国艾奥瓦大学教授，当代作家。代表作《基列家书》用“父与子”的主题诠释了一个属于美国的悲伤故事，隽永而平实地呈现了存在本身神秘而惊人的力量。

• 恬静的美，犹如一首令人心旷神怡的散文诗；严肃的主题、深邃的思想更让人难以释卷。

——《华盛顿邮报》（评《基列家书》）

谁都知道，生活表面之下潜藏着许多不为人知的东西。许多怨恨、恐惧、歉疚，还有无边的寂寥，你都休想真的指望在什么地方找到。

——《基列家书》，李尧／译

2007 年第 1 版《基列家书》

11月
November
癸卯年
十月十四
26
星期日
S M T W T F S

1936 年诺贝尔文学奖得主。《天边外》《安娜·克里斯蒂》《奇异的插曲》《进入黑夜的漫长旅程》曾分获普利策戏剧奖。

· 体现了传统悲剧概念的剧作所具有的魅力、真挚和深沉的激情。

——诺贝尔文学奖颁奖词

任何姑娘嫁给水手，一定是个发了疯的傻瓜！

——《安娜·克里斯蒂》，欧阳基／译

（2020 年版）

2007 年第 1 版《奥尼尔剧作选》

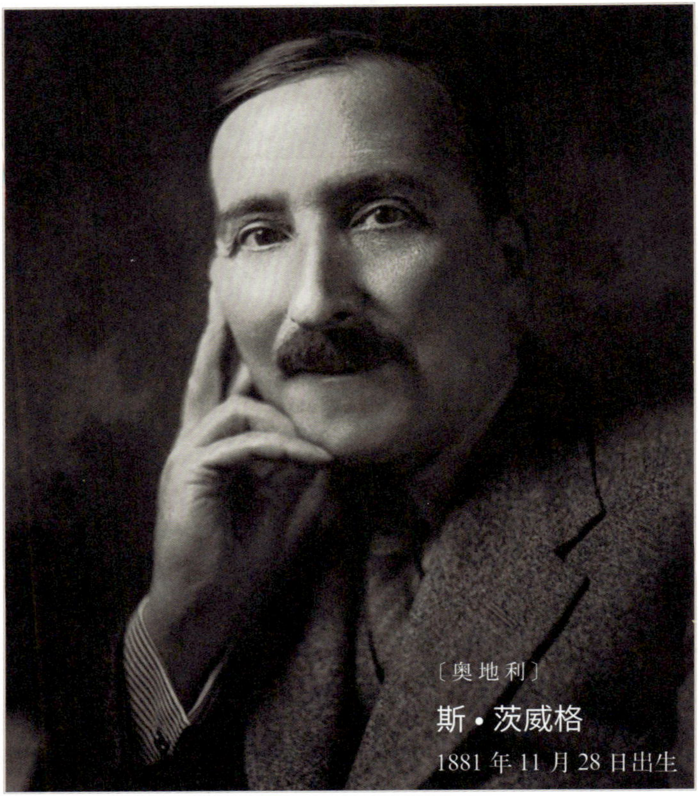

小说家、传记作家，中国读者最喜爱的德语作家之一。其作品以细腻的心理分析见长，尤为擅长女性心理刻画。代表作《一个陌生女人的来信》《良心反抗暴力》。

* 〔苏联〕康 · 米 · 西蒙诺夫　1915 年 11 月 28 日出生

我一头栽进我的命运，就像跌进一个深渊。

——《一个陌生女人的来信》，张玉书／译

（2019 年版）

1979 年第 1 版《斯蒂芬·茨威格小说四篇》

〔德国〕

威廉·豪夫

1802年11月29日出生

小说家、诗人，文学史上一个彗星般的人物，其文风干净利落，明朗自然。《豪夫童话》是世界儿童文学瑰宝，《年轻的英国人》《冷酷的心》等名篇因其深刻性受到成年读者喜爱。

11月
November
癸卯年
十月十七
29
星期三
S M T W T F S

“可是他们现在胸膛里装着什么呢？”彼得问道。

“就是这个。”……一颗石头心。

——《豪夫童话》，傅韫宸／译

（2006年版）

1963年第1版《豪夫童话集》

〔美国〕

马克·吐温

1835 年 11 月 30 日出生

十九世纪后期美国现实主义文学的杰出代表。代表作《汤姆·索亚历险记》以欢快的笔调描写了少年儿童自由活泼的心灵，以深具地方特色的幽默和对人物的敏锐观察，成为最伟大的儿童文学作品之一。

· 马克·吐温是第一位真正的美国作家，我们都是继承他而来。

——〔美国〕威廉·福克纳

* 〔加拿大〕露西·莫德·蒙哥马利　1874 年 11 月 30 日出生

11月

November

癸卯年

十月十八

30

星期四

S M T W T F S

他发现了人类行为的一个大法则，自己还不知道——那就是，为了要使一个大人或是一个小孩极想干某样事情，只需要设法把那件事情弄得不易到手就行了。

——《汤姆·索亚历险记》，张友松／译

（2015 年版）

1954 年第 1 版《马克·吐温短篇小说集》

1 特佩特利斯帕
索尔·胡安娜·伊内斯·德·拉·克鲁斯

2 蒙特雷　阿尔丰索·雷耶斯

3 瓜达拉哈拉　阿古斯丁·亚涅斯

4 墨西哥城　奥克塔维奥·帕斯

5 阿普尔科　胡安·鲁尔福

6 巴拿马城　卡洛斯·富恩特斯

7 维库尼亚　加夫列拉·米斯特拉尔

8 帕拉尔　巴勃罗·聂鲁达

9 圣地亚哥　何塞·多诺索

10 利马　伊莎贝尔·阿连德

11 巴列斯特尔　何塞·埃尔南德斯

12 布宜诺斯艾利斯　豪尔赫·路易斯·博尔赫斯/阿道夫·比奥伊·卡萨雷斯

13 罗哈斯　埃内斯托·萨瓦托

14 帕索德洛斯托罗斯　马里奥·贝内德蒂

15 里韦拉　何塞·埃乌斯塔西奥·里维拉

16 阿拉卡塔卡　加夫列尔·加西亚·马尔克斯

17 福塔莱萨　若泽·德·阿伦卡尔

18 里约热内卢　马查多·德·阿西斯

19 坎塔加卢　欧克里德斯·达·库尼亚

20 伊塔布纳　若热·亚马多

21 茹伊斯迪福拉　鲁本·丰塞卡

22 库斯科　印卡·加西拉索·德·拉·维加

23 圣地亚哥德丘科　塞萨尔·巴列霍

24 加拉加斯　罗慕洛·加列戈斯

25 哈瓦那　何塞·马蒂

26 卡马圭　尼古拉斯·纪廉

27 危地马拉城　米格尔·安赫尔·阿斯图里亚斯

28 达里奥　鲁文·达里奥

29 马萨特佩　塞尔希奥·拉米雷斯

拉　美　文　学　地　图

12 月

December

					1	2
3	4	5	6	7	8	9
10	11	12	13	14	15	16
17	18	19	20	21	22	23
24	25	26	27	28	29	30
31						
S	M	T	W	T	F	S

日本无产阶级文学代表小说家。代表作《蟹工船》是日本无产阶级文学的“金字塔”，也是当代“穷忙族”的必读书。

12月
December

癸卯年
十月十九

1

星期五

S M T W T F S

章鱼想要活命，就得吞噬自己的手足。这些工人不正是这样吗？谁都可以在这里肆无忌惮地进行“原始”剥削，这里遍地都能挖掘到“利润”。

——《蟹工船》，应杰、秦刚／译

（2009年版）

1955年第1版《蟹工船》

二十世纪法国传奇作家，至今唯一一位两次获得龚古尔文学奖的作家。

•《欧洲教育》是最好的抵抗运动小说。

——〔法国〕让－保尔·萨特

欧洲一直拥有世上最好、最美的大学，在那儿产生了我们最美好的思想，给最伟大的作品带来灵感的思想，就是自由、人的尊严和博爱这些概念。欧洲的大学是文明的摇篮。但还有另一种欧洲教育，我们当前正在接受的教育：行刑队，奴役，酷刑，强暴——摧毁一切令生活美好的东西。这是黑暗的时刻。

——《欧洲教育》，王文融／译

（2019 年版）

2006 年第 1 版《欧洲教育》

波兰裔英国小说家，用英语写作的最伟大的小说家之一，现代主义文学先驱。代表作《吉姆爷》被称为二十世纪第一部杰出的现代主义小说，《黑暗深处》是英国文学史上第一部真正意义上的现代主义小说，《水仙花号上的黑水手》是康拉德著名的“海洋小说”代表作之一。

12月
December
癸卯年
十月廿一
3
星期日
S M T W T F S

整个世界静得奇妙，星星和它们发出的宁静的光芒，似乎在向大地保证着永久的安宁。

——《吉姆爷　黑暗深处　水仙花号上的黑水手》，熊蕾／译

（1998年版）

1959年第1版《吉姆爷》

〔英国〕

塞缪尔·巴特勒

1835 年 12 月 4 日出生

活跃于维多利亚时代的反传统英国作家。代表作《众生之路》是一部半自传体小说，淋漓尽致地描绘了巴特勒的儿时生活。

· 十九世纪后半期英国最伟大的作家。

——〔爱尔兰〕乔治 · 萧伯纳

12 月
December

癸卯年
十月廿二

4

星期一

S M T W T F S

他一直是他自己的最大的敌人。

——《众生之路》，黄雨石／译

1985 年第 1 版《众生之路》

〔法国〕

大仲马

1870年12月5日去世

十九世纪法国最多产、最受民众欢迎的作家之一，留下几十部戏剧作品和一百多部小说。代表作《基度山伯爵》（又译《基度山恩仇记》）是他最富有正义感的佳作，讲述了一个离奇的复仇故事。

• 大仲马之于小说，犹如莫扎特之于音乐，已达到艺术的顶峰。过去、现在和将来，都无人能超越大仲马的小说和剧本。

——〔爱尔兰〕乔治·萧伯纳

人类的一切智慧是包含在这四个字里面的："等待"和"希望"。

——《基度山伯爵》，蒋学模／译

（2015年版）

1978年第1版《基度山伯爵》

继承了奥地利文学对语言的怀疑和批判意识，同时天马行空独来独往。因“以富于独创性的语言对人类经验的边缘地带和独特性进行的探索”被授予 2019 年诺贝尔文学奖。代表作有话剧《骂观众》，小说《守门员面对罚点球时的焦虑》，电影剧本《柏林苍穹下》。

- 德语文学活着的经典。

——〔奥地利〕埃尔弗里德 · 耶利内克

- 人人都以为我写这些很容易，好像我有一种天生的描写天分。其实，每一次我都要努力很长时间，才能找到那个既简单又新颖的词。我的秘密就在句子里，通过细微的变化获取有异于日常的含义。

——彼得 · 汉德克

当孩子还是孩子，
他步履蹒跚双手乱晃，
幻想小溪变成河流，
河流变成大江，
小水坑变成海洋。

——《柏林苍穹下》，佚名／译

“文学爆炸”主将。代表作《污秽的夜鸟》是具有实验性的新小说，书中一切秩序都被打乱了。

• 一切探索，只要充满激情，就都有价值，不管是走向滑稽的激情，或是走向悲剧的激情。

——何塞·多诺索

嘭！“文学爆炸”是一场游戏，也许，更确切一点说，是一种培养液，在西班牙语美洲长达十年的时间内，滋养了疲惫不堪的小说形式，然后它即将消失。

——《“文学爆炸”亲历记》，段若川／译

（2021 年版）

2021 年第 1 版《“文学爆炸”亲历记》

〔古罗马〕

贺拉斯

约前 65 年 12 月 8 日出生

古罗马文学“黄金时代”的诗人、翻译家。诗体书信集《诗艺》是诗人的实践之谈，在欧洲古代文艺学中占承前启后的地位。

＊〔爱尔兰〕约翰 · 班维尔　1945 年 12 月 8 日出生

12月
December
癸卯年
十月廿六

8

星期五

S M T W T F S

一首诗仅仅具有美是不够的，还必须有魅力，必须能按作者愿望左右读者的心灵。你自己先要笑，才能引起别人脸上的笑，同样，你自己得哭，才能在别人脸上引起哭的反应。

——《诗艺》，杨周翰／译

（2008 年版）

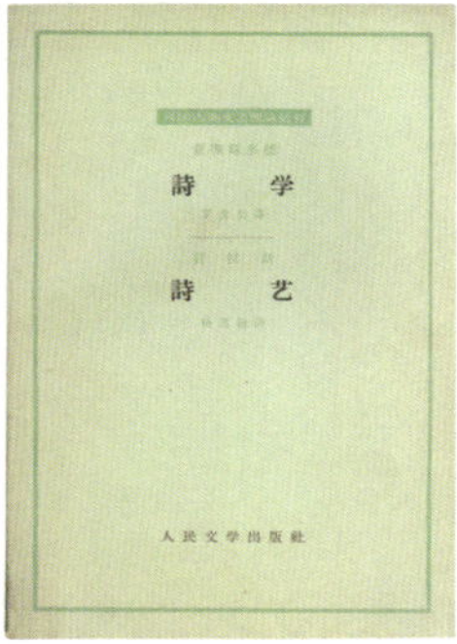

1962 年第 1 版《诗学　诗艺》

日本“国民大作家”，头像曾被印在一千日元纸币上，足见其在日本国民心目中的地位。长篇小说处女作《我是猫》也是其代表作，小说以独树一帜的手法，开创了一个崭新的日本近代文学分野——私小说，奠定了夏目漱石在日本文学史上的不朽地位。

- 夏目的著作以想象丰富、文词精美见称。早年所作，登在徘谐杂志《子规》上的《哥儿》《我是猫》诸篇，轻快洒脱，富于机智，是明治文坛上的新江户艺术的主流，当世无与匹者。

——鲁迅

* 〔英国〕约翰·弥尔顿　1608年12月9日出生

人类究竟要固执己见到什么程度才肯罢休呢？

——《我是猫》，阎小妹／译

2020年版《我是猫》

〔意大利〕

路易吉·皮兰德娄

1936 年 12 月 10 日去世

剧作家，1934 年诺贝尔文学奖得主。代表作《六个寻找剧作家的角色》是一出戏中戏，揭示了人们相互折磨的原因在于人的“自我”变幻不定。

• 他果敢而灵巧地复兴了戏剧艺术和舞台艺术。

——诺贝尔文学奖颁奖词

＊〔美国〕艾米莉·狄金森　1830 年 12 月 10 日出生

12月
December
癸卯年
十月廿八
10
星期日
S M T W T F S

当你的某一行动使你陷入一种不幸的困境，突然遭到人们的冷嘲热讽时，你就会发现，人们用这唯一的准则、以这一次行动来判断你的一生，仿佛你的一辈子都断送在这件事情上了，因此而羞辱你，这是多么的不公平！

——《六个寻找剧作家的角色》，吴正仪／译

1984年第1版《皮蓝德娄戏剧二种》

〔法国〕

阿·德·缪塞

1810 年 12 月 11 日出生

十九世纪法国浪漫主义诗人、小说家、剧作家。早年被称为浪漫主义的“顽皮孩子”，中年以后表现出对人生和社会问题的关怀。1852 年当选法兰西学术院院士。代表作《一个世纪儿的忏悔》创造了“世纪病”这个新名词。

- 如果说雨果的浪漫剧是从文学运动的声势方面，显示了浪漫主义戏剧的成果，那么，缪塞的剧作则是从艺术风格上，标志了浪漫主义剧作文学所达到的水平。

——柳鸣九

- 不为戏而戏的自然境界。

——李健吾

我自己成了一个破旧什物的大铺子，终于因为多喝了新的和未知的东西，竟不再觉得口渴了，我发现我本人就是一座废墟。

——《一个世纪儿的忏悔》，梁均／译

（2020 年版）

1961 年第 1 版《缪塞诗选》

12 月

December

癸卯年

十月廿九

11

星期一

S M T W T F S

〔苏联〕

钦·托·艾特马托夫

1928年12月12日出生

吉尔吉斯斯坦当代文学泰斗。法国作家阿拉贡认为他的《查密莉雅》是《罗密欧与朱丽叶》之后最美的爱情故事，并亲自将它译为法文。《白轮船》是作家的巅峰之作，被定义为自然哲理小说。

• 在世界人民的心中，他早就是诺奖得主了，只不过那个形式最终没有履行而已。

——迟子建

* 〔俄国〕尼·米·卡拉姆津　1766年12月12日出生

使我感到安慰的还有，人是有童心的，就像种子有胚芽一样。没有胚芽，种子是不能生长的。不管世界上有什么在等待着我们，只要有人出生和死亡，真理就永远存在……

——《白轮船》，力冈／译

（2020 年版）

1965 年第 1 版《艾伊特玛托夫小说集》（黄皮书）

伟大的德国诗人和散文家。他的诗或柔情似水，或嬉笑怒骂，被作曲家写入三千多首歌曲，很多传唱至今。代表作《德国，一个冬天的童话》《罗莱蕾》等。

“梭子在飞，织机在响，
我们织布，日夜匆忙——
老德意志，我们在织你的尸布，
我们织进去三重的诅咒，
我们织，我们织！”

——《海涅诗选》，冯至／译

（2018 年版）

1956 年第 1 版《海涅诗选》

12 月
December
癸卯年
十一月初一
13
星期三
S M T W T F S

〔西班牙〕

维森特·阿莱克桑德雷

1984 年 12 月 14 日去世

西班牙"27 年一代"诗人，1977 年诺贝尔文学奖得主。代表作《天堂的影子》历时五年写成，表达了诗人对因西班牙内战而丧失了的美好世界的渴望。

· 他那些具有创造性的诗作继承了西班牙抒情诗的传统并汲取了现代派的风格，描述了人在宇宙和当今社会中的状况。

——诺贝尔文学奖颁奖词

＊〔法国〕保尔 · 艾吕雅　1895 年 12 月 14 日出生

外国文学雕刻时光

12月
December
癸卯年
十一月初二
14
星期四

S M T W T F S

去倾听我递到你手中的这本书
带着林莽的姿态，
但那里一滴最清凉的露珠蓦然闪耀于一朵玫瑰，
抑或能看见世界的欲望搏动。

——《天堂的影子》，范晔／译

2020年第1版《天堂的影子》

〔日本〕

谷川俊太郎

1931 年 12 月 15 日出生

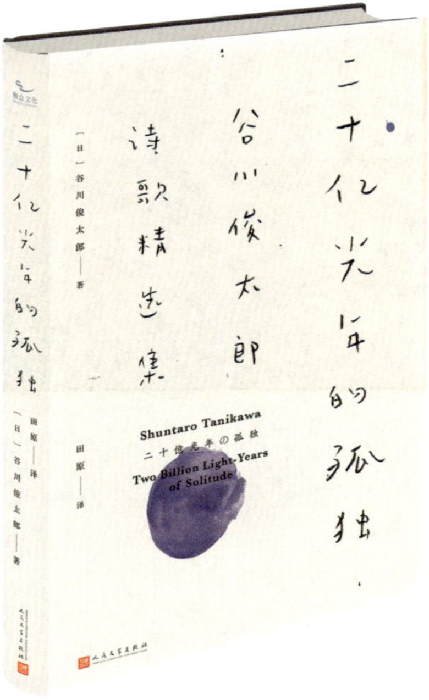

2016 年第 1 版《二十亿光年的孤独》

日本当代诗坛最有影响力的诗人，曾为宫崎骏、手冢治虫的动画片作词，影响了村上春树、大江健三郎等人。《二十亿光年的孤独》汇集作家本人遴选的艺术成就与流传度完美结合的篇目，是一部不可多得的谷川俊太郎诗歌集。

活着
六月的百合花让我活着
死去的鱼让我活着
被雨淋湿的狗崽
和那天的晚霞让我活着

——《二十亿光年的孤独》，田原／译

〔英国〕

简·奥斯丁

1775 年 12 月 16 日出生

英语文学最伟大的作家之一。代表作《傲慢与偏见》是全世界读者公认的爱情经典，在英国广播公司评选的“有史以来最伟大的百部小说”中名列第二。代表作《理智与情感》《傲慢与偏见》等。

饶有家资的单身男子必定想要娶妻室，这是举世公认的真情实理。

——《傲慢与偏见》，张玲、张扬／译

（2015 年版）

1993 年第 1 版《傲慢与偏见》

法国诗人、小说家、戏剧家和翻译家，法兰西学院第一位女院士。

• 但愿我们三百五十年来选出的男人全都具有您这样一位妇女的广博的才华。

——法兰西学院典礼致辞

12月
December
癸卯年
十一月初五
17
星期日
S M T W T F S

现在海上的景色美不胜收，和风宜人，海鸟正在筑巢。师傅，我们起程吧，到大海之外的地方去。

——《东方故事集》，林青／译

1987年第1版《东方故事集》

〔苏联〕

亚·特·特瓦尔多夫斯基

1971 年 12 月 18 日去世

苏联时期重要诗人，坚持“写真实”“写普通人”的原则，擅于在长诗创作中追踪时代脉搏，有“旅途诗人”之称。长诗代表作《春草国》获 1941 年斯大林文学奖。

12月
December
癸卯年
十一月初六
18
星期一
S M T W T F S

电线杆一队队奔向前方，
电线在田野上嗡嗡地唱。
火车轰轰隆隆走铁路，
江河浩浩荡荡归海洋。

——《春草国》，飞白／译

（1958年版）

1958年第1版《春草国》

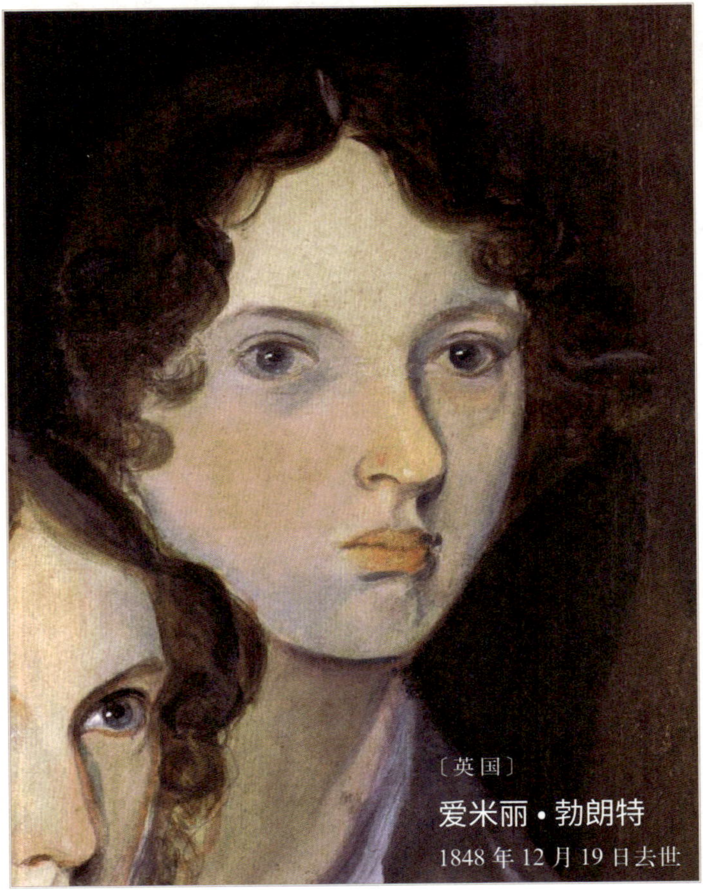

天才型女作家。代表作《呼啸山庄》带领我们穿过一片忧郁的荒原，触及强烈的激情、极度的爱与恨，以及只有经历过的人才能理解的悲伤。

12月 December

癸卯年
十一月初七

19

星期二

S M T W T F S

我爱他并不是因为他长得漂亮，而是因为他比我更像我自己。

——《呼啸山庄》，张玲、张扬／译

（2015年版）

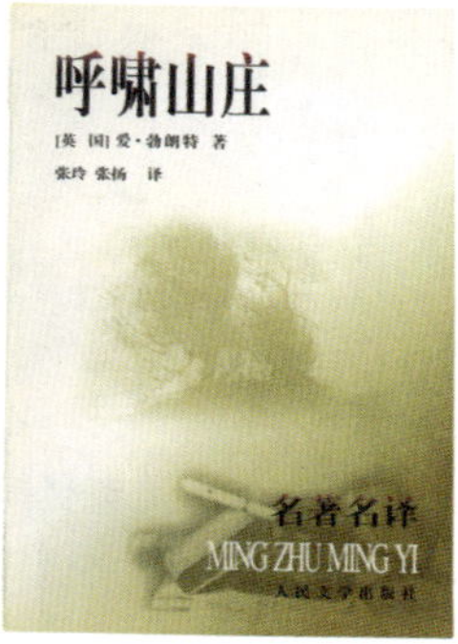

1999年第1版《呼啸山庄》

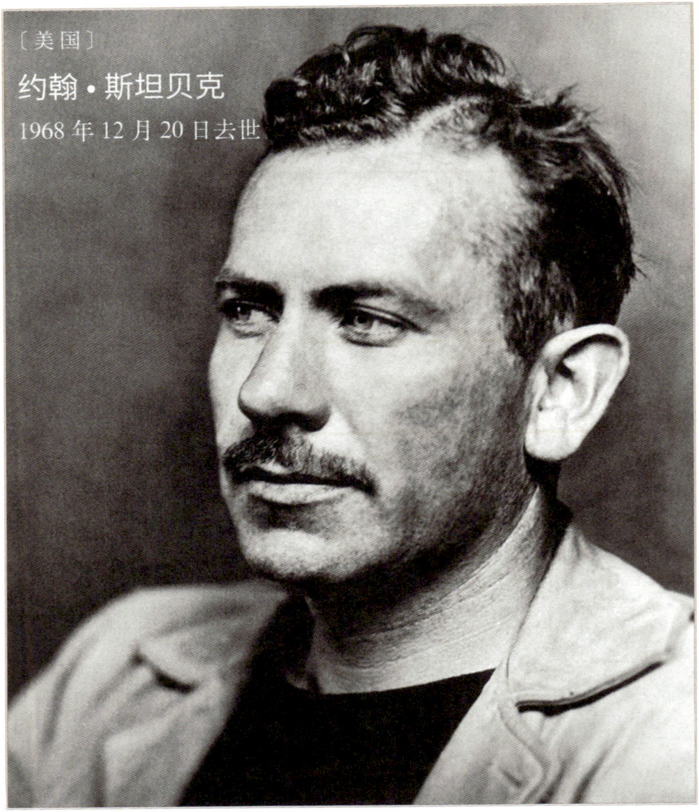

1962 年诺贝尔文学奖得主。代表作《愤怒的葡萄》反映了美国一代破产农民的觉醒之路，获 1939 年美国国家图书奖、1940 年普利策小说奖。

- 通过现实主义的、富于想象的创作，表现出蕴含同情的幽默和对社会的敏锐的观察。

——诺贝尔文学奖颁奖词

12月
December
癸卯年
十一月初八
20
星期三
S M T W T F S

人人都应该自己解决自己的问题。

——《愤怒的葡萄》，胡仲持／译

1959年第1版《愤怒的葡萄》

〔意大利〕

乔凡尼·薄伽丘

1375 年 12 月 21 日去世

人文主义作家、文艺复兴先驱。代表作《十日谈》是欧洲文学史上第一部现实主义巨著，与《神曲》并称“人曲”。

* 〔日本〕松本清张　1909 年 12 月 21 日出生

12 月

December

癸卯年

十一月初九

21

星期四

S M T W T F S

友谊的纽带比血缘的纽带牢固得多，因为朋友是我们自己选择的，而亲戚是命运安排的，由不得我们选择。

——《十日谈》，王永年／译

（2020 年版）

1994 年第 1 版《十日谈》

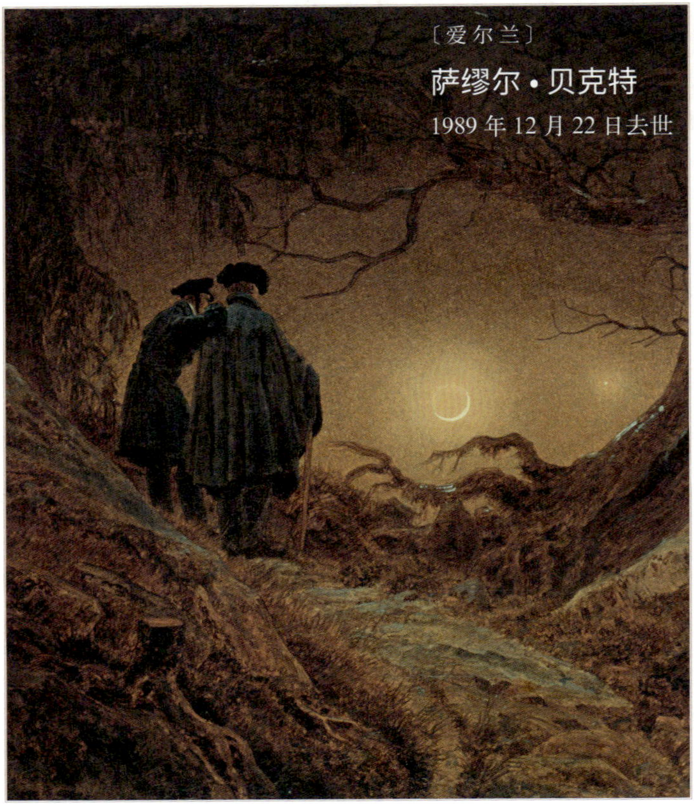

荒诞派戏剧代表作家，1969年诺贝尔文学奖得主。他的《等待戈多》是荒诞派戏剧的经典代表作，讲述两个年轻人等待一个叫戈多的人，却迟迟不见人来，表达“什么也没有发生、谁也没有来、谁也没有去”的悲剧。

• 他那具有新奇形式的小说和戏剧作品，使现代人从贫困境地中得到振奋。

——诺贝尔文学奖颁奖词

你就是这样一个人，脚出了毛病，反倒责怪靴子。

——《等待戈多》，施咸荣／译

（2002 年版）

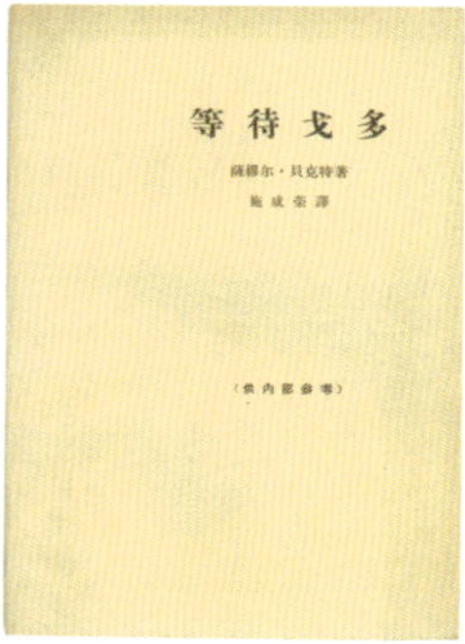

1965 年第 1 版《等待戈多》（黄皮书）

1951 年凭借长篇小说《司机》获得斯大林文学奖，1973 年凭借中篇小说《无名小卒》获得国家文学奖。中国读者熟悉他的疾呼改革的《阿尔巴特街的儿女》，但改革后雷巴科夫大失所望。

- 我是严格遵循事实的。要知道，我明白我是在写什么以及人们将怎样来读它。

——阿·纳·雷巴科夫

历史的转折可不能靠慈悲心肠实现。

——《阿尔巴特街的儿女》，夏仲翼、刘宗次／译

1955年第1版《司机》

苏联代表作家之一，兼容客观描写、心理分析和浪漫抒情。长篇小说《青年近卫军》堪称战后苏联文学的典范，和小说《毁灭》共同影响了几代中国读者。

12月

December

癸卯年
十一月十二

24

星期日

S M T W T F S

这些眼泪里面，有的眼泪是出于无力、恐惧、肉体难忍的直接的痛苦，但是也有多少崇高的、神圣的、高贵的——人类从未流过的最神圣、最高贵的眼泪啊！

——《叶水夫译青年近卫军》

（2023年版）

1952年第1版《毁灭》

〔阿拉伯〕

艾布·努瓦斯

约 762 年出生

〔黎巴嫩〕纪伯伦·哈利勒·纪伯伦　绘

著名咏酒诗人。代表作《管弦声伴美酒香》是阿拔斯王朝繁华奢靡生活的写照，反映了诗人落拓不羁的性格和自由开放的主张。

这佳酿存放得是那样久，
如果它有舌头能开口。
一定会像一个驼背老人，
叙述往事数风流。

——《阿拉伯古代诗选》，仲跻昆／译

（2020 年版）

12 月
December
癸卯年
十一月十三
25
星期一

S M T W T F S

魔幻现实主义先驱、音乐理论家。代表作《人间王国》的序言被视为拉美魔幻现实主义乃至拉美当代小说的宣言。

· 整个美洲的历史不就是一部神奇现实的编年史吗？

——阿莱霍·卡彭铁尔

12月

December

癸卯年

十一月十四

26

星期二

S M T W T F S

这持续不断、有节奏的浪涛声，因其持久而酷似寂静，这是人类在听不到类似自己的声音时误以为的寂静。这是具有活力、搏动着的、丰满的寂静，而不是那种戛然而止、硬生生的寂静。

——《光明世纪》，刘玉树／译

2013年第1版《光明世纪》

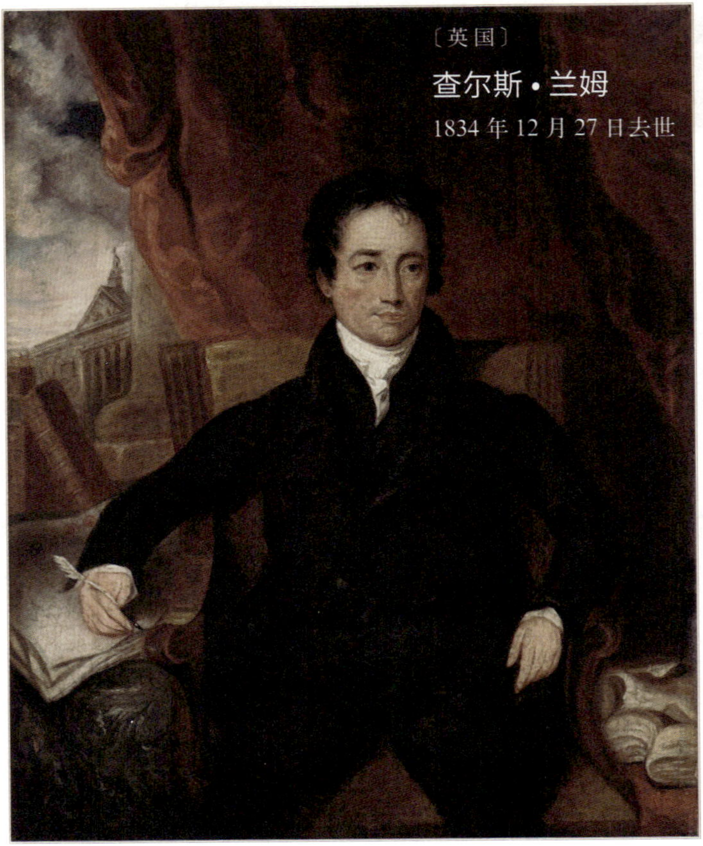

〔英国〕

查尔斯·兰姆

1834 年 12 月 27 日去世

散文家、诗人，享有世界声誉。代表作《莎士比亚戏剧故事集》是公认的普及莎士比亚戏剧的杰作，在世界文学史上占据重要位置。兰姆姐弟二人在改写作品时采用的语言淡然隽永，叙事风格优美。

如今只要单单提起爱情这个字眼儿，我就能够三顿饭都吃不下，也不想睡觉了。

——《莎士比亚戏剧故事集》，萧乾／译

（2007 年版）

2004 年第 1 版《莎士比亚戏剧故事集》

12 月
December
癸卯年
十一月十五
27
星期三
S M T W T F S

〔美国〕

德莱塞

1945年12月28日去世

美国现代小说先驱。代表作《嘉莉妹妹》。

- 《嘉莉妹妹》像一股自由、强劲的西风吹进闭塞、沉闷的美国，给我们滞塞的个人天地里带来了自马克·吐温和沃尔特·惠特曼以来的第一缕新鲜空气。

——〔美国〕辛克莱·刘易斯

使人步入歧途的，常常不是灵魂的罪恶，而是对美的渴望。

——《嘉莉妹妹》，潘庆舲／译

（2018 年版）

1984 年第 1 版《德莱塞短篇小说选》

〔奥地利〕

里尔克

1926年12月29日去世

杰出的现代德语诗人，带着童年的寂寞和暗淡，终生孤独地寻找精神故乡，在诗句中化敏锐的感知和哲思为精致独特的意象。

满怀信心地立在春日的暴风雨中……夏天终归是会来的。但它只向着忍耐的人们走来。

——《里尔克读本》，冯至／译

（2011 年版）

1996 年第 1 版《里尔克诗选》

〔英国〕

约瑟夫·拉迪亚德·吉卜林

1865 年 12 月 30 日出生

1907 年诺贝尔文学奖得主。代表作《原来如此的故事》是一本关乎世界起源、物种进化与人类文明的幻想故事书，献给满心好奇的孩子和热情不灭的大人。

· 观察的能力、想象的新颖、思维的雄厚和叙事的杰出才能。

——诺贝尔文学奖颁奖词

猫总是独来独往，想去什么地方就去什么地方。

——《原来如此的故事》，曹明伦／译

（2017 年版）

1999 年第 1 版《勇敢的船长》

12 月

December

癸卯年

十一月十八

30

星期六

S M T W T F S

〔西班牙〕

米格尔·德·乌纳穆诺

1936 年 12 月 31 日去世

西班牙“98 年一代”最具哲学底蕴的作家。代表作《迷雾》情绪低沉，是对人生的苦涩嘲笑。

- 你们可以以力服人，但不能以理服人。

——1936 年校长乌纳穆诺在萨拉曼卡大学开学典礼讲话

- 有一天，在我的脑子里出现了一个不幸的虚构的人，一个确实可以写进小说的人物，一个乞求生命的角色。

——米格尔·德·乌纳穆诺

* 〔日本〕林芙美子　1903 年 12 月 31 日出生

您要当心，我亲爱的堂米格尔，您可别变成虚构的人。实际不存在的人，不活也不死的人。

——《迷雾》，朱景冬／译

乌纳穆诺自画像

12月
December
癸卯年
十一月十九

31

星期日

S M T W T F S

外国古典文学名著丛书

精装

1956 年

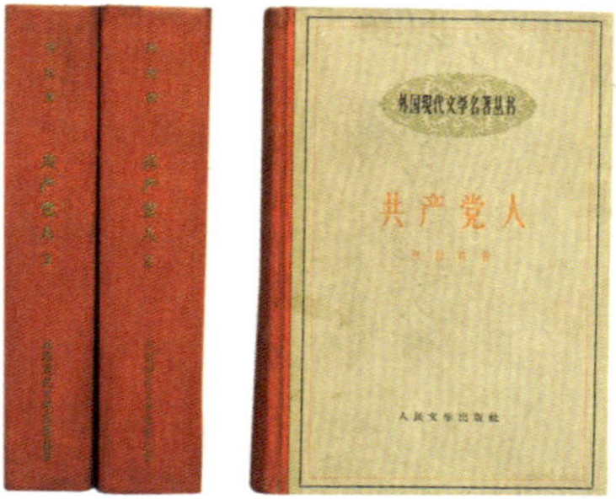

外国现代文学名著丛书

精装

1959 年

外国古典文艺理论丛书

平装

1959 年

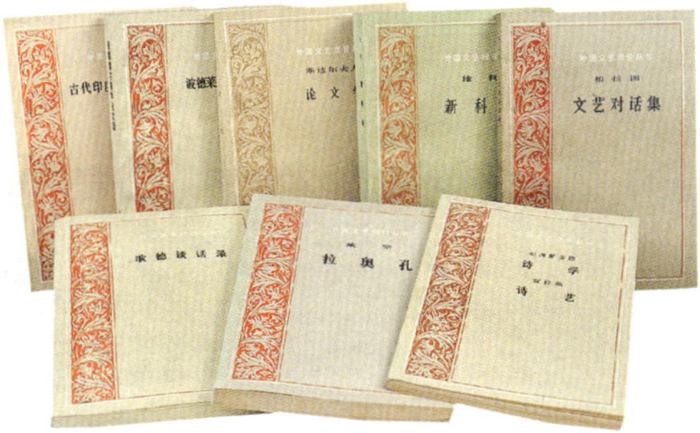

外国文艺理论丛书

平装

1980 年

外国文学名著丛书

平装

1956 年

外国文学名著丛书

精装

1956 年

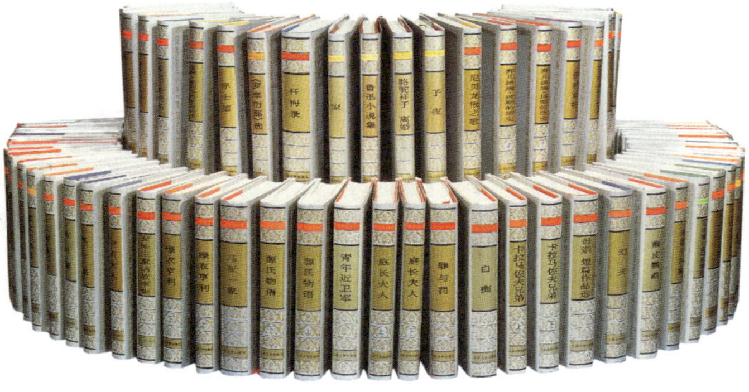

世界文学名著文库

精装

1994 年

中国翻译家译丛

精装

2015 年

外国文学名著丛书

精装

2022 年

审图号：GS京（2022）0821号

图书在版编目（CIP）数据

外国文学雕刻时光/人民文学出版社外国文学编辑室编著．—北京：人民文学出版社，2022
ISBN 978-7-02-017370-9

Ⅰ．①外… Ⅱ．①人… Ⅲ．①外国文学－文学欣赏 Ⅳ．①I106

中国版本图书馆CIP数据核字（2022）第140010号

责任编辑 陈 旻 马冬冬
装帧设计 刘 静
责任印制 苏文强

出版发行 人民文学出版社
社 址 北京市朝内大街166号
邮政编码 100705

印 刷 北京雅昌艺术印刷有限公司
经 销 全国新华书店等

字 数 86千字
开 本 787毫米×1290毫米 1/32
印 张 24
印 数 1—5000
版 次 2022年10月北京第1版
印 次 2022年10月第1次印刷

书 号 978-7-02-017370-9
定 价 158.00元